BEIJING GUSHI

北京故事

朵拉图 /著

时代出版传媒股份有限公司
安徽文艺出版社

朵拉图，中国作家协会会员，中国作家协会重点关注的网络作家之一，鲁迅文学院第19期高研班学员。注册会计师，注册税务师。1992年开始发表小说、诗歌、散文。作品散见于各大报刊，多次获省级以上文学奖。长篇小说《北京故事》入选2016年中国作家协会重点作品扶持项目。

北京故事

BEIJING GUSHI

朵拉图/著

时代出版传媒股份有限公司
安徽文艺出版社

图书在版编目(CIP)数据

北京故事/朵拉图著. —合肥:安徽文艺出版社,2016.7
ISBN 978-7-5396-5734-9

Ⅰ. ①北… Ⅱ. ①朵… Ⅲ. ①长篇小说-中国-当代
Ⅳ. ①I247.5

中国版本图书馆 CIP 数据核字(2016)第 089379 号

出 版 人:朱寒冬
责任编辑:张妍妍　　　　装帧设计:张诚鑫

出版发行:时代出版传媒股份有限公司 www.press-mart.com
安徽文艺出版社 www.awpub.com
地　　址:合肥市翡翠路 1118 号 邮政编码:230071
营 销 部:(0551) 63533889
印　　制:合肥创新印务有限公司 (0551)64456946

开本:700×1000 1/16 印张:16.5 字数:300 千字
版次:2016 年 7 月第 1 版 2016 年 7 月第 1 次印刷
定价:35.00 元

CONTENTS

目录

第一章
六个女孩

苏筱筱这几天总在偷偷地抹眼泪，谈了半年的男朋友和她分手了。他们是大三下学期开学后才认识的，现在是大四的上学期刚开始。苏筱筱的男朋友是有事业、有钱、有车、有房的成功男士，只可惜他还有老婆。

几天后，苏筱筱的室友们都知道了，因为苏筱筱哭的时候毫不避讳了。

秦小溪安慰苏筱筱："不要为这种人伤心，他纯粹是一个感情骗子，忘了他！就当是做了一场噩梦。"

而苏筱筱却哭哭啼啼地说："我忘不了和他在一起的点点滴滴，我感觉他是真真切切地爱过我。"

叶小童说："爱过就是过去式，还想他干什么？我也感觉他是个骗子，为什么一开始他不告诉你他有老婆。"

苏筱筱仍然为她负心的男朋友辩解："不是到了走投无路的地步，他不会离开我的，我感觉直到现在他还是爱我的。你们不知道，分手时他握着我的手久久不肯松开，我那么真切地感觉到他的恋恋不舍，当我抽出手时，有种近在咫尺却要生离死别的感觉……"

叶小童说:“怎么会走投无路啊?他要是真爱你,和他老婆离婚就是了。”

平时很少插话的张月娥说:“我看你还是算了吧,就是他真的能为你离婚,这样的男人你敢跟吗?人家老婆怎么办啊?你不怕将来遭报应啊?”

苏筱筱恼怒地冲着张月娥:“你懂感情吗?”

王晓文看不下去了,不客气地对苏筱筱说:“你还真认真了!什么恋恋不舍、生离死别啊,还不肯松手,就凭你那又白又嫩的小手,哪个男人握着想松手啊?实话告诉你,如果是个老色鬼握着你的手,不只是不松手的问题,还会伸出另一只手摸你的手背,边摸边说,好白哦!好嫩哦!”

叶小童毫无顾忌地哈哈大笑,一直沉默的沈妮趴在桌子上笑,张月娥转过身去也在笑,难得的是苏筱筱也破涕为笑了。

秦小溪走到苏筱筱身边关切地说:“好了,快洗洗脸睡吧。”

熄灯后,隐隐约约听到苏筱筱还在抽泣。王晓文说:“你还有完没完呀?我看用中文劝你这洋人还不管用呢,送句英文给你,听不听随你便。No man or woman is worth your tears, and the one who is, won't make you cry(没有任何人值得你流泪,值得你流泪的人不会让你哭泣)。”

苏筱筱果然不再哭了。秦小溪从心底里佩服王晓文。

第二天,秦小溪和王晓文谈起这件事还笑呢。秦小溪问王晓文:“你怎么有把握,说出那句英文就能劝住她?”

“我感觉,她在以往一定因为男朋友哭过很多次,只是我们不知道而已。你想一想,她哭过那么多次都没有用,听到这句话时,能不反省一下,她流的眼泪值不值吗?”

秦小溪说:“但愿她能早一天醒悟。”

一个月后，苏筱筱从失恋的阴影里走了出来，迷人的笑容又重回到她的脸上。

苏筱筱所在的A大学是一所北京著名的大学，不止在北京、在全国闻名，甚至在世界也是有一定名气的。前几年据说在这所学校设计系学习的学生不用等到毕业，就会有很多知名的大公司上门来签约，最风光的时候，大二的学生都能签到合约。那时，人们常说，你只要能跨进A大学的校门，就等于已经找到了一份体面的工作。

现在不同了，全国遍地都是开设设计专业的学校，每年从设计系毕业的大学生成几何级数递增，给用人单位提供了很大的选择空间，他们更愿意低薪多雇用几个人，人多总比人少工作好干，真到需要智慧的时候，三个臭皮匠总能抵一个诸葛亮吧。

用人单位的思路转变，以及越来越多的设计系毕业生走出校门，无疑对她们这些即将从名牌大学毕业的学生是一个不小的冲击。

苏筱筱所住的宿舍是一座四层楼的一楼，她们系四个年级的女生都在这一座楼里。每间宿舍里有六个人。

苏筱筱是上海人，是她们宿舍六个人中最浪漫的女孩，有着很甜的笑容，而且一笑，她的眼睛就自然弯成月牙的形状，十分迷人，大概她自己也很清楚这一点，所以她最常有的表情是微笑。有一次，她手里拿着小镜子，边笑边照，照了老半天。

秦小溪说："你已经够美了，还照什么呀，浪费时间。"

她却认真地回答："人家说国际上普遍认为，最标准、最美的微笑是笑的时候正好露出八颗牙，我在看我笑的时候是不是正好露出八颗牙。"

王晓文不无揶揄地说："幸亏你有一口整齐洁白的牙齿，如果你的牙长得里出外进的话，你就该说中国最标准、最古典的美是笑不露齿了。"

有一次，苏筱筱不在宿舍里。她们议论起了上海人，忘了是谁说的："上海人非常势利，最瞧不起外地人了，他们把所有的人分为三类：一是外国人，二是上海人，除此之外的所有的人通通称之为乡下人。谁家来了亲戚，哪怕来的是北京人，邻居也会问：'你们家乡下来亲戚了？'还有，上海人特别小气，据说六个男人对着四碟小菜，只看不吃，请客的还说：'怎么搞的，搞着搞着又点多了，快吃快吃。'"

她们哈哈大笑，王晓文却说："不要打击一大片啊，只有上海的某些小市民才会这样，绝大多数的上海人不是这样的，比如苏筱筱可是浪漫得要死，一点也不势利，也不小气。"

王晓文就是这样一个性格直爽、说话常一针见血的女孩。

叶小童是一个单纯大方的女孩，有着男孩一样的性格。她家就在北京，父亲是某部的一个什么领导，她在宿舍里住的时间最少，从大一到大三期间，基本上不怎么住宿舍。进入大四后，每周能住个三四天，她说一定要好好珍惜这段和同学们在一起的时间，等毕业以后再见面就难了。

每次从家里回来，她爸爸的专职司机都是跟在她的后面，提着大包小包的东西。这些东西多是好吃的零食和各种水果，每次她都喜欢把这些东西拿出来和大家一起分享。有时秦小溪不好意思吃，叶小童就说她："你酸什么呀，还不赶紧吃，再不吃就没有了。"而张月娥有时看见东西不是很多，往往会说自己不喜欢吃，其实大家都心知肚明，她是让给她们吃的。

一天晚上，叶小童洗完脚后，往脚上抹护肤品，用的是一个国际知名品牌的化妆品。苏筱筱眼尖，看到后尖叫着跑过来："你太过分了吧！用不了我们可以帮你用，干吗那么糟蹋名牌呀？竟然用它擦脚后跟！"

叶小童不急不慢地说："激动什么呀，假的！"一边说一边继续往脚上抹。

苏筱筱拿起瓶子仔细地看着，疑惑地问："你怎么知道是假的？"

“送我妈化妆品的人我认识，凭他的经济条件，根本就买不起这个牌子的化妆品，还不知是从哪里买的廉价货呢。”叶小童说着又拿出一瓶扔给苏筱筱：“你敢用送你一瓶，不过出现什么问题我可不负责任。”

苏筱筱看着手里的化妆品，感慨万千地说：“没有钱太悲哀了，让人误会成这样，即使是买了高档的东西送人，人家也会认为是假的！”

沈妮是个长相很普通的女孩，来自农村，不过她的家乡比张月娥的家乡要富裕不少，她的脾气有点倔强，认准的事，谁劝也不听。还是在大二的时候，她们班上一个酷爱哲学的戴着一副厚厚眼镜的男生就开始追求她。这个男生除了镜片有点厚之外，人很有才气，同学们给他起了个绰号叫“博士后”，人长得也算是一表人才，还有很好的家庭背景，可以说无论从哪个方面来说都配得上相貌平平的沈妮，他从大二一直追到大四，可是沈妮还是不动心。

对于这件事情，苏筱筱的评价是：“沈妮早晚会后悔的，我就搞不懂她究竟是怎么想的。”

秦小溪也感觉那个男生够优秀的，如果沈妮同意，留北京工作是顺理成章的事情，提议她们是不是一起劝劝沈妮：“这个问题的关键在沈妮。”

王晓文说：“什么关键在沈妮啊，我看关键在‘博士后’呢。”

秦小溪问：“为什么？”

王晓文回答：“你们没看他戴着镜片那么厚的眼镜吗？这说明什么，说明他眼神不好，也许到现在他还没有真正看清沈妮长什么样呢，如果他眼神好的话，应该追苏筱筱啊。”

苏筱筱骄傲地说：“去你的，少拿我开心，我可不找这样的。要找就找有事业、有钱、有车、有房的成功男士。”

叶小童说：“看见没有，上海小市民的本性一览无余了吧？”

“你说的成功男士好像还漏了一点，应该是有事业、有钱、有车、有房还有老婆。”王晓文脱口而出，突然意识到自己说错话时已经晚了。

大家沉默。苏筱筱的眼圈红了。

秦小溪和王晓文是无话不说的闺密。她们有共同的特点，就是都爱好文学胜过一切，包括她们所学的美术设计专业。

有时她们常感叹命运是什么，王晓文经常反驳不相信命运的同学，她最常说的是：“君不信命运，世间何得有富贵，何得有贫贱？”

有一次，追沈妮的那个男生认真地和王晓文辩论：“什么命运啊，我国古代的哲学家范缜早在南北朝时期就给命运下了定义，命运就是偶然性。人之生，譬如一树之花，同发一枝，俱开一蒂，随风而堕，自有拂帘幌，坠于茵席之上；自有关篱墙，落于粪溷之侧。”

王晓文哈哈大笑：“你之乎者也了半天，还是证明我的理论是正确的，为什么你是落于粪溷之侧的花，而我却是坠于茵席之上的花？尽管你不服，这就是命运，没办法。”

那个男生羞得无地自容，在女生的起哄下逃跑了。

秦小溪从小就喜欢读文学书籍，尤其是对诗有着浓厚的兴趣，她最喜欢的诗人是泰戈尔和普希金。还在上初中时，她的小诗就经常发表在校报上。

王晓文则对诗、散文和小说通通喜欢。她几乎读遍了古今中外的名著，很多优美的词句能随口道来。她常说没有读过名著的心灵是粗糙的，没有被感动过的情怀是青涩的。她最大的梦想是能出一本诗集或者小说，然后一夜成名。

最幽默的是那天，王晓文像发现了新大陆一样地告诉秦小溪：“你知道吗？你最崇拜的诗人泰戈尔和普希金的名字在‘智能 ABC 输入法’下输入全拼一打空格就出来，根本不需要选择字，尤其是普希金的名字，打过一次，只需输入‘PXJ’就出现‘普希金’三个字，不信你试一试，证明他们太出名了。我试了一下输‘WXW（王晓文）’，哈哈，你猜怎样？”

秦小溪好奇地问：“出现什么字？”

王晓文叫道：“简直是岂有此理，竟然是‘文学外’三个字，我还做梦写小说一夜成名呢，一下就把我整到文学外去了。”

秦小溪笑得眼泪都出来了。

为什么她们都没有选择学文科而是学了美术专业，针对这一点，王晓文经常一本正经地对秦小溪说：“这就是命运。为了我今生遇见你，知道你在这里等我，让我选择了不是最喜欢的专业，你可要珍惜我啊！”

秦小溪却笑着说：“我也相信命运，可是它为什么不看在我们俩对它虔诚的分上，让我们相遇在北大呢？”

每当这时她们都会开心地笑。

秦小溪和王晓文还有一个共同点，就是她们都非常喜欢学习英语，而且她们学习英语的目的也惊人地相似，都不是为了考试而学习，而是为了常人无法想象的目的去学习，那就是她们都渴望能读懂原版的名著，而不是通过翻译变成的中文版。她们一致认为：通过翻译的中文版，都有一定程度的演绎，或者是加入了一些翻译者的个人色彩。

秦小溪看过很多国外诗人写的诗，翻译成中文后，除了偶尔一两篇精彩，大部分都比较平淡。她总认为是翻译的水平有限，从不怀疑诗人的写作水平。

就如某一天，她们宿舍的几个人凑在一起，议论报纸上的一张照片，是一个被媒体报道与某著名导演有暧昧关系的女演员，她们一致评价照片上的女演员太丑了。秦小溪却不这么认为，她对她们说：“你们可以怀疑摄影师的水平,但绝不能怀疑导演的眼光。”后来那个女演员主演的电影上映了,银幕上的女演员不仅漂亮得无可挑剔,演技也相当不错,女演员因此一夜成名。

王晓文感慨地说:“看来,读没有经过翻译的名著是最明智的选择。”

第二章
你能借给我三千元吗

进入十月份了，北京的天气开始转冷。这天下午，秦小溪在宿舍里看书，这些书都是上个月才从书店买的，由于看得太专注，忘了学校食堂吃饭的时间。同学们都去各忙各的了，秦小溪还在那里如痴如醉地阅读。这时，忽然从书里面掉出一张名片。她想了起来，这是买书那天下午从书店出来时，一张用橡皮筋捆绑在自行车车把上的名片。她的自行车没有车筐，看到同学们一出门回来就能收获一车筐的小广告，她暗自庆幸没安车筐的英明。而这次发广告的竟然能把广告捆绑在自行车的车把上，她无可奈何地笑了，取下来一看，是一个送外卖的小广告，当时她想以后也许会用得到，于是随手夹在了书里。

没有想到现在真用上了。她拿起卡片仔细地看着，卡片的正面印的是快餐店的名字，上边是红色行书字体的“四季香”三个大字，下边是黑色字体的电话号码，在印刷体的电话号码右下方是一个手写的“春”字和手机号码，卡片的背面是密密麻麻的菜名。她用手机拨了手写号码：“你好，是四季香快餐店吗？”

对方是一个男中音,带着浓厚乡音的普通话:“是的,请问您需要订餐吗?”

秦小溪说:“我想要一份水果比萨。A 大学你知道吗?”

对方答:“知道。我前几天刚去过。”

“我在三号楼,你到了以后给我打手机。”

“好的。大约半小时后送到。”

“谢谢!”秦小溪看了一下手表,七点了,还得再饿一会,也只好看书等着了。

七点半时,秦小溪的手机响了:“您好!我是四季香快餐店的。我已经到三号楼门前了。”

秦小溪原来穿着粉色的纯棉针织面料的长裙,有点像睡裙,来不及换衣服,就随手拿了件粉色毛外套一边往身上穿,一边向外走,走到楼门口才发现忘了换鞋,脚上是一双棕色的毛毛熊拖鞋。

送外卖的大男孩就是春,他站在离楼门不足两米远的地方,正伸着脖子向门里面看。看到秦小溪笑吟吟地走出来,春立刻从旁边自行车筐里拿出一个正方形的纸盒和一个封了口的纸杯递给秦小溪。摸着温热的纸杯,秦小溪好奇地问:“这是什么?我只点了比萨呀。”

春十分热情地介绍着:“这是我们店新推出的青菜汤,你尝一下,算我送你的。”

秦小溪想起来还没有付钱,便对春说:“那谢谢啦,多少钱?等我一会儿,给你送出来。”

春回答:“ 三十八元。”

秦小溪刚要转身回去,又改变了主意,向侧边迈了几步,对春说:“你过来看,从这边数第七个窗子就是我们宿舍的,你到窗子那边,我直接给你钱。”

春答应着,朝着秦小溪指的方向走去。

秦小溪打开窗子时，春已经等在窗外了。室内的灯光照在春的脸上，这是一张充满朝气的长方脸，明亮的大眼睛，闪烁着孩子般的纯真。

秦小溪给了他一张五十元的钞票，他熟练地找着零钱，同时拿出一张名片和零钱一起递到秦小溪的手里："我们店饭菜的品种很多，下次你可以按照这上面的菜名要外卖，很方便的。"

秦小溪对春说："好的，以后你再来时，不用打电话，敲一下窗我就知道了，也不用跑出去，多方便啊！"秦小溪当时为什么这样说，过后她自己也感到惊讶，因为她还没有尝一下比萨的味道，这样说实际上是表明了以后她会经常叫外卖的。

春愉快地笑着，一排整齐的牙齿，在小麦色的脸上显得出奇地白。他的笑容非常有感染力，让你感觉是一种发自内心的真诚的笑，而不是那种出于礼貌或者是别的什么原因的笑。

回去的路上，春的心情好极了。北京真是能实现一切梦想的地方，这里还有童话故事里才有的白雪公主，刚才他看见的分明就是白雪公主，她穿着粉色的长裙、粉色的毛外套，两脚踩在一对棕色的毛毛熊里，无论是她的长相还是穿着，都和童话故事里微笑着的白雪公主像极了。如果每天都能见到白雪公主该多好啊！在小学四年级时，他第一次从同学那里看到了《白雪公主和七个小矮人》的彩色画书。

初中毕业时，论学习成绩他可以顺利地考上县城里的高中，读三年的高中再考大学，最好是考北京的大学，将来在北京找一份工作，这是他做梦都想要的生活。小时候他常听到娘和邻居们拉呱说，一辈子没有进过北京城等于没出生，一辈子没有见过天安门等于白来世上走一轮。那时他就暗暗下决心，等长大了一定要去北京工作，把爹娘都接到北京去生活，让他们天天都能看到天安门。

春永远也不会忘记那个让他伤心至极的晚上，他无意中听到爹和娘的谈话，当时他们以为春已经睡着了。

娘说："我就怕咱儿子考上高中。你说，他要真考上了，咱怎么张开口对孩子说呀！"

爹说："张不开口也要说，他上初中时几百块钱的学杂费都是借的，还有你生病花的那些钱，到现在还没还上，我见了人家都抬不起头来。"

"我不管。如果咱儿子能考上，我就豁上脸皮，到俺娘家村里去借钱，借不够再到咱儿子姨家村里借。"

"算你有本事能借到第一年的学费，第二年、第三年怎么办，你再借？你拿什么还人家？"

"一想到县里的高中那么难考，每年一个村里也就考上两个三个的，你说咱儿子要是考上了，没有钱上，儿子的心里该多难受啊！我还不心疼死！"

"唉！我的儿子，你以为我就不心疼啊！现在上不了高中咱们心疼，如果咱借钱供他上完高中，将来他考上北京的大学，听说读大学的学费可不是一千两千的问题，每年连吃带住要数万块钱呢！你说，到那时再和孩子说，没有钱供他读大学，他读了三年的高中，再回来种地，那时候你心里就好受了？"

"唉！但愿咱儿子考不上，这样他就不会怪咱了。"

春把头蒙在被子里哭了。这是从来没有过的事情。小时候他和村里的孩子打仗，明明是别人欺负他，回家娘还要打他，就是那样他也从来没有哭过。

春知道他们家的状况，从记事起，娘就总爱生病，家里从来没有多余的钱，一有点钱就会听到爹娘在商量该还谁家的钱了，好像总有还不完的债。春曾经偷偷地问过奶奶，奶奶告诉他，以前没有春的时候，娘的身体很好，生春的时候，娘得了一场大病，幸亏及时送到县医院，花了好多钱，娘才捡回一条命，但是从此身体便垮了下来。

整个一夜，春几乎没有睡着。他在思考是否应该上县城去参加考试，现在已经知道无论考的结果怎样，自己都无法读高中了。是参加考试，故意考不好，让爹娘心安呢，还是干脆不参加考试，直接和爹娘说，他不喜欢读书了，想出去挣钱？

他在心里对自己说，无论现在怎样，他都绝不会放弃自己的梦想；无论遇到怎样的困难，都要向着梦想去努力。

春如愿来到了向往已久的北京，在北京人山人海的街道上走着，已经是八月底了，可是这里的天气却十分闷热，让人透不过气来。他必须在今天找到工作，因为他的兜里只剩下三元钱了。下午四点多，春看见一家快餐店的门上贴着招聘服务员的告示，就进去了。老板一开口就要一千元的押金，他对老板说他没有钱，可不可以从他以后的工钱里面扣。老板正在为难，老板娘从里边出来，上下打量他，并问他是哪里人，他没有说他们村，而是说了他们县城的名字，她不知道有那个地方，可是她留下了他。

当天晚上，春离开家后第一次睡在了床上。几天的奔波虽然很辛苦，可是他还是兴奋得睡不着，终于在北京——他梦中向往的地方，有了一份工作，有了一个管吃管住的地方。

第一周，他只打杂，干些刷盘子、拖地之类的活。第二周，老板给他一张北京地图，还有很多印着菜名的名片。老板说饭店里有很大一部分饭菜是靠送外卖销出去的，像他们这种规模说大不大、说小还不算小的饭店，只等着人家上门吃，早关门了。老板让他一边熟悉地形，一边散广告，以便以后送外卖，还给了他一个手机，要求他把自己的名字和电话号码写在名片上。饭店除了发基本工资之外，会根据每个人送外卖的次数和金额发提成。

半个月后，他正式开始送外卖了。

一周后的周六中午，秦小溪宿舍里的同学除了沈妮不在，其余都在。沈妮最近一有时间就往外跑，不知是忙着找工作，还是忙着谈恋爱。

她们在议论最近食堂的饭菜。王晓文说："我发现最近的菜里面肉放得越来越少，汤也越来越稀。"

苏筱筱笑着说："我早就发现汤稀了，改喝稀饭了。"

叶小童说："肉少、汤稀都无所谓，关键是味道不好，该甜的不甜，该咸的不咸，所有的菜几乎全一个味，真叫人受不了。"

张月娥叹气说："味道不好，便宜点也行啊，还那么贵。"

"议论这些有什么用啊，还不如想点实际的办法。"秦小溪说着从抽屉里拿出一张皱皱巴巴的名片，继而又把名片放回原处，拿出另一张平整的名片对她们介绍说："上周五你们都不在，我要了外卖，我点的是水果比萨，半小时就送过来了，味道不错。他还免费送我一杯青菜汤呢，那青菜汤的味道好极了。"

苏筱筱笑着："不是因为免费的原因吧？"

王晓文说："好啊，你趁我们大家都不在的时候吃独食啊！"

"去你的！那天我一个人在宿舍里看书，误了吃饭的时间，才要了外卖。"秦小溪解释着，一转话题，"别说没用的，大家还是看看喜欢吃什么，我打个电话，要等半个多小时呢。"

于是大家凑在一起商量着点什么菜。

秦小溪说："我看还是一人点一个菜，我们来个聚餐吧。"

苏筱筱第一个抢过名片去："我点西湖醋鱼。"

接着是王晓文："红烧排骨。"

叶小童说："我本来想点糖醋里脊，可是已经有肉有鱼了，就点水晶虾仁吧。"

张月娥说："我点老厨白菜，你们说怪不怪，在我们家时，一年中大半年只能吃到白菜一种蔬菜,可过段时间还是想吃它。"

秦小溪说:"鱼啊、肉啊的,你们都点了,再来个青菜汤。"

苏筱筱说:"你是不是又想免费啊?"

叶小童开心地笑着。

"等你们尝了青菜汤后,就知道我为什么点了。"秦小溪边说边拨电话。

大概等了有五十分钟,才等到春敲窗户的声音。秦小溪急忙跑过去打开窗子,正是中午时分,外面的光线很强。春站在窗外,阳光直射在他的脸上,如阳光一样灿烂的笑容绽放在他无比年轻的脸上。他喘息着,用力提起木制的多层饭盒,小心翼翼地放在窗台上,一边从里面向外端着菜,一边解释:"这些菜都要现做,西湖醋鱼做起来很麻烦,所以耽误了时间。"

"不算晚。"秦小溪一边回答春,一边转身招呼她们过来帮忙。离窗比较近的苏筱筱和王晓文同时跑过来,把菜接了进来。

秦小溪仍然站在窗前问:"总共多少钱?"

春回答:"九十八元。"

秦小溪转身去拿钱的空当,苏筱筱跑到窗前,看着春的脸,没话找话地说:"这些盘子不用带走吧,我看都是塑料的,应该是一次性的吧?"

春说:"是一次性的。"

秦小溪重回到窗前,递给春一百元钱:"不用找了,上次的青菜汤还没给你钱呢。"

春从衣兜里拿出两元钱放到秦小溪手里:"不找钱怎么行!"

春微笑着,不知道是因为刚才忙的,还是别的什么原因,脸上微微泛着红光。

秦小溪感觉春的微笑里有一种羞涩的成分,这种羞涩现在很难在年轻人的脸上看到。她也微笑着对春说:"再见!"

春说:“再见! 谢谢你们关照。”然后转身走了。

这是春第二次见到秦小溪。阳光照在她的脸上,她的皮肤白得几乎要透明。往回走时,春看见秦小溪她们窗前不远的地方,一排自行车里有一辆橙色车座的自行车,直觉告诉他,那一定是她的自行车。

那天,春到书店的门前发广告,有了前几天发广告的经验,他不再往人家手里塞了,也不再往汽车门的玻璃边塞,因为他发现开车的人和走着的人随手都会扔掉,可是放进自行车车筐里的广告,很少被扔掉。于是他向每个车筐里放着名片,一长排的自行车只有一辆没有车筐,这辆只好不放了。全发完后,他又看了这些自行车一眼,看见一辆自行车的座子竟然是橙色的,走过去发现,就是那辆没有车筐的自行车套了一个橙色的车座套。橙色是他从小最喜欢的颜色,他很想给这辆自行车放上广告,看着手上的名片,同时他看见了手腕上套着的橡皮筋,那是为方便平时捆东西用的,就取下一根把名片捆绑在自行车的车把上,做完这一切,春很开心,好像他喜欢橙色,橙色就会带给他幸运一样。

秦小溪慢慢地关上窗户,回过身来看见她们已经坐在了张月娥的桌子前,菜摆了一桌子,她们六人中,张月娥的桌子一直是东西最少最整洁的。

秦小溪刚坐下,苏筱筱不怀好意地笑着,歪着头看着秦小溪:“老实坦白,怎么认识的帅哥啊?”

秦小溪不甘示弱:“你真的感觉他帅吗? 下次再要外卖时,你打电话联系,给你个接触的机会。”

苏筱筱认真地说:“他真的长得很帅气,很阳光很纯真,反正是我喜欢的那种类型。”

叶小童取笑苏筱筱:“他长得一点缺点也没有吗?”

苏筱筱说："我也无法相信他怎么会长得没有缺点啊，所以我特意又跑到窗前去仔细地看，哈哈，我发现他左太阳穴边上长了一颗褐色的痣。"

秦小溪很惊讶地说："我怎么没发现？"

苏筱筱瞧不起地说："就你那眼神，和追沈妮的那位差不多，他的头发又浓又黑，痣几乎藏在里面，你当然看不见了。"

王晓文冲着苏筱筱说："我可要提醒你，他可是个送外卖的。"

苏筱筱回应王晓文："这话你应该对你的好朋友秦小溪说，你还不了解我吗？只是说说开开心而已。"

王晓文接着对秦小溪说："他给我的感觉可是四肢发达、头脑简单，空有一副漂亮的皮囊。你想，他这么好的外形，干什么不行，完全可以拍个广告、做个模特，偏偏要送外卖。"

张月娥说："你们还知道害羞不？谈起帅哥，连饭都顾不上吃了，再不吃都凉了。"

叶小童舀了一勺虾仁填进嘴里，边吃边说："吃完再讨论吧。"

她们边吃边聊，一会儿聊菜的味道，一会儿聊毕业设计，一会儿聊毕业后的打算。

秦小溪和王晓文坚定不移地要准备考研。张月娥说她一想起家乡的几所学校，因为缺美术教师无法开设美术课，她的眼前就会浮现出孩子们求知的眼神，一种神圣的责任感就驱使她想尽可能快地回到家乡。

张月娥是她们六个人中年龄最大的一个，比秦小溪、王晓文她们整整大了三岁，来自偏远的农村，上学时就晚了两年，高中毕业当年没有考上，复读了一年后才考上的。她朴实善良，无论遇到什么事都往好处想。她最大的愿望就是毕业后能回到家乡当一名美术教师。从大二开始，她就经常利用休息时间做家教或者是给一些补习班上课，一来可以挣点钱，二来可以积累一些教学经验。

叶小童说她目前还没有任何打算，毕业以后看情况再说。

苏筱筱幻想着毕业后会遇到一个钻石王老五，然后他们一见钟情，举行一个超豪华的婚礼，最好是电视新闻都报道的那种。

聊着聊着，话题又转到了恋爱方面。她们六人中，谈恋爱次数最多的是苏筱筱，从高中就开始，一场接一场的恋爱，上一场恋爱的结束往往是下一场恋爱的序曲，还大言不惭地说："忘记一段感情，最好的办法是再开始一段新的感情。"

叶小童揭老底地说："你说你都有免疫力了，怎么上次还那么认真啊？"

秦小溪说："常在河边走，难免会湿鞋啊。"

苏筱筱一点也不计较，好像她们刚才不是在说她，接着又发表她的独特见解："你们知道吗？男人一般根据优秀程度分甲、乙、丙、丁四个等级。女人则是根据漂亮程度分甲、乙、丙、丁四个等级。一般的规律是女的都要求自己的男朋友在各个方面都比自己优秀，而男的又不希望自己的女朋友胜过自己，所以乙女要找甲男，丙女找乙男，丁女找丙男，这样找的结果是什么呢？剩下甲女和丁男了，如果他们互相看不上的话，就只好独身了。"

王晓文说："你这次说的理论还有点道理。"

苏筱筱说："所以，我才劝你和秦小溪不要考研呀，以免变成甲女啊！"

王晓文说："你放心，我博士生毕业也变不成甲女，你不是说女人是根据漂亮程度分甲乙丙丁吗？你还是小心你自己吧！我顶多算个丙女，咱不求最好，退而求其次，找个乙男也就不错了。"

张月娥说："你们还真行啊！无论聊什么话题，不出三句话，保证又转回到谈恋爱上了。"

王晓文总结说："本来嘛，四十岁的女人谈论最多的是别人的孩子和别人的老公；三十岁的女人谈论最多的是自己的孩子和自己的老公；咱们二十岁的女人呀，谈论最多的自然是自己的男朋友和别人的男朋友……"

叶小童插话说："你才二十岁，怎么知道三十岁和四十岁的女人爱谈论的话题？"

王晓文说："这还很难想象吗？看看你妈、你奶奶和你们家的邻居就知道了。女人三十岁时，还沉浸在家庭幸福中，这时她感觉她的孩子是全世界最聪明的，老公也是最成功的，天天把孩子和老公挂在嘴上，一副骄傲的神态。等到四十岁时，才发现孩子不如别人的孩子优秀，老公也不如别人的老公事业有成，就开始谈论别人的孩子和别人的老公，一副羡慕的神态……"

叶小童又问："那么五十岁呢，五十岁谈论什么？"

王晓文说："五十岁就不和别人谈论了，改为自言自语了：'哎呀，货比货得扔啊，人比人得死呀。'开始信命了，感觉自己的种种不如意都是命运安排的。"

叶小童很感兴趣："继续说。"

王晓文接着说："六十岁的时候，开始后悔啊！后悔二十岁的时候没有干什么，三十岁时候没有怎么样，四十岁的时候没把握什么，五十岁的时候没珍惜什么，一直悔到七十岁，才猛然醒悟，一切都是虚的，就是身体健康才是实在的。那时，就会想活着真好啊，健康是最大的幸福。"

叶小童说："哇，你一下就整到七十岁了，精彩是精彩，可是我听起来有些伤感。"

秦小溪感慨地说："你真有可能成为著名的作家，因为你已经具备了作家的想象力。"

半天没说话的苏筱筱说："想那么远干什么，还是好好珍惜我们二十岁的大好时光吧。"

10 月底的时候，秦小溪又要了两次外卖：一次是同宿舍的人一起要的，一次是她一个人在宿舍时要的。那次，春很想问秦小溪那辆自行车是不是她的，可是他不敢问，不知道为什么，春特别怕问了以后，结果不是他想象的。

从11月开始，食堂换了厨师，饭菜的口味有所改善。有一门课程就要考试了，她们都在复习准备，没有人再提要外卖。

那天，应该是11月10日的晚餐前，因为是考试的前两天，11月12日考试，所以秦小溪记得那天的日期。秦小溪接到春的电话，在电话里，春支支吾吾地问："你、你，要不要——外卖？"

秦小溪问了一下在专心复习的同学们，她们都说不要，秦小溪只好回答："今天不要了。"

春没有挂电话，而是仍然支支吾吾地说："我——给你，给你，送一份吧。"

秦小溪突然有一种不忍心拒绝的感觉："要不，你给我送一个比萨和一份青菜汤吧。"不知是出于一种什么原因，她特意要了一份最贵的比萨。

11月10日是一个春永远也不会忘记的日子。这天一早，他接到了爹的电话，说娘病得很厉害，必须马上做手术，可是手术费需要五千元，全村都借遍了，只借到两千元，还差三千元，现在娘正躺在家里等着，让春一定想办法再凑三千元钱，最好明天就回家，不然，他可能再也见不到娘了。

春只好向老板借，老板不说不借，却说曾经有一个来饭店打工不久的人，借钱走了再也没回来。而和春一样送外卖的伙伴，大部分都是挣了钱就往家里寄，谁也拿不出三千元。

恍恍惚惚地到了下午，春突然想起了白雪公主，也许她会借给他，这是春唯一的希望了。可是他又怎么开口呢？她没有要外卖已经快一个月了。犹豫了一阵，他拨了秦小溪的电话，问她要不要外卖，等待她的回答时，他非常紧张，听到她不要时，他绝望了。然而，他没有挂电话，他在继续努力着，因为这是他最后的一线希望，如果借不到钱……他不敢想下去，他仍然要求给她送一份。

在去送外卖的路上，春的脑子一刻也没有停地思考。他在想，见到秦小溪后该怎么说，她才有可能借给他钱。此时，对他来讲，能否借到钱是最重要的事情，直接关系到娘的命。他认为他应该实事求是地说，容貌像白雪公主一样美丽的她，心地也一定是善良的，如果她有钱，一定会借给他的。可是三千元不是一个小数目，她只是一个学生，又不挣钱，她花的钱应该都是家里提供的，会有这么多剩余的钱吗？如果她很想借给他，却没有足够的钱，她会帮助他向其他的同学借吗？

想着想着，他最不愿意想的另一种可能也出现在脑海里，那就是她有多余的钱，可是她不借给他，就像他的老板一样不说不借，可就是不借给他，当然她那么做，要比他老板的理由充分多了，她只需说没有钱，就可以了。或者还有更糟糕的情形，她不仅不借给他钱，还会因此再也不理他，甚至连外卖也不要了，那样，就再也没有机会见到她了，他的心突然有种被揪了一下的疼痛。更可怕的是，她只是不理他，她会打名片上快餐店的电话继续要外卖，无论谁第一次去送外卖，都一定会给她写着自己电话号码的名片，很简单，她会一直打那个电话要外卖的，想到这一层，他的心又一次莫名地疼了起来……

三十分钟后，春站在秦小溪的窗外没有敲窗，因为他不知道该怎样开口。

四十分钟后，秦小溪打开了窗子，一看，春已经站在了窗外，秦小溪不解地问：“你怎么没敲窗？”

春低着头不敢面对她，回避着她疑问的目光：“其实我，我——刚到，真的。”说着，把盛着比萨的纸盒和盛着汤的纸杯递到秦小溪的手里。

秦小溪把准备好的钱递给春，笑着说：“谢谢！”

她第一次没有看到春的笑容，春用小到几乎听不见的声音对秦小溪说：

“你能出来一下吗？我有事想说。”

秦小溪不解地看着春，春立刻低下了头，秦小溪答应了：“好的。”

秦小溪出来时，春已经站在了第一次送外卖的地方。因为是晚餐时间，大门口不断有人进进出出，春跟在秦小溪的身后向外走了几步，站在宿舍楼前离一〇一室窗户十几米多远的地方。他们面对面站了片刻，秦小溪先打破了沉默：“你刚才说你有事要说？”

春的脸上流露出很为难的表情，话也说得颠三倒四的，秦小溪听了个大概，意思就是：春来北京打工才两个多月，按说是应该领一个月的工资。可是他来的时候，老板让他交一千元的风险押金，他没有钱交，就把第一个月的工资抵风险金了，所以现在他手里没有钱，他在北京也没有任何的朋友。

秦小溪轻声地问他：“你究竟想说什么？”

春很尴尬地说：“我娘病了，病得很厉害，医生说必须马上做手术，再不做手术，恐怕就要……”春哽咽着：“可是手术费需要五千元，我们家在全村都借遍了，已经借了两千元，还差三千元。现在我娘正躺在家里等着呢，我爹以为我能凑出三千元钱……”

秦小溪这才听明白了，问：“你的意思是想借三千元钱，是吗？”

春的脸红了，好像是一个做错了事等着家长惩罚的孩子一样，怯怯地看着秦小溪。

秦小溪安慰他说：“不用担心，我借给你。”

春接着说：“其实我也知道你正在读书，怎么会有那么多钱，可是我……”

秦小溪打断他的话：“好了，我知道，你还是到窗户那儿等我。”

在此之前，春最怕的是借不到钱，现在他可以确定已经借到了，按说他应该喜出望外，可他站在原地未动，只是舒了一口气，心情没有轻松多少，脸上的表情也极为复杂，他眼里写满了忧愁：“我……我……可能没有办法很快还你。”

秦小溪尽可能轻松地安慰春：“先不要想那么多，你母亲还等着你拿钱回去做手术呢。”

“可是我要和你说清楚，钱，我一定会还你的，只是时间可能要长一些……”春一脸的真诚，唯恐秦小溪不相信他的话。

秦小溪为了春能心安一些，幽默地说：“你可以天天为我送外卖，要不了多久，就可以还完。”

春却郑重其事点着头说：“行！我一回北京就为你送外卖。”

秦小溪在窗子里面把银行卡交到春的手里，告诉他密码是她手机号码的前三位和后三位的组合，让他自己去取款，并且告诉他如果他很急的话，现在也可以到自动取款机上取钱。

春的眼里闪着泪花，嘴唇颤抖着，什么话也说不出来。

秦小溪催他快点回去，他才转身离开。目送他的背影消失在黑暗里，秦小溪才关上窗子。

春当天晚上就从自动取款机里取到了钱，然后连夜跑到火车站，第二天下午回到家时，爹坐在床前，正一遍又一遍地对娘说：“儿子一定会拿钱回来的。”

一周后，春的娘出院了。

秦小溪所做的这一切，同宿舍的同学都看到了。王晓文问：“你为什么给他银行卡？”

秦小溪轻描淡写地说：“他母亲病得很重，需要手术，还差三千元钱，我借给他。”

王晓文说：“什么？你借给他三千元钱？你有没有想过，他有可能是个骗子!”

秦小溪回答:“我认为他不可能是骗子。”

王晓文着急地说:“你凭什么相信他?就因为他送了三次外卖吗?你卡上总共有多少钱?”

秦小溪说:“还有一万多元。”

苏筱筱说:“好像这是他第四次送外卖吧?第一次我们都不在,他还送了免费的青菜汤,看来这免费的汤成本可是够高的。”

秦小溪没有解释这是第五次,说了也没有意义。

王晓文更着急了:“我看你是脑子里进菜汤了,银行卡在他手里,他不是想取多少就取多少吗?”

叶小童说:“别着急,秦小溪不是还有存折吗?明天早晨银行一上班就去挂失好了。”

王晓文说:“来得及吗?今天晚上人家就取走了。”

叶小童说:“没关系,一般银行有规定,从自动取款机上,每张卡每天最多只能取五千元。”

王晓文说:“如果有这个规定,他可以明天一早再取五千元,就是银行一上班接着挂失,至少也要损失一万元。”

秦小溪理解王晓文,也明白她是为自己担心,但秦小溪一点也不紧张,什么也没说,因为她确信春不会骗她,她相信自己的直觉。

张月娥非常镇定地说:“我虽然只见过他三次,可我相信他,因为我感觉他和我是一样的人。在我们村里,家家户户出门时很少有锁门的,都嫌锁门麻烦,从来谁家里也没有少过东西。除非是出远门才锁门,那是为了通知邻居,家里近期没有人。”

秦小溪非常感激地看着张月娥,好像今天是第一次认识她一样。

第二天早晨,秦小溪没有上银行,王晓文她们都在积极准备第二天的考试，也没有再问这件事情。

已经有十天了，没有春的任何消息，秦小溪的心里突然泛起一阵一阵的牵挂，有时心里又感觉空荡荡的。

平时，秦小溪在学校里的小卖部买东西，或者是充饭卡、充电话卡什么的，都习惯了刷银行卡，手里现金不是很多，现在过了十天，秦小溪手里的现金几乎花光了，只好拿着存折到学校附近的银行去提现金。

她把存折递给银行工作人员说："提一千元。"银行工作人员在电脑前操作着，等待的瞬间，突然有个念头在她的脑海里闪了一下：如果真的像王晓文说的那样……她的心紧缩了一下，随后有一种无法承受的痛直击心底。奇怪的是在这之前的十天里，她从来没有过这样的念头，她感觉那十天是很长的一段时间，甚至感觉比一年还要长，她的心始终提着，她非常清楚她并不是担心她的银行卡，她不清楚她的担心和她自己的利益究竟有多少关系。

银行工作人员将存折和一千元现金同时递到秦小溪的手中，她把钱装进包里，拿着存折边走边看，存折上显示十天前曾有人提过三千元，从那时至今再也没有变动，秦小溪立刻为那个瞬间的念头感到羞愧。

在回学校的路上，秦小溪思考着回宿舍后，应不应该和王晓文她们说。一会儿她认为应该说，因为说了以后，王晓文她们就不再担心了，也可以证明她自己没有看错人，春不是骗子；一会儿她认为不应该说，因为不说，她会比较安宁，毕竟现在银行卡还在春的手里，而现在还不知道春在哪里，如果王晓文她们知道自己已经去过银行，存折上的钱没有少，一定又会骂她是死脑筋，为什么不顺便办理挂失。经过再三考虑，秦小溪决定还是不说。

走在路上，秦小溪突然有非常想给春打个电话的冲动，可是却不知道拨通之后该说什么，会出现怎样的状况。

在这之前，对她来说，他只是一个为她送过五次外卖的人，准确地说只为她送过三次,其余两次是为大家送的。

她总共拨过四次他的电话,都是为了要外卖,可是只有两次是为自己拨的,而且第一次拨的时候,她还不知道他是谁,由此说来,认识他以后真正意义上为她自己拨的电话仅一次而已。

同样,他也只拨过两次她的电话,而且第一次拨的时候,他也不知道她是谁,只是为了通知她,他已经到了;而第二次拨她的电话却有让他非常难堪,又不得不面对的理由。

尽管秦小溪的思维非常清晰,可是她还是无法遏制地想去拨那个电话。她不顾一切地拨着,此刻她的心狂跳不已,几乎不能呼吸,听到电话里传来:“您拨打的用户已关机。”

秦小溪开始胡思乱想,她甚至想,如果可能,她宁愿失去银行卡上所有的钱,不,哪怕是再多的钱,只要春能早一天平安回来。继而又想,自己真是荒唐,如果银行卡上的钱没有了,不是她愿意不愿意的问题,春永远也不会回来了。最后她说服自己,只要银行卡上的钱没有少,春一定会回来的,只是早晚的问题。一想到春早晚能回来,秦小溪松了一口气。她又开始后悔,那个晚上,为什么没有对春说“你需要多少就取多少呢”? 现在,春不知道是不是还在为钱发愁,他母亲也不知怎样了……

接下来的一周,秦小溪感觉比一个世纪还要漫长。11 月 27 日的下午四点十分,秦小溪一个人在宿舍里看书,手机响了,她一看号码是春的,她的心立刻提到了嗓子眼,接通后,不等她开口,电话里便传来了春急促的声音:“我是春,我刚刚到快餐店,等着我,一会儿我就去给你送比萨。”

秦小溪听着春一连串地说着,竟不知道此刻自己该说什么,仿佛是在梦里一样,可是春的声音是如此清晰,真实的感觉告诉她,此刻她正接着春的电话,她努力使自己平静一些说:“你回来了,都好吗……”

“我很好,一会儿我们见面时再说,我最多半小时到。”春说完,不等秦小溪再说什么，就迫不及待地挂断了电话。

秦小溪看了一下手表，拿着手机愣在那里，良久才反应过来。春没来得及问她还要点什么，就匆匆挂了电话，他一定是想要尽快赶过来。这样也好，趁着同宿舍的同学没有回来，省得被她们说笑。可是转念一想，路上现在正是下班车流高峰时段，车那么多，他急着赶路，万一……秦小溪不敢想下去，立即给春拨电话，想让他慢一点，注意安全。可是电话拨通后，正常响铃没有人接听，秦小溪开始不安起来。她频繁地看手表，甚至有几次，她怀疑表是不是坏了，可是再仔细看，表针仍然是走动的，这种忐忑不安一直持续到秦小溪听见窗外传来急促的脚步声，她不顾一切地跑到窗前推开窗户。春，如秦小溪第一次见到他时那样灿烂地笑着，微红的脸上，明亮的双目掩饰不住内心的喜悦。

其实，春是四点三十五分到的，比以往几次来时整整少用了五分钟，秦小溪感觉等的时间很长，完全是和当时她的心情有关。几年后，秦小溪才体会到当时春是怎样迫不及待地赶路，才能抢出这五分钟来。

春从放在窗台上的塑料袋里，拿出一个用紫底白花的小棉被包裹的物体，里面包的是两个一次性塑料快餐盒，他又拿出一个用棉被做成的圆柱体，里面盛的是一个广口的玻璃瓶子。春一边忙活着一边高兴地说："我娘的病好了，全好了，又可以干活了。我娘可巧了，这个小棉被和瓶子套都是她做的，保暖效果很好，这样，冬天饭菜就不会凉了。"

秦小溪接过热乎乎的玻璃瓶和饭盒，看见两个饭盒里分别各装了一半比萨。春接着说："你看这样行吗？如果不掰开装在饭盒里，就不能包在小棉被里了。"

秦小溪说："怎么不行啊！我自己吃，又不是送人。你还可以把两半摞起来放在一个饭盒里。"

春像孩子般地高兴："你尝尝这次的比萨好吃吗？这是店里的最新口

味——皇室至尊比萨。还有，以后我就用这个瓶子盛菜汤，冬天多喝点暖和。”

“这一瓶可比一杯多多了，你们会亏本的。”秦小溪开心地问，“比萨加青菜汤一共多少钱？”

春认真地说：“借钱那天，我们不是说好了，我一回北京就为你送外卖来还账吗？”

秦小溪笑着说：“那天我是和你开玩笑。”

春却更认真了：“你看这样好吗？我借了你三千元，从今天开始我每天为你送一次外卖，平均每天三十元，连续送一百天，我已经和我们老板商量好了，本钱从我的工资里扣。”

“你这是干吗，等你有钱再还我好了，我又不急等着花钱。”

春坚定地说：“不把欠你的钱还上，我会睡不着觉的。”

秦小溪担心地问：“可是这样一个月下来，你剩不下多少工资了。”

“没关系，我们那里管吃管住，其实我也没有时间上街，男人花钱也少。”

听到春如此说，秦小溪笑着问：“你多大了？”

春红着脸说：“我虚岁十七了。”

秦小溪没有想到春比她想象的还要小，他只有十六岁，比自己整整小了五岁。

春突然想起了什么，转身从自行车的后座上取下一个包裹对秦小溪说：“我差一点忘了，这是我娘为你赶做的棉被，用的全是新棉花。北京的冬天真冷，有时睡到半夜能冻醒，你盖上它，一定很暖和。”

秦小溪的眼睛湿润了，她温柔地说：“我不冷，真的，我们宿舍有暖气，你们住的地方是不是没有暖气啊？”

春笑了：“我们住的地方，屋里屋外温度差不多，其实这样也好，省得感冒。”

秦小溪无论如何也笑不出来:“我不能要你的被子,你拿回去自己盖好吗?”

春认真地说:“这怎么行啊!这是我娘特意为你做的,你不要我娘会不高兴的。”

秦小溪解释说:“不是我不要,而是你比我更需要它。”

无论秦小溪说什么,春也不听,最后是春把被子留下,拿着空玻璃瓶走了。

看着春离去的背影,秦小溪的心也湿了。

几年后,秦小溪仍能清晰地记着那天春喜悦的眼神,那眼神,让秦小溪想起她童年时得到梦想的洋娃娃时的眼神。当时,那个洋娃娃就摆在商店的展示窗里,每天妈妈从幼儿园接她回来路过那个商店时,她都会停下来看许久。那一年,在她过生日时,妈妈给她买了那个洋娃娃,长大以后她才知道,当时那个洋娃娃的价格是妈妈半个月的工资。

几年后,秦小溪猛然醒悟,为什么自己一直以来能清晰地记着那天的日期。

晚饭后,同宿舍的同学们都陆续回来了,看到秦小溪桌子上剩下的比萨和碗里的青菜汤,王晓文第一个问:“是不是春送来的?”

秦小溪回答:“是的。”

王晓文接着问:“他还你钱没有?”

秦小溪说:“没有。”

王晓文像看怪物一样看着秦小溪的脸,秦小溪也不明白自己为什么要解释:“他说从今天开始送一百天外卖来还账。”

王晓文什么也不说了。

苏筱筱看见了秦小溪床上的紫底白花的棉被，问："被子也是春送的吧？要多难看有多难看！"

秦小溪没有说话，别人也都不再问什么，她们各忙各的了。

晚上，秦小溪盖着新被子，被子柔软蓬松，暖暖的很舒适。可是她却翻来覆去地睡不着，眼前总浮现春的影子，一会儿是春孩子一样的笑脸，一会儿是春笑时洁白整齐的牙齿，一会儿是春蜷缩在又硬又冷的床上盖着薄薄的被子冻得瑟瑟地抖着……秦小溪那么真切地感觉到心疼，泪水不知不觉地淌了下来，浸湿了枕巾。她一遍一遍地问自己，这究竟是怎么了？他只是一个送外卖的，一个连高中也不可能读过的农村男孩，她为什么会为他如此的心疼？她一遍一遍地告诫自己：他只有十六岁！他只有十六岁啊！可是这一切都无济于事，她的心仍然疼，泪仍在流……不知过了多久，才迷迷糊糊地睡着了。

第二天晚餐前，春准时来了。他带来一份米饭，米饭上面盖着红烧排骨，一份虾仁炒黄瓜，一份青菜汤。和昨天一样，它们都被包裹着。

秦小溪接过饭菜时说："你还很会搭配呢。"

春开心地说："总不能只送一种饭吧，如果你吃够了，我怎么办啊？还要送九十八天呢。"

秦小溪说："今天的饭三十元怎么够啊？五十元还差不多。"

春反驳说："我说的是平均每天三十元，又不是每天三十元。"

秦小溪又说："昨天的饭五十元也不够，所以两天就算三天了，你再送九十七天就可以了。"

春像吃亏了一样红着脸认真地说："说好了一百天就是一百天，怎么能随便改呢？"

秦小溪无奈地说："好吧，以后你不要送那么多了，要不发工资时你可能拿不到钱的。”

春开心地笑着:“知道了,先把瓶里的汤倒出来吧。”

每当看见春的笑脸,秦小溪的心情就会好很多。

第三天的晚餐是一份意大利面,一份西红柿炒鸡蛋和意大利面放在一个饭盒里,一份蜜汁山药,青菜汤换成了西湖牛肉羹。

秦小溪面对这些饭菜,笑着说:“你无论怎么盛它们,我都知道这是两菜一汤加意大利面。你仔细算算,这究竟需要多少钱?”

春只是笑着。

秦小溪又说:“仅一份意大利面和一份西湖牛肉羹也不止三十元。”

春动情地说:“账,我会算,你一下借给我三千元钱,这三千元对我意味着什么?它救了我娘的命啊!而我却没有钱还你,更不用说还利息。我只能这样一天一天地慢慢还你,如果我按菜单上的价格算再挣你的钱,我还能安心吗?”

秦小溪看见春的眼里闪着泪花,就不再说什么了,心里暗想:现在说什么他也不听,等送一阵子,天变冷了,自己只要说吃够了,他也就不送了。

第四天的晚餐是一份黑胡椒牛排、一份西芹炒百合、一份海鲜疙瘩汤。

秦小溪看了菜以后说:“你如果一直这样送下去的话,每天晚上吃这么多,我会变成小肥猪的。我看以后你还是中午送吧,吃剩下晚上可以再吃,以免浪费。”

春爽快地答应:“好嘞,从明天开始改中午送。”然后欢快地离开了。

第五天中午,秦小溪刚下课回到宿舍,春就来了,他带来了一份虾仁猪肉水饺、一份土豆烧牛肉、一份青菜汤,还有一头蒜和用纸杯盛着的半杯醋。

秦小溪感慨地说:“你真细心,还能想着带醋和大蒜,只是吃水饺你带菜干什么呀?”

春解释说:“土豆烧牛肉是让你留着晚上吃的,你们屋里不是有暖气吗?你把它放在上面,晚上不会很凉的。”

秦小溪看着春的笑脸,开玩笑说:“我让你中午送饭,不是让你连晚饭一起送的。这下好了,一顿改两顿了,你是不是想只送五十天呀。”

春连忙说:“不是,其实,绝对没有这个意思。”

看到春认真起来,秦小溪说:“我明白你的意思。”说完这句话,秦小溪突然感觉自己的脸有点发热,再看春,竟然红着脸低下了头。

秦小溪说:“好了,快回去吧,路上小心。”

春每天中午像时钟一样准时地来送外卖。天越来越冷,张月娥曾提议,她们集体多要几次外卖,这样春很快就能把钱还上。可是春不同意,他的理由是他每月的工资只能承受每天送一份免费的外卖。

第三章
橙色的梦

苏筱筱能认识杜大海实属偶然。大四时，筱筱父亲的好朋友王叔叔来北京谈生意，父亲请他给她捎了一些物品。他约筱筱晚上六点在北京国际饭店吃晚饭，并对她说他们人少，筱筱可以叫几个同学一起来热闹热闹。

六点一刻，苏筱筱和叶小童来到酒店时，王叔叔和杜大海已经等在餐桌旁了。餐桌很大，周围可以轻松地坐下十二个人。房间也很大，却只有他们四个人。面对一桌子丰盛的菜肴，他们边吃边聊，气氛很愉快。谈起吃饭的话题时，叶小童说她最喜欢吃羲和雅居的北京烤鸭了，她经常去吃，可是总也吃不够。杜大海称赞她会吃，因为那里是吃北京烤鸭最正宗的一个地方。

杜大海是一个跨国贸易公司的董事长，一个风趣幽默的中年男子，他很健谈，丝毫没有大老板的架子，他们一起喝了不少干白葡萄酒。苏筱筱和叶小童也是能喝几杯的女孩子，看到两个女孩大方地喝酒，杜大海非常兴奋。他分别给了她们名片，嘱咐她们在北京有什么事尽管给他打电话，可是并不局限于有事才打电话，想吃北京烤鸭时也可以打电话。苏筱筱笑了："你可不要后悔呀，我跟叶小童到羲和雅居吃过，那里的烤鸭真是百吃不厌的。"

“好啊,只要你们有时间,提前给我打个电话就可以了。”

苏筱筱笑着说:“我们有可能一周打一次电话的。”

王叔叔说:“你一天打一次电话,杜总也能请得起呀!不信,你就试试吧。”

可能是酒的缘故,整个晚上,杜大海说了很多,从20世纪80年代初期的事,一直谈到了现在他的跨国公司。在谈这些的时候,丝毫没有掩饰和修饰,他鲜为人知的经历和朴实深深地打动了苏筱筱和叶小童,就连王叔叔也是第一次听到。

杜大海的老家在青岛,80年代初,他没有考上大学直接参加招工考试进了工厂,做了一名普通工人,当时他的工资是每月二十八元,每月按考核分一等、二等和三等,奖金有十元、八元或者六元。一个班组平时关系都不错的同事,常常能为了两元的奖金,争得脸红脖子粗。他从来不争,每次都拿六元。那时,食堂里一份大锅菜五分钱,一只烧鸡只需七毛钱。

工作一年后,一天下午下班后,他到海鲜市场去买鱼。大部分摊位已经卖完了,他来到一个摊位前,挑了两条鱼和三只大螃蟹。鱼贩子在忙着点钱,他好奇地问,这是一天挣的吗?鱼贩子回答他,今天的生意不算好,只挣了三十几元,好的时候一天能挣五十多元。

回家的路上,他算了一笔账,按不好的时候算,一天能挣一个月的工资,一个月能挣两年半的工资,一年能挣三十年的工资……越算越觉得自己也应该去卖海鲜。

回到家,母亲看到他手里的东西,第一句话就是:“发奖金了?”这更坚定了他要改变现状的决心,他把自己的想法告诉了母亲。不等母亲开口,父亲就走过来用食指点着他的头说:“你这个没有出息的东西,没有工作的人才去干小商小贩,你放着好好的工作不干,净想些歪门邪道!”

他瞒着父母,果断地辞了职。他的本钱是一个月的工资加奖金,一共三十四元，卖了一年的海鲜，他挣了一万多元。

有了本钱，他又和朋友一起跑广州贩卖录像机。去的时候坐火车，有时他们还逃票，碰上查票，就拼命地往椅子底下钻，幸亏车上人多，到处是人挤人。

回来时只能跟着货一起坐船回来，轮船是从广州到青岛的，上船时他们都买好方便面和火腿肠或者午餐肉，从广州到青岛的两天两夜里，他们就全靠这些食物充饥了。有时碰上刮风的几天，船会颠簸得很厉害，那时再好的身体也会晕船，晕船的滋味可不好受，比生一场大病还可怕。直到现在他从来不吃火腿肠和午餐肉，看见就想吐，现在想起那段坐船的日子就不寒而栗。

他后来想，如果当时遇见台风船翻了，青岛的治安一定会好很多，那时船上坐的人基本上都是小商贩子，青岛市面上卖录像机的，都是靠他们这些人几件几件带过来的……

他还跑广州贩卖过金戒指、金项链等，那时没有百元的钞票，开始时把钱装在内裤的口袋里，那是他妻子特意为他缝在内裤上的。后来带的钱多了，他把钱装在妻子的高筒袜里，再缠在腰上。

为了能降低成本，他和朋友经常在夜间偷偷到珠海那边，那时珠海是特区，到那边去需要通过正常手续办理特别通行证，既费时又费钱，他们从未办理过特别通行证，都是夜间在当地人的指引下偷偷地穿过一片橡胶林到珠海那边。在橡胶林里不用说是夜间，就是在白天你也会找不到方向，全靠前边领路的人。有点风吹草动，前边的人就会紧张地低声命令："趴下！"他们都大气不敢出地趴在地上……

有一次，他们进完金货，坐公共汽车往回走，汽车突然停了，上来两个警察查走私。他立刻把自己的货递给身边的朋友，对他说他们要装作不认识互相打对方，打得越狠越像，对方被打后，装成受害者一样急忙离开，用这样的办法，他自己把警察吸引过来，其余的朋友也可以趁机脱身。两个警察正在前面检查着，看到车后面他们打架的情形立即都过来了，拉开他们后，把注意力都集中在打人的他身上。问他为什么打人，他先乱说一通，等同伴们都走远了，他才一边翻包一边对警察说他怀疑刚才挨打的人是个小偷，现在看来搞错了，什么东西也没少，警察也只好作罢。

回来时他带着十几枚金戒指，在火车上怕被小偷偷去，他到卫生间把金戒指全部装进只剩一根烟的烟盒里，回到座位上，从烟盒里拿出烟点上，握一下烟盒口，朝烟盒吐口痰，把烟盒假装很随意地放在地上，再把脚轻轻地踩上，刚好露出痰迹的位置，闭上眼假装睡觉。在火车上要待三十几个小时，他都不敢睡觉，关键是脚一定要轻轻地虚虚地踩，还要时时能感觉到它的存在，就像现在开车时踩离合器的感觉，因为稍一用劲，里面的金戒指就会变形……

听杜大海讲到这里，他们都笑了。尤其是苏筱筱的体会最深，因为暑假时她刚考完驾驶执照，对踩离合器的感觉太熟悉了。没想到眼前这个充满成熟男性魅力的男人，曾经吃过那么多的苦，说起这些来还能如此的幽默……

王叔叔敬佩地说："没有想到杜总的创业充满了戏剧性，更没有想到你是从三十四元的原始资本开始，发展到现在的跨国贸易公司，你真的很了不起！"

杜大海谦虚地说："这有什么，也就是我赶上了那个年代有太多的商机，只要肯吃苦，谁都能挣到钱。"

叶小竜也真诚地赞叹："我也认识几个老总，可是很少有人坦诚地说过去，有时你好奇地问，他们也会刻意地回避，好像说过去会影响他们现在的形象一样。"

苏筱筱也说："是啊，要是真的需要说过去，他们也只会说最光彩的一部分，逃票、偷渡之类的绝对不会说。"

杜大海风趣地说："现在，和当年的那些朋友坐在一起喝酒聊天，我说不太敢喝酒，有时感觉心脏不太好，他们还幽默地说，‘你心脏一点毛病也没有，感觉心脏不太好很正常，那是当年偷渡时吓得。’”他的话又引来一阵笑声。

苏筱筱说着端起一杯酒：“杜总，我敬你一杯，为你的成功和幽默干杯！”

杜大海爽快地一饮而尽，开心地说：“和你们在一起，我感觉自己也年轻了不少，特别愉快，以后我们经常聚一聚。”

晚餐结束时，杜大海要了苏筱筱和叶小童的手机号码，邀请她们下周末到羲和雅居吃饭。

12 月 24 日，下午学校放假半天，秦小溪和王晓文一起去购物。北京已经完完全全地进入了冬天，天气很冷，商场里到处都是卖保暖物品的大卖场。王晓文提议她们各买一条毛绒质地的床单，说她看见叶小童铺了一条，既柔软又暖和。秦小溪决定买两条，送给春一条，一想到春说在半夜里能冻醒，不难猜到春的被子一定不够厚不够保暖，干脆再为春多买一床鸭绒被吧。

秦小溪把这一想法告诉王晓文时，她不仅没有反对，还建议秦小溪不要对春说是特意为他买的，要说成原来就有，宿舍里太热用不上，放在那里占地方。

春已经为秦小溪送了二十八天外卖了，12 月 25 日中午，在春来之前，秦小溪思索着见到春该怎样说，才能让他接受，不知为什么，一想到春在这么冷的天气里，骑半个小时的自行车才能赶到学校来送饭，她就吃不下去。

春终于到了，他的脸冻得红红的，可是他仍然快乐地笑着，摘下手套的手也是红红的。秦小溪能感觉到春的手在拿东西时有些僵硬，心里一阵疼，她谨慎地说：“你们那里的饭，我已经吃遍了吧，我想让我的胃休息几天，最近我们食堂的饭菜也不错，你就不用送了，等需要的时候，我再给你打电话好吗？”

从 11 月 27 日到 12 月 25 日中午，这段时间是春来北京以来最快乐的一段时光。虽然北京的天气已经很冷了,可是他的心里无比的温暖,因为他每天都可以看到朝思暮想的白雪公主。

当春听到秦小溪说最近不想再吃他们饭店的饭菜时,他非常恐慌,忙解释:“我想,其实……其实……我们那里的饭菜品种很多,比如水饺有猪肉馅、素馅、鱼肉馅的,要不,从明天开始你自己点菜,其实……其实……我是为了……”春这样说,证明他相信了秦小溪的话。

而秦小溪听到他这样说,理解为他急着要还自己的钱。其实春很明白:如果是因为还钱,一天一天地还和一个月一个月地还,最后还完的时间都是一样的。

秦小溪对春解释说:“我要到明年七月份才毕业,还有半年多的时间呢。”

春没有说话,他的表情既为难又复杂,他无法对她说还钱只是一个借口,其实他最想做的是每天都看到她。

秦小溪拿出早已准备好的带着包装的鸭绒被,对春说:“你看,这么一大包,这被子一直放在宿舍里没有用,很占地方,你拿去盖,算帮个忙吧。哦,里面还有一条床单,也是用不着的。”

春双手接过被子,瞪着单纯的大眼睛说:“你什么时候需要点餐,一定要打电话。”

春当天晚上就用上了秦小溪送的被子和床单。他发现被子和床单都是新的,被子非常轻,暖和极了,躺在柔软的床单上,感觉床也不像以往那样硬了。春怀疑这是她特意为他买的,感到前所未有的温暖。

苏筱筱在周五的中午,接到了杜大海的电话,问她晚上吃饭能到几个人,他好安排用什么车去接。

这是苏筱筱没有想到的，因为她和叶小童都认为，杜大海只是喝了酒随便那么一说，不可能当真的，他毕竟是那么大一个公司的董事长，怎么可能有空和她们这些学生吃饭闲聊，所以早把羲和雅居之约忘得一干二净。

现在突然接到杜大海的电话，她还不好意思说自己早已经忘了，可是叶小童又不在身边，只好对他说她落实好几个人，再给他回电话。

苏筱筱立即去找叶小童商量，叶小童也很有感慨地说没有想到他是一个这么守信的人。

苏筱筱同宿舍的六位女同学，除了张月娥晚上要去代课不能去，其余的都去，苏筱筱还叫了两名男同学。

苏筱筱他们七人坐着杜大海派的商务车六点准时来到了羲和雅居，他们几乎和杜大海是同时进入的房间。杜大海见到苏筱筱和叶小童，就像见到了久违的老朋友一样开心。苏筱筱向同学们介绍了杜总，同学们看到平易近人的杜总，也都很随意地和他聊了起来。

杜大海和同学们开怀畅饮，天南地北地聊着，一顿饭吃完了感觉还没有尽兴，建议大家一起去唱歌放松放松。

在 KTV 大包房里，他们又要了很多啤酒和两个果盘，一边喝酒一边唱歌。杜大海那么自然地融入苏筱筱他们的同学中，他有时还和两个男生抢话筒，丝毫感觉不到他们年龄的差距。更让苏筱筱想不到的是，他唱得不是一般的好，先唱了一首《滚滚长江东逝水》，歌声浑厚而悠扬……

唱完后，掌声一片，他接着又唱了一首刘欢的《从头再来》。

苏筱筱发现这首早已熟悉的歌，经他这么一唱，因少了浓重的鼻音，韵律更加优美，她相信别人也有同感，接着是掌声不断，就连性格内向的沈妮也一边鼓掌一边叫：“唱得太好了，简直是专业水平。”因为他声音的音质确实太完美了。

苏筱筱还发现歌词也直往心里钻,仿佛是他沧桑的经历:

昨天所有的荣誉,
已变成遥远的回忆,
勤勤苦苦已度过半生,
今夜重又走进风雨。
我不能随波浮沉,
为了我至爱的亲人,
再苦再难也要坚强,
只为那些期待眼神,
心若在,梦就在,
天地之间还有真爱
……

两个男生也都分别唱了,可是他们唱得很普通,和杜大海唱的歌一比,就显得很平淡了。

两个男生唱完后,要求女生也唱,否则谁不唱谁就喝酒。开始只有沈妮唱了,其余四个女生都喝酒没有唱。两圈后,秦小溪和王晓文就撑不住了,只好也唱了。

杜大海要求每个人都要唱,说:"到了这里就是唱歌的,唱歌会解酒的,不信你们可以试一试。"说完,他又唱了一首陈坤的《月半弯》。

这是一首非常浪漫与温柔的情歌,杜大海动情地唱着:

那夜真的很浪漫

我带你去看月半弯

……

感觉爱情悄悄来临

纷纷扰扰与我无关

……

月半弯好浪漫

月光下的你显得特别地好看

月半弯我喜欢

有情有义有你还有甜

……

歌唱完了，他仍然意犹未尽，不知道是陶醉在歌词里，还是乐曲里，或者两者都不是，而是陶醉在今晚美好的时光里。

现在只有苏筱筱和叶小童没有唱歌，大家把矛头都对准了她们俩。叶小童非常为难地说："我确实不会唱歌，真的，我天生五音不全。"

可是同学们都不罢休，叶小童只好唱了几句只有一句歌词的《祝你生日快乐》。叶小童确实没有撒谎，她唱到第三句就跑调了，同学们开怀大笑。

笑罢以后，大家没有忘记再攻击苏筱筱，苏筱筱只是笑。

王晓文明知故问："你是不是也不会唱歌啊？"

两个男生也跟着起哄："对呀，怎么今天晚上把这茬给忘了，谁不知道你是我们学校唱得最好的，看来我们都喝多了。"

杜大海纳闷地看着他们，不知道苏筱筱究竟会不会唱歌。

这时，苏筱筱腼腆地拿过话筒，用带着上海口音的普通话说："我用粤语唱一首《万水千山总是情》献给杜总，感谢他让我们度过了一个愉快的晚上。”

随着音乐的缓缓流淌，苏筱筱的歌声像潺潺的流水一样清澈、动听：

莫说青山多障碍
风也急风也劲
白云过山峰也可传情
莫说水中多变幻
水也清水也静
柔情似水爱共永
未怕罡风吹散了热爱
万水千山总是情
聚散也有天注定
不怨天不怨命
但求有山水共做证

杜大海为这如天籁般的声音陶醉了，这首歌的歌词仿佛是专门为苏筱筱写的。她的容貌，她笑时像月牙一样弯弯的眼睛；她的声音，就如她选的歌一样柔情似水；她风情万种的神态，就如歌名一样万水千山总是情……

苏筱筱的歌已经唱完了，同学们一边鼓掌，一边要求再来一个。杜大海从美好的遐想里回过神来，他拼命地鼓掌，感慨万千地说：“到今天我才知道，在 KTV 包房里坚持不唱歌的人有两种：一种是不会唱的人，一种是唱得非常好的人。”

叶小童说：“杜总，你说得太经典了。今天晚上两种人你都遇上了，你这么荣幸，就再唱一首吧。”

杜大海谦虚地说：“苏筱筱唱得这么好，我都不敢唱了。让她再唱一首好吗？”

王晓文推荐说：“苏筱筱唱得最好的是邓丽君的歌。”

苏筱筱对杜总说：“杜总，还是你唱吧，我们同学都喜欢听你唱。”

“筱筱，不要让大家失望，你唱完了，点一首你们爱听的我再唱。”杜大海说完后，才发现自己刚才说话的语气有些亲昵，居然没有称呼她的全名。

苏筱筱选了邓丽君的《甜蜜蜜》。

甜蜜蜜你笑得甜蜜蜜
好像花儿开在春风里
开在春风里
在哪里在哪里见过你
你的笑容这样熟悉
我一时想不起
啊——在梦里
梦里梦里见过你
……

这是一首老掉牙的歌，可是，今天经过苏筱筱这么一唱，杜大海感觉他从来也没有听过如此美妙的歌。他也是第一次注意到这首歌的歌词也很甜蜜，就像此时唱歌的人一样。原来听邓丽君唱过无数次的《甜蜜蜜》，他从来没有去考虑歌词是怎样的……

苏筱筱继续唱着：

啊——在梦里
梦里梦里见过你

甜蜜笑得多甜蜜
是你，是你，梦见的就是你
……

她的眼神和杜大海的眼神交织在一起，但是她的眼神很快就漂移到屏幕上，杜大海深深地被眼前这个年轻的女孩吸引了。

苏筱筱唱完歌回到同学中坐下，甜甜地对杜大海说："该你唱了，你唱什么？我帮你点。"

杜大海回答："我什么都能将就着唱，看你喜欢听什么。"

苏筱筱歪着头考虑了片刻，突然有了主意，刚才他不是唱了陈坤的《月半弯》吗？现在电视上正在热播的陈坤主演的电视剧《金粉世家》的片头曲很好听，何不让他唱一唱？于是，苏筱筱征求同学们的意见说："要不要听杜总唱沙宝亮的《暗香》？"

同学们也一致认为《暗香》是非常好听的一首歌。

杜大海说："我从未唱过这首歌，试试吧。"他拿起话筒，很投入地唱了起来，眼睛始终盯着屏幕上的歌词：

当花瓣离开花朵
暗香残留
……
如果爱告诉我走下去
我会拼到爱尽头
心若在灿烂中死去
爱会在灰烬里重生
难忘缠绵细语时

用你笑容为我祭奠

……

他的声音少了点沙哑，可是他唱得很深沉，很用情，比原唱更有味道……他的乐感极强，应该属于那种天生会唱歌的人。

他们就这样狂欢了一个晚上，苏筱筱他们回到学校时，已经十二点多了。

一连几天春没有来送外卖，秦小溪每天和王晓文一起去食堂吃午饭，心里空落落的。这天吃午饭时，王晓文和秦小溪聊起了春，说："你看，春可真够笨的，他都想不到，饭店的饭菜再难吃也比食堂的饭菜味道好，他竟然看不出你是担心他冷才不要外卖的，难道他也没有发现鸭绒被是新的吗？你说他有多笨！"

"我倒不这么认为，他太实诚了，想不到我们会骗他。"

王晓文突然想起了什么："我们也够笨的，你想过没有，他本来就是送外卖的，你不要，别人也会要的，也许为别人送外卖的距离比我们学校还要远呢！"

于是，她们决定给春打一个电话问一下，结果证实了春每天中午和晚上都在送外卖，半小时以上的路程很普遍。面对这样的情形，秦小溪才发现自己有多天真，竟然想不到即使她不要外卖，别人也会要。

连续几天没有看到秦小溪，春的心仿佛被掏空了一样。一接到秦小溪的电话，得知他又可以给她送外卖了，心里有说不出的快乐，这意味着他又可以每天见到她了。从第二天中午开始，春又恢复了每天为秦小溪送外卖。

今天是春到北京后第一次拿到工资，扣了给秦小溪送外卖的成本，已经剩不下多少了，可是他还是给秦小溪买了橙子。秦小溪看见橙子兴奋的样子是他绝对没有想到的，原来她像他一样爱吃橙子。一个想法立刻跳进了春的脑海里，如果将来他有很多的钱，一定要为她买很多很多的橙子，用橙子把她睡觉的小床围起来，让她每天在橙子堆里睡觉，想着想着，春开始笑自己了，因为他已经真的把她当成白雪公主了。

看到春带橙子来时，秦小溪很纳闷，因为橙子是她最爱吃的水果，春怎么可能知道。她问春怎么想起来买橙子，春说他最喜欢橙子的颜色和味道。小时候，他邻居家的一个远房亲戚来时带了不少橙子。邻居曾经送给他两个，他急忙回到家，费了很大的劲，才剥开一个，一尝简直是他吃过的东西中最好吃的，他让爹娘一起吃，可是他们都说不喜欢吃，现在才知道那是他们不舍得吃。春说想想真可笑，剥完橙子后，他把手凑到鼻子上闻，那种奇特的香味让他一整天都没有舍得洗手。第二个橙子爹娘说什么他也不舍得吃，放在枕头边上每天晚上睡觉时都双手捧着闻……

春还说其实他一直想为秦小溪买橙子，只是因为没有钱，昨天他第一次领到工资，虽然很少，可是买橙子的钱还是有的。

秦小溪发现春说话有一个特点，特别喜欢说“其实”，有时用得正确，有时在不知道该怎么说，或者是想解释什么时，都喜欢用这个词。

那天晚上，秦小溪挑了一个最大的橙子，像春说的那样，放在枕边，原来橙子不吃只闻也是一种享受。这一夜，她睡得特别踏实，连个梦也没有做。

苏筱筱再一次接到杜大海的电话，是一个月以后的一个下午。在电话里他先问她晚上有课没有，当知道她不上课时，他邀请她参加一个晚宴，说最好她一个人去，因为客人是两个美国人，西方人不喜欢热闹。

苏筱筱犹豫着，杜大海接着说：“五点我到你学校门口接你。”

她想说不去，可是刚才已经和他说了晚上没有事情，她还想说什么，不等开口，杜大海已经挂断了电话。

苏筱筱五点整走出校门，杜大海的奔驰已经等在那里了，看见她走过来，他立刻下车走到汽车的另一面为她打开了副驾驶座边的车门。他们两人都坐好后，他没有立即发动汽车，而是侧脸看着她。她的眼睛看着正前方，可是余光能看到他的一举一动，也能感觉到他想说什么。他发动了车子，只说了一句："系好安全带。"就沉默了，奔驰飞快而平稳地汇入车流里。

苏筱筱知道那不是他刚才想说的，她想问他为什么请她吃饭，又感觉好像是明知故问，想说点什么来打破沉默，又感觉想说的话题都不太合适，一直这样谨慎地不开口，突然感觉自己有些自作多情。

实际上，此刻他和她的心情完全一样，只是他没有想到罢了。

他一上车就想问她为什么有时间还不愿意陪他吃饭，也是感觉这样有明知故问的嫌疑，因为他已经不是单身谈恋爱的年龄了，他有家庭有妻子有儿子。他不能也没有权利没有资格像帅哥要求女朋友那样要求她……他也想说点什么来打破沉默，可是又怕说得不合适，她会不高兴……他发现自己竟然如此在意她的喜怒哀乐……

从认识她的那个晚上，他就发现自己前所未有的兴奋，她的甜美，她的丰腴，她白里透着粉红的健康肤色，是很多现代女孩所不具备的。现在推崇的时尚是以瘦为美，很多女孩面黄肌瘦，还喊着要减肥，身材毫无女人应该有的曲线，还美其名曰"骨感美"。

而她则不同，她的美丽是一种成熟的自然的美，是一种集古典与现代于一身的美，是一种让人无法抗拒的青春洋溢的美，她丰满的胸部，非常自然地让他想到"静如处子，动如脱兔"这一比喻……她的声音也是她美丽的一部分，说话时带着上海口音的普通话，听起来让他感觉特别柔美，还有在 KTV 包房里，她唱得那么好，却不轻易地去唱，他差一点认为她不会唱，和以往他见过的那些唱得不好还拿着话筒不撒手的女孩比起来，更显出了她的不俗……

下午的电话并不是一时冲动才打给她的，而是经过了一个月的思想斗争后的结果。他说服自己，认为自己并没有什么非分之想，只是想见到她，想听她说话，想感受她青春的气息……

两人坐在车里，都不说话，气氛有些尴尬，还是杜大海先打破了沉默："没有想到你歌唱得那么好，绝对专业水平。"

苏筱筱笑着说："你过奖了。我瞎唱的，平时很少唱。你唱的才能称为专业水平。"

"我也是有时喝了酒喜欢唱几句。你毕业以后准备到哪里去发展？"杜大海说完后，又感觉问得有点别有用心。

苏筱筱回答："如果在北京找不到理想的工作，我会考虑回上海的。"

……

苏筱筱突然想起了过一会儿要和美国人吃饭，便问："和美国人吃饭时，有没有需要特别注意的事情？"

"没有，你不用紧张，他们和我们一样都是普通的正常人，他们也喜欢吃北京烤鸭。"说完，杜大海爽朗地笑了。

苏筱筱也会意地笑了，毫无疑问他们又要去羲和雅居了。

后来苏筱筱才知道，羲和雅居有一个房间是杜大海他们公司专用的，上次杜大海请他们同学就是在这个房间。

坐在餐桌旁，她多少有些拘谨。而杜大海和两个美国来的中年男子非常自然地交流着，让她万分震惊的是他居然能说一口标准流利的英语。她清楚地记得他曾经说过他没有上过大学，她应该早料到他的英语水平不一般，因为他没有带翻译。她只是偶尔能听懂一些生活用语，往往是第一句话才反应过来，人家又说出了第二句、第三句。席间，一个客人问她是不是韩国人，她用中文笑着回答不是，并自然地问他为什么会这样认为，他改用生硬的中文回答说，她的容貌像韩国人，一笑更像。她客气地笑笑，想用英文和他聊几句，又怕自己说的英文，听起来像他们说的中文一样生硬，就没敢说什么。和杜大海的英语水平一比，作为大四学生的她感到很惭愧。

他和他们交谈着，话题很广泛，除了谈生意合作的有关事项，他们还谈了以前对中国的印象，以及这次来中国后看到的变化，感叹最近几年中国的高速发展。

杜大海对他们说，他们只是注意到了中国近几年来的经济变化，还没有真正体会一下这个文明古国的地大物博。建议他们不要每次到中国都是来去匆匆，有时间一定要来休闲旅游一下，中国有很多处被列为世界遗产的自然风光，非常值得一看。他特别向他们推荐了九寨沟的自然景观……

回学校的路上，车里的气氛比来时轻松自然了许多。苏筱筱几乎是用崇拜的眼神看着杜大海："真没想到你可以不带翻译去和外国人谈生意，你的英语是什么时候学的？"

"前几年才学的，工作需要，没有办法，不是任何时候都可以靠翻译的，有时通过翻译你会感觉很难和对方沟通，而当你和对方不是来自同一个国家，却能用同一种语言交谈时，彼此之间的距离会立刻拉近。"

苏筱筱听完后佩服地直点头："你有太多的我没有想到。"然后调皮地问："还有吗？都说来听听。"

"当然有了，只要你愿意听，我随时可以讲给你听。"

苏筱筱说："我现在就想听。"

杜大海又讲了一段让她想不到的经历："我还曾经干过倒卖外汇的'黄

牛’，就是从别人手里低价买进美元，再到银行外面或者是其他公共场所高价卖出。后来我发现，广州那边的价格比青岛要高几毛钱，就干脆直接带美元到那边，先把美元卖了，再用人民币进货，就是我上次说的录像机或者是金戒指……你能想到我把美元藏到哪里吗？”

苏筱筱想起了他曾经把钱装进高筒袜里缠在腰上，想不出他还有什么高招，只好说：“我想不出来。”

杜大海得意地说：“你绝对想不到，我把美元卷成细卷，用细铁丝串起来，放进小行李车的不锈钢的钢管里。这回我坐在火车上，脚不用找踩离合器的感觉了，可以实实在在踩在小行李车上，我可以踏踏实实地睡觉。”

这当然是苏筱筱无法想到的，更让她无法想到的是，她发现自己已经悄悄地被他吸引住了，而且吸力很大。

杜大海问：“刚才你大体能听懂吗？”

苏筱筱自嘲地说：“听懂什么呀？就一句我听得真真切切。就是吃烤鸭时，他们一个劲地说：‘Delicious！It’s delicious！’原来他们比我还馋烤鸭呢！”

杜大海听罢，笑着说：“你也太谦虚了吧！”

……

第二天，苏筱筱收到了杜大海发的信息：

“毕业后，你可以到我们公司工作吗？”

短短一个月的时间，杜大海在苏筱筱的眼里已经成为一个神奇的人物。他的魅力，区别于其他异性的最大特点是一点一点慢慢地展现在她的面前的。这种奇特的魅力，不是具体到容貌、身材或者是穿着，也不是庸俗到金钱、房子或者是汽车，而是一种内在的抽象的魅力。这种神奇的魅力会随着时间的推移，源源不断地一点一点释放出来。这魅力强烈地吸引着苏筱筱，让她渴望靠近他……再靠近他……一点一点地去感受……

可是理智告诉她，不能靠近他，只能远离他，因为认识他的第一天，他就毫不避讳地说了妻子和儿子。如果说上一次的恋爱可以原谅，那是因为她当时确实不知道对方是一个有妇之夫。那么这一次再爱上一个有妇之夫，是绝对不能原谅的，因为一开始她就非常清楚地知道他的处境……

她这样想着，所以没有回信息。

可是杜大海又发了一个信息：

“这不是一时冲动，是反复思考了一个月的结果。希望你能理解。我只想给你一份工作，给自己一个可以见到你的机会。我别无所求。”

她犹豫了，因为和他在一个公司工作，会有很多见面的机会，也一定会有很多一起吃饭的机会，她完全可以想象出和他在一起，心情会是怎样的愉悦，而这一切正是她所渴望的。她仿佛看到了一条布满鲜花和充满梦境的神奇之路在向她招手，她同时隐约感到这条神奇之路也许会有一个温柔的陷阱，考虑再三，不知道此时该怎样做，只好沉默，出于礼貌，她婉转地回了一个信息：

“半年以后才毕业呢，我现在全力以赴地忙毕业论文。”

杜大海收到苏筱筱回的信息，从心里感慨她的聪明与含蓄，她既没有拒绝他，又没有答应他，还巧妙地告诉他最近自己很忙，暗示他不要打搅她，看来他只有耐心地等待了。

第四章

有一个故事将要发生

春最近总是想起秦小溪，一天要想很多次，总希望时间能过得快一点，明天中午就可以再看见她了。可是有时又害怕时间过得太快，怕一百天很快就过去了，她早晚会毕业的，不知道她会不会离开北京，将来也许没有机会再看见她。一想到这一点，他就特别心慌，仿佛就要看到了世界末日一样。他无法解释自己既复杂又矛盾的心情，也找不到可以倾诉的朋友，只好把这一切都写进日记里。这是一本从他一来北京就陪伴他，记载过他的辛酸与苦辣的日记本，现在他用它记载与秦小溪相识的经过和感受。

看看自己情不自禁写下的这些东西，他感觉日记的内容丰富了很多，他的心情也好了很多，因为他的日记里蕴藏着许多甜蜜的东西。一想到他的秘密只有他和这本日记知道，心里就涌出一阵莫名的幸福，原来悄悄地把一个人藏在心里，偷偷地想她，竟是一件如此快乐的事情。

不知道如果有一天，秦小溪见了会怎么看，春想她一定会很生气，并且会认为他很不可思议，所以，他决定要好好守住这个秘密，不让她知道。

春整整送了一百天的外卖，冬天过去了。

在这期间，秦小溪和王晓文参加了本校的研究生考试。

终于到了毕业的时间，秦小溪和王晓文都考上了本校的研究生。暂时还不用考虑工作的问题，吃住都在学校里，研究生宿舍是两人一间，她们又住在了同一宿舍里。宿舍楼在学校的最后面，和前面的宿舍楼相距很远，中间是一个很大的图书馆，图书馆的西侧是教学楼。宿舍楼的西侧，也就是教学楼的后面是一个小餐厅，这里的伙食比前面的大餐厅要好很多，就餐的人数也少很多。

毕业的那一天，宿舍的空气里散发着伤感的味道。大家都在忙碌地整理自己的物品，面临着分别，秦小溪她们六个人，各有各的伤感，各有各的忧愁。

叶小童的伤感，完全来自同学分手的离别之情，同居一室、快乐相处了四年的同学，从此以后天各一方，不知道多久才能再相见。她丝毫不用担心自己的未来，无论是留在国内或者是到国外，她的父母都会给她安排最安逸的生活。从小到大，她都是父母的乖乖女，总是习惯毫无思想地接受父母给予的一切。

苏筱筱既伤感又忧愁，虽然一毕业就可以留在北京，进入赫赫有名的国际贸易公司，有一份不错的工作，可是这工作却和自己学了四年的设计专业毫无关系。而这一切都来得如此突然和容易，"突然"得让她来不及考虑对与错，"容易"得让她感到不真实，太容易得到的东西也往往容易失去，"天上不会掉馅饼"是有一定道理的，她无法判断走出校门踏入社会的第一步，等着自己的究竟是福还是祸。

张月娥的心情和她们比起来要平静一些，从一开学到毕业四年中，她从未想过将来会离开家乡，好像从哪里来就要回到哪里去，是天经地义的事情。她的家乡很穷，可那是生她养她的地方，到北京来上学仿佛是到一个精彩的大世界里观光旅游，她看到了很多原来连想都没有想过的，也学到了很多。可是这座城市无论怎样精彩，和她没有任何关系，既然是观光旅游，完事以后当然要回家的。

沈妮虽然和张月娥都来自农村，但她的家乡比张月娥的家乡富裕很多，所以她们的思想截然不同。她一来到北京，就被这座充满现代化气息的大都市吸引了。那些原来只能在电影和电视上才能看到的景象，如今都呈现在面前。这里到处都是高楼大厦和错综复杂的立交桥，走在大街上，每当看到各种各样的汽车飞快地行驶在纵横交错的有点神奇的立交桥上时，心里就有一种说不出的畅快……当然这里更是政治、经济、文化、艺术的中心，如果想随时感受这一切，最好的办法莫过于留在北京了。其实，她想实现她的理想，是件很容易的事情，只要她愿意和一直喜欢她的“博士后”交朋友，不用她开口，“博士后”的父母也会利用一切可以利用的关系，把她留在北京的。可是她不想让任何人误会她是因为这种理由和“博士后”交朋友的，尽管她不是很讨厌他，却也没有喜欢他到了可以嫁给他的地步。如果托他帮忙，无疑是在利用他的感情，这是她绝对做不出来的事情。以她倔强的性格，即使是真的喜欢“博士后”，也不会找他帮忙的。她一直把爱情看成是一种最神圣的感情，认为真正的爱情是不带任何附加条件的，爱是发自肺腑地喜欢一个人和情不自禁地被一个人所吸引。这种“喜欢”和“被吸引”的对象完全指的是一个实实在在的人，而不是附着在一个人身上的一切有利条件。若是为了某个条件去爱对方，那是对爱情的亵渎。从大三开始，她就努力寻求，希望毕业以后可以留在北京工作，可是直到毕业，也没能如愿。

面临将要分别的同宿舍的同学们，平时很少说话的沈妮说了很多话，这些话听起来很诚恳却很不顺耳。她对张月娥说：“大姐，我们本来就是井底之蛙，通过不懈的努力，有一天，我们终于跳到了井上，看到了一片崭新的广阔的天地。可是，你为什么愿意再回到井底呢？你是在回避，因为在井外的世界里,你要不断地去寻觅、去努力、去奋斗,这样太辛苦了,所以你选择了回到井底。”

张月娥笑了,她很平静地回答:“我不这样认为,虽然我又回到井底,可是我已经不是原来的我了,我学到了很多的知识和技能,我愿意尽自己最大的努力,去教会那些仍然困在井底的青蛙们一些知识和技能,希望他们可以跳得轻松一些。如果因为我的努力,他们可以早一天跳出井底,我将感到莫大的欣慰。”

沈妮不置可否地笑笑,继而对叶小童说:“我原本是不相信命运的,遇见你后,我信了。你那么善良、那么与世无争,可是这世界却给了你任我怎么努力都无法得到的一切,这就是我们不同的命运。”

不等叶小童说话,沈妮又把话题转向秦小溪和王晓文:“还有你们,想过没有?选择考研也是暂时的逃避,无论什么时候毕业,总有面临踏入社会工作的那一天,只是早晚的问题,不过你们希望这一天来得晚一些再晚一些。”

秦小溪没说什么。

王晓文回应道:“同学四年,你一直像个温顺的小绵羊,今天怎么突然就长出了犄角,除了叶小童有好的命运,我们不是‘回避’就是‘逃避’,好像就你一个人需要面对现实一样,不要怪我说话太直,你若真的现实,就应该选择和‘博士后’谈恋爱,而不是选择孤军奋战。”

苏筱筱对沈妮说:“真的,不要怪王晓文这样说,你考虑问题有点钻牛角尖,并不是‘博士后’帮你留在北京,你就一定要嫁给他。男女之间应该有真正的友谊,作为普通朋友,托他帮个忙有什么不可以的。”

“很遗憾我们同居一室四年,过去你不了解我,现在也不理解我,但我相信在未来你会改变对我的看法。”沈妮有些伤感,说到这里,话锋一转:“筱筱,我想提醒你一句,仅供参考,那就是凡事不要太浪漫了,当然不是特指感情。不管怎样,我都真诚地祝愿你有个美好的未来。”

苏筱筱说:“谢谢你,我会注意的。”

毕业后,苏筱筱来到杜大海的公司,她被分配到公关部工作,这样的安排,杜大海完全是从人尽其才的角度考虑的。

其一,苏筱筱既有让人赏心悦目的外形又有深刻的内涵 ,她毕业学校的名气足以让人仰慕的。

其二,她有着甜美的声音,什么话从她嘴里说出来都动听,尤其是她的歌声更有意想不到的效果。

其三,她有一定的酒量,这对当今流行在饭桌上谈生意来讲是至关重要的。

公关部的韩部长是一个老练的中年男人,苏筱筱第一天上班,她就发现他对自己特别关照,其他的同事几乎每天都有接待任务,经常往返火车站和飞机场接送客户,要陪客户游北京,帮客户购物,都是些琐碎、辛苦的工作。

韩部长很少安排苏筱筱做类似的工作,总是安排她陪非常重要的客户,往往是和杜大海一起,陪客户到高档次的酒店就餐,到环境非常幽雅的咖啡厅去喝咖啡聊天,有时也会到一些会员制的俱乐部去休闲娱乐,有时是唱歌,有时是打牌。

苏筱筱最初认为这一定是杜大海的特别关照,所以,一次在杜大海的办公室里,她委婉地对他说,这样是不是对其他的同事不公平,时间久了他们会有看法的。

没想到杜大海认真地回答:“这完全是工作需要,你做的这些工作他们都无法胜任,并不是不想用他们,如果让你去做他们平时做的工作,无疑是用高射炮打蚊子,这样比喻,你该明白了吧?”

在苏筱筱的眼里,杜大海就是这样的,无论谈怎样的话题,他的幽默无时不有、无处不在。

苏筱筱工作最初的半年里,虽然经常有和杜大海单独在一起的机会,可是他们之间一直刻意地保持着一个安全的距离,从不谈涉及情感的话题。世界上大多数的事情并不是回避就可以躲得过去,情感尤其如此,况且他们早在苏筱筱来公司以前就深深地被对方吸引着。

这期间,杜大海还安排苏筱筱随公司的业务人员到美国去待了一个月的时间。到美国一切安排妥当后,苏筱筱给在国内的杜大海打了个电话,一是报平安,二是汇报工作情况,在电话里他不厌其烦地嘱咐她很多生活上应该注意的细节,比她的母亲还要唠叨,最后要求她每天都给他挂一个电话。只是离开短短的几天,他好像变了一个人似的没完没了地叮嘱,牵挂之情溢于言表。挂断电话后,苏筱筱仍感觉他的声音在耳边呢喃,他高大的身影在脑海里晃来晃去,内心深处萌生了一股思念之情。

有几次,他们在电话的两端沉默着,谁也不肯先挂电话,沉静的时刻,能听到彼此的呼吸,能领会彼此的不舍。尽管双方都在努力地克制自己的感情,彼此心照不宣地维护着那层薄如蝉翼的窗纸。然而沉默不可能一直遂人心愿地持续下去,当情感堆积到一定程度的时候,终有爆发的一天。

苏筱筱一个月的美国之旅,是杜大海为了让自己冷静下来而特意安排的。没想到适得其反,一个月的分别,好像是一个催化剂,让他对苏筱筱的爱由原来的不够理智变成现在的近乎疯狂。

苏筱筱回国已经一周了,他们没有单独在一起。他想晚上约她吃饭,向她坦白自己的感情,再痛苦地沉默下去,整个人都会崩溃的。

他没有给她打电话,怕她会一口回绝,而是给她发信息:

"你如果有时间,今晚请你吃饭。"

苏筱筱收到信息后没有立刻回复,她能想到他为什么要请自己吃饭,吃饭只是一个形式。

他又发了一条信息:

“想吃什么？想到哪里吃？请回信息。”

她收到后，思考了一下，仍想用自己尚存的一点理智来说服他，于是给他回信息：

“时间不是问题，吃什么不是问题，到哪里吃也不是问题，问题是我们没有理由单独在一起吃。”

他很快又发来信息：

“我们有最充分的理由在一起吃饭，那就是……”

她看到他的信息，知道一切该来的都将来临。她已经无法拒绝他，就像不能拒绝自己爱他的心一样。

他们面对面坐在西餐厅里，一直沉默着。苏筱筱在不停地把玩着拿在手中的高脚玻璃杯，杜大海看着她，以他一贯的幽默展开了话题：“我敢打赌，你最信奉的名言是‘沉默是金’，对吗？”

苏筱筱不置可否地笑了笑，没有说话。

杜大海动情地说：“从第一次看见你，我就被你强烈地吸引了，不知道这算不算是一见钟情，我已经不再年轻了。可是我第一次爱上一个人，第一次体验到爱一个人竟是如此的痛苦。其实，你早就感觉到了，只是装作不知道，对吗？”

苏筱筱说：“我知道有一个故事将要发生，我知道故事的结局，我还知道结局是悲剧。那么，我还要期待这样的故事发生吗？”

“所以，你选择了沉默。”

“我不沉默，还有别的选择吗？”

“有！”

“什么？”

“像我一样真诚地去面对自己的感情。”

苏筱筱看着对面的杜大海，此时他的眼睛里既有深不见底的柔情，又有男人的刚毅与果断，这种刚毅与果断有点过，从某种程度上说是一种自信的霸气。就像大四时，他打电话约她和美国客户吃饭的那次，不等她找到拒绝的借口，他就果断地挂断电话一样，这一切都是吸引她的地方。不知道是谁说的，爱上一个人，连他的缺点都爱。

苏筱筱像中了魔一样无法遏制自己想和他在一起的欲望。当天晚上，在他办公室的休息室里，他们终于冲破了彼此一直小心翼翼守护着的最后一道防线。

苏筱筱不是第一次和男人上床，却是第一次体验如此高度的快感。她在他的身下不由自主地扭动着、尖叫着，浑身像酥了一样，享受着一阵紧过一阵的快感……以前，她和男朋友上床时都是水到渠成，一阵激情瞬间就过去，很快就风平浪静。而这次不同，她一直悬在快感的顶端，仿佛是荡秋千荡到最高点停滞了一样，她的呼吸不再顺畅，她的大脑无法思考……只能通过一声一声的尖叫来释放全身无法承受的快感……

杜大海的感觉更是前所未有的，除了李淑惠，他从未和别的女人上过床。苏筱筱丰满如面团一样柔软的乳房，让他的一只手尽最大努力都抓不过来。她凝脂一样温润的肌肤带给他难以言说的感受。这是一个花朵一样的女人，他深深地陷入进去，能清晰地感受到花瓣温柔地爱抚，接着是轻轻地咬合，最后是持续不停地有节奏地吮吸。她恰到好处地迎合着他，她的尖叫声更大大地刺激了他作为男人征服的本能，他自己也像一朵花儿一样怒放了，他的全身都酥了，整个人都飘了起来……不知道自己究竟是在天上还是在人间……他和她共同达到了最高境界。

以往和李淑惠做过的事顷刻间变得味同嚼蜡。李淑惠一动不动地躺着，自始至终没有一点声息。她的乳房像一张烙饼一样贴在胸前，他很少去触摸。

在这以前，他不知道女人做爱也是一种享受。有过这次销魂的体验，以后他们一发而不可收。

在这个世界上，毒品如海洛因、鸦片和人工合成的冰毒等产生的瘾，是第一类瘾，是人们很难用自己的意志去克服的毒瘾。很多吸过毒的人戒毒后，都无一例外地复吸。美国曾经研究发明了通过做开颅手术，切除有关毒瘾的记忆部分来达到戒毒的目的。可见，科学已经证明了这类毒瘾无法用人的意志去克服。

第二类瘾就应该是性欲带来的瘾了。性欲的满足，是人们身心的极大愉悦和放松，是情感的自然释放，很难用道德和理智去压抑它，需要很强的意志去抑制它。

第三类瘾就是对烟酒的嗜好了。这是一种有害于身体健康的不良嗜好，是一种除非你愿意深受其害，除非你不在乎家人的健康，如果你想戒掉，完全可以用意志去克服的瘾。

从出轨的那个晚上开始，杜大海和苏筱筱一直沉浸在第二类瘾里不能自拔。

秦小溪和王晓文两年的研究生生活就这么过去了，一毕业她们就搬进了王晓文早已找好的出租房里。半年前她们商量以后打算继续留在北京，王晓文就在学校附近到处找房子。那时，秦小溪还笑话她那么着急干什么，当时王晓文说等到毕业现找就来不及了，因为很多的学生都是那个时间毕业，僧多粥少，不先下手怎么行啊！

现在看来王晓文的决定是很英明的，一毕业学校就限令所有的同学一周后必须离校，很多同学面临着找工作、找住处的双重压力，秦小溪还就真的没有找到房子，又和王晓文住到了一起。房子是一个临街的六层楼的第四层，已经很旧了，面积很小，一室一厅一卫。所谓的厅只是一个门厅而已，一室朝阳，里面只有一张床和一张书桌，外带一把椅子。秦小溪原想买一张床，王晓文建议她买一个可以打开做床使用的沙发，理由是她们还不知道将来找的工作单位离这里有多远。可能有一个人先搬走，留下一个人住，两张床摆在屋里既不好看又占地方。王晓文考虑问题总是很周全，单凭这一点，秦小溪就非常佩服她。

她们当务之急是找工作，秦小溪的目标是想到比较专业的设计公司去工作，她很喜欢从事和设计有关的工作。在学校里学习时，就对设计有着极浓厚的兴趣，她从来都不把设计作业当成是必做的功课，总喜欢做出很多别出心裁的设计。她希望早一天看到自己的设计方案能运用到实际生活中，给人们带来真正的实用价值，而不只是一个展现在纸上的设计方案。

王晓文则不想到一般的设计公司应聘，想先找一家杂志社出版社等类似的单位，最好是对她日后出书有帮助的单位。她仍然念念不忘她的文学梦，她打算一边工作，一边写自己的书。她是一个无论做什么事情，目的性都很强的人。

晚上，她们躺在床上闲聊，王晓文说了自己的计划。

秦小溪听了后问："你还贼心不死呀？"

王晓文深有感慨地说："现在有文采的人太多太多了，就是一个初中生也能写出一篇像样的散文和小诗什么的，更不用说那些大学、研究生毕业的文科生了。如果我再写不出什么像样的东西来，恐怕一切都晚了。"

"怎么，有危机感了？"

"唉，你还记得毛泽东的《卜算子·咏梅》吗？"

"记得。风雨送春归，飞雪迎春到。已是悬崖百丈冰，犹有花枝俏。俏也不争春，只把春来报。待到山花烂漫时，她在丛中笑。"

"你知道还有人怎么写吗？"

"陆游曾经写过《卜算子·咏梅》：驿外断桥边，寂寞开无主。已是黄昏独自愁，更著风和雨。无意苦争春，一任群芳妒。零落成泥碾作尘，只有香如故。"

王晓文继续追问:“还有呢?”

秦小溪想了一会说:“再有什么版本我就不知道了。”

王晓文一副看破红尘的表情:“你说诗词如果写到这样的境界应该够水平了吧!‘已是悬崖百丈冰,犹有花枝俏’‘零落成泥碾作尘,只有香如故’。”

“那当然,这些都可以称得上是千古绝唱的名句了。”

王晓文接着说:“你就是真能写出水平这么高的一本诗集,也出版了,你想过没有,如果把一本不管什么人写的《成熟少妇的风流韵事》和这本诗集放在一起,人们会买哪一本?”

“如果是我的话,会毫不犹豫地买诗集。”

“可悲的是,像你这样的人少之又少啊!”王晓文赤着脚跑到秦小溪的床上,拿出手机来,打开一个信息让秦小溪看。

“《卜算子·咏妓》:酒店送客归,卖笑迎客到。已是夜半灯光映,犹有双乳俏。俏也不争春,只把春来叫。明朝嫖客离去时,她在数钞票。”

秦小溪看完后,哭笑不得。

王晓文说:“怎么样,这个版本够精彩吧!”

“精彩什么呀?是垃圾!他们写他们的,你写你的,依你的文学功底,还是应该写一些有文学价值的东西。”

“现在不是你写得怎么样的问题,而是你写出来有没有人看的问题。”

“我怎么突然发现你变得不自信了?”

“你看网上那些铺天盖地的文章,写得好的文章点击率并不一定高,而那些只看题目就让人脸红心跳,无论是内容还是文才都差极了的文章,往往都有很高的点击率。”

秦小溪安慰她说:“别想那么远了,等你写完了,再考虑这些问题吧!眼下还是先睡觉,明天你不是还要去应聘吗?”

“好,关灯睡觉!”

虽然熄了灯，但是秦小溪听见她一直在床上翻来覆去的，最后还是秦小溪先睡着了。

王晓文真的如愿去了一家颇有名气的杂志社，做了杂志社的美术编辑。由于单位离她们住的地方比较远，她另找到一处离单位较近的房子搬了过去。现在这套小房子归秦小溪一个人住了，她把她睡的床恢复成原来的沙发模样，向门边拖了一些，正好空出了一个位置，买了一个床头柜和一个带穿衣镜的衣橱安在那里，还买了一个简易的书架，放在床尾靠墙的一边，原来盛在纸箱里的衣服、书都有了属于自己的地方，现在看起来，俨然有点家的味道了，甚至隐隐约约能感到房间里的空气也弥漫着温馨的味道。不知何故，秦小溪想一直住在这里，也许因为这里离 A 大学很近，在 A 大学里无忧无虑的生活仿佛可以在这里得到延续一样。实际上一个更重要的原因是秦小溪不想承认的，那就是这里离春的快餐店又近了一步。

在读研究生的两年里，虽然食堂的伙食好了很多，秦小溪仍习惯每周要一次外卖，说不清究竟是为了改善伙食还是为了其他的原因。记得搬进新宿舍第一次要外卖，她告诉春她已经搬到学校最后面的研究生宿舍时，春兴奋地问："这么说你考上了研究生，对吗？需要读几年？"

"两年。"

春更加兴奋了，声音也高了不少："也就是说，你还要在学校里住两年整，是这样吗？"春在意的并不是她考上研究生这件事，而是她仍然要在北京待两年，这就意味着有两年的时间他还可以再见到她。

秦小溪回答："对。"

那时正是夏天，春送外卖来时，大概是天气热，又跑得太急，脸上红红的还淌着汗，但仍然是一脸发自内心的笑。春的眼睛从一进门就没有离开秦小溪的脸，一个劲地看着她笑，那样子看起来怪怪的，秦小溪总感觉他的脸有些异样，同时感觉自己的心也有些异样，她控制不住想去看那张熟悉的脸，却又不敢看。

王晓文对春说话，他虽然答应着，好像一句也没听进去。

春走后，秦小溪在王晓文面前有些心虚，便试探着说："我们一起要外卖，为什么总是我打电话，下次该你打了。"

王晓文疑惑地看着秦小溪："平时你不是好计较的人啊！今天怎么了？不会是因为电话费吧？"

秦小溪忙解释："当然不是了。"说完又后悔了，如果王晓文接着问那是为什么，她还真不知道该怎么回答。

不过王晓文没有接着问，而是自觉地说："好吧，下次我打电话，想想也该我打了，我还不知道春的电话号码呢？告诉我一下。"

实际上秦小溪更希望王晓文直接说："我连春的电话号码都不知道，还是你打吧，又不是什么体力活。"

从此以后，每当要外卖时，秦小溪都口是心非地说让王晓文打电话，好像这样就能证明自己对春没有任何感觉一样。可是每次她的心里又盼着王晓文会说这次该你打了，可是王晓文偏偏不是爱计较的人，当然她无论如何也没有猜到秦小溪如此复杂的心情，这时王晓文就会很自然地拿起电话来拨春的号码。每当这时，秦小溪就下定决心，下次一定要自己打电话，有好长时间没有在电话里听到春的声音了。真到了下次，秦小溪又腼腆起来了，这让她越来越讨厌自己羞涩的个性。

春每次接到王晓文要外卖的电话，都很纳闷为什么不是秦小溪打电话，多么希望是她打的电话呀，他好想在电话里听到她的声音。有几次他想问秦小溪，可是又没法问。只好检查是不是自己有什么地方让她生气了，也许是她看出了他的心思。因为那天他只看着她笑，虽然她没有看他，她眼睛的余光一定看见了，她一定认为他很可笑，不愿意理他。要不就是那个女孩看出了他的心思，他走后，她一定取笑秦小溪了，所以秦小溪生气了。

春想不清楚究竟什么地方得罪了秦小溪，又管不住自己不去想她，只好在心里劝自己，不管谁打电话，只要能看见秦小溪就行。

第五章

零点之前要回家

苏筱筱的生日是 6 月 21 日，北京近 7 月份的天气已经很热了。杜大海和她约好在他们常去的那家西餐厅用晚餐，他没有提过生日的事，说他下午有点事情需要办理，让她自己打车过去，他一办完事马上赶过去，可是她认为他应该记得今天是她的生日。

苏筱筱到西餐厅的时候，杜大海已经等在他们经常坐的位置上，桌子上既没有鲜花也没有蛋糕。苏筱筱纳闷，怀疑他忘了今天是她的生日。

早在一个月以前，他突然问她："你哪一天过生日，是下月 21 日，还是过阴历？"

她反问："你怎么知道我的生日？"

"你真笨得可爱，你的身份证号码告诉我的。"

她调皮地说："可是我不喜欢过生日，因为我想永远停留在去年的二十二岁上。"

"你刺激我呀，如果一过生日就可以长一岁，我每月都给你过一次，用不了两年你就和我一样大了，再接着过两年，我就喊你妈。"他说完就笑了起来。

苏筱筱笑着说:“你看你哪像老总啊!”然后若有所思地愣了一会神。

“想什么呢?”杜大海的一句话打破了苏筱筱的遐想。

“不告诉你,是秘密。”

杜大海拿出一把钥匙对苏筱筱说:“给你的,一套一室一厅的精装修房,你只需要带着你的衣服就可以入住了。”

苏筱筱这才发现原来他没有忘记自己的生日,而且还送了这么贵重的礼物,不无感慨地说:“有钱的人就是气派,生日礼物是一套精装修房。”

杜大海故意问:“今天是你的生日吗? 你怎么没有告诉我。”

苏筱筱接着羞涩地说:“讨厌! 礼物都准备了,还装什么?”

杜大海一本正经地说:“谁说是生日礼物,这是你来公司整一年的报酬。你是去年7月3日来的公司,我只不过利用职权提前十二天付给你,而且没有经过你同意把现金变为现房,以达到自己不可告人的目的。”

苏筱筱虽半信半疑,可还是被杜大海不同凡响的幽默逗乐了,她没有笑,而是假装生气地说:“算我自作多情了,早就知道你的心里根本就没有我。”

“谁说我的心里没有你?”

苏筱筱仍然憋住不笑:“本来嘛,连人家的生日都记不住。”

这次杜大海中计了,他以为苏筱筱真的生气了,一边喊服务员上生日蛋糕,一边对苏筱筱说:“我就是忘了出门要穿衣服,也不敢忘了你的生日。”

苏筱筱实在憋不住笑了:“你还很时尚呢,还想裸奔吗?”

杜大海这才发现被苏筱筱耍了,回应道:“你也学会了,真是常理说得对‘要想会,跟着师傅睡’。看我今天晚上怎么收拾你,我让你裸奔……”

他们又说笑了一会,蛋糕端上来了,苏筱筱又一次没有想到,这个双层的大大的蛋糕完全是用冰激凌做成的,纯正的奶油味和浓香的巧克力味扑鼻而来。而如此美味的蛋糕是他花了一个下午的时间,跑了好几家蛋糕店才定制的。他说他儿子是冬天的生日,今年过生日时,要求他妈妈为他定冰激凌蛋糕,那天他儿子吃得很开心。他就想等苏筱筱过生日时一定也为她定一个冰激凌蛋糕。可是他不知道哪里才可以定到,想问李淑惠,又不敢问,只好找到几家大的蛋糕店挨着问,他们一般不做或者只做很小的冰激凌蛋糕,直到找到一家专门制作冰激凌蛋糕的才定制了这个蛋糕。苏筱筱听了很感动。

苏筱筱和所有的女孩一样,都特别喜欢吃冰激凌。整个晚餐她除了吃冰激凌几乎没有吃别的东西,足足地过了一顿冰激凌瘾,可仍然只吃了上一层的六分之一。

杜大海取笑她:“吃起冰激凌六亲不认了。”

苏筱筱看着冰激凌蛋糕惋惜地说:“剩下这么多,好可惜呀。”

“可惜什么? 你可以带回去,放在冰箱里,以后慢慢吃。”

“你真逗,我们宿舍里哪有冰箱呀!”

“可是你家里有冰箱啊! 你不请我到你家去看一下吗?”

苏筱筱看到桌子上的钥匙,才想起来,从今天晚上开始她就有属于自己的家了。

苏筱筱用钥匙打开房门的一瞬间,看到眼前的一切,非常惊讶。房子不是很大,可是所有生活设施一应俱全。窗帘是她喜欢的玫瑰紫色,她兴奋地一跃坐到床上,看到床上温馨松软的被褥和枕头,开心地说:“想不到有这么好的精装修,连床上用品和窗帘都配好了。”

杜大海忍不住了:“你是真傻,还是装傻呀,谁家卖房子,连窗帘和被褥都搭上? 你是不是还希望搭上一个帅哥呀!”

苏筱筱吃惊地看着他。

杜大海一字一句地说:“都是我自己买的,容易嘛! 还不敢让别人看见,更不敢让别人帮忙,我们家搬过好几次我也没费这些心思。”

苏筱筱愣在那里。

杜大海接着说："别发愣了，快把冰激凌放进冰箱里吧。"

苏筱筱这才看见门厅的一个墙角放着一个双门冰箱。毫无疑问，这也是他买的，包括电视机和它边上的一束插在淡绿色玻璃花瓶里的足可以以假乱真的绢花。

苏筱筱眼里含着热泪，一个运筹帷幄的跨国贸易公司的董事长，为了自己能如此细心地去做那些费时费力的琐碎事，她再一次没有想到。

这一切让她感觉他的爱是那么的真实，那么的体贴入微。

当他们在宽大舒适的床上做完一切时，已经是差一刻钟到十一点了，他们的身心都得到了极大的满足。杜大海穿好衣服吻了一下苏筱筱因过度兴奋而绯红的脸颊，准备离开。苏筱筱站起来仍然恋恋不舍地用两臂紧紧地环绕着他的腰，脸贴着他的胸部，听着他铿锵有力的心跳，撒娇地说："我不让你离开嘛。"

杜大海迁就说："好了，我再陪你一刻钟，十一点必须走。"

"为什么必须走啊？我就不让你走！"

"我走是为了以后我们能更长久地在一起。"

杜大海十一点准时离开了。

以后便成了习惯，无论他们几点到这里，他离开的时间是相同的，都是十一点。

为这苏筱筱耍过几次小脾气，也施过几次小计谋。

记得有一次，苏筱筱故意在外面拖延时间，他们回去的时候已经晚上十点了，苏筱筱仍然只是和他坐在沙发上闲聊。

她对他说："说说你的妻子吧，她究竟是个什么样的女人？"

杜大海毫不避讳地说："她是一个很爱干净、很勤快的女人。有时吃饭，我被电视上的球赛吸引,放下碗筷关注了一会,再低头,找不到碗筷了,餐桌上一干二净。”

“平时她都有什么爱好?”

“谈不上爱好,她全部的精力都在钻研菜谱上,考虑菜的营养,还考虑色、香、味俱全。如果哪天报纸上宣传猫的生命力特别强,经科学家研究发现原因是它吃老鼠,根据这一发现结果制作的猫粮,同样有利于人的身体健康。你猜会怎样?”

“我怎么知道?”

“第二天,我们家餐桌上就保证会出现猫粮。我若不吃,她立刻会拿出报纸让我看。”

苏筱筱笑着说:“太夸张了吧。”

“我这不是比喻吗?”

苏筱筱话题一转:“我好悲哀啊!她逼你吃猫粮,你还那么急着回家。”

杜大海无奈地说:“我不回家,她不就发现了吗?”

“发现怎么了?这是迟早的事情。”

“我们之间的感情,没有被人发现时称为爱情,被人发现了就叫奸情。”

苏筱筱不解地说:“我就不明白,为什么爱情面前不人人平等呢?从远了说,张学良和赵四小姐算爱情,潘赞化和张玉良也算是爱情,就连蔡锷大将军和小凤仙都算是爱情,怎么到我们这里就成了奸情了。”

杜大海说:“我们凡人怎么能和名人比呀?”

苏筱筱更不服了:“你说别人也罢了,小凤仙是什么人啊?是一个妓女。蔡锷怎么会认识她,当然是逛窑子认识的,这样都能算是爱情,我的爱再不值钱也比一个妓女的爱情纯真吧。”

杜大海叹了一口气说:“现实生活就是这样,平民一男一女在一起叫耍流氓,同样的事情生意人叫潇洒,知识分子叫风流倜傥,小职员叫生活作风问题，领导叫生活小节问题，上一层的领导叫工作需要，更高层的领导，就成了考虑领导身体健康了。”

苏筱筱看了一下表，差十分钟十一点，才起身坐到他的腿上，双手搂着他的脖子，热烈地吻他，嘴里呢喃着情话。

杜大海也看了一下表，摸着苏筱筱的头发，像哄孩子一样对她说：“今天太晚了，明天我再来好吗？我该回去了。”

这次苏筱筱真的生气了，她处心积虑地拖延时间，就是想留杜大海过夜，他们在这里幽会已经快半年了，她一直希望他能够留下来陪自己度过一个完整的夜晚，哪怕是只有一次，可是他从未留下过。

于是苏筱筱酸酸地说：“你又不是灰姑娘，回去晚了会现原形，就是灰姑娘还午夜十二点才走呢。”

杜大海笑着对苏筱筱说：“知道你舍不得让我走，可是你也要理解我，回去晚了我真的没法交代，她都等我回去以后才睡觉。”

尽管苏筱筱很失落，可她也是讲道理的，只好放手让他走。

临毕业的前几天，天气特别燥热，秦小溪一个人在宿舍里，她想打电话告诉春她就要毕业了，她打算留在北京找工作，可又觉得很不妥，他算她的什么人？自己留不留北京与他有何关系？为什么要告诉他？如果真的不辞而别，又好像是不通情理，虽然他们之间没有什么，可他为她送了近三年的外卖，还为她买了好几次橙子，就是出于礼貌，也应该打个招呼才对。这样想后，秦小溪认为最好还是顺便要份外卖，显得比较自然。

春来的时候，除饭菜以外还带了一盒雀巢巧克力味道的冰激凌。这让秦小溪喜出望外，尤其是在这么热的天气下，正口干舌燥，突然看到了冰激凌，而且口味还是自己最爱吃的，愉悦的心情可想而知。她很感激地看着春说：

“谢谢你，帮我带了冰激凌，一共多少钱？”

“冰激凌是我送你的，我只收饭钱。”

“你真会买，我最爱吃这个牌子、这个口味的冰激凌了。”

“其实我也不知道你爱吃什么口味的，天这么热，我刚好路过卖冰激凌的地方，就顺手买了一盒。我说要女孩最爱吃的，人家就给了我这样的，没想到正是你喜欢的。”

春的诚实让秦小溪很感动，他完全没有必要解释他买到秦小溪喜欢吃的口味的冰激凌只是巧合而且还是顺路。在这种情况下，一般的男孩应该会说是自己判断的，是因为天热特意为她买的。更聪明点的男孩也许会趁机说是心理感应，因为他总想着她，所以他能感应到她什么时候想吃冰激凌，喜欢吃什么口味的。如此说，既能讨好女孩，又能含蓄地表达感情，还能试探对方的想法，一举多得，岂能错过机会。

当秦小溪告诉春毕业后，她会留在北京找工作时，春兴奋得脸都红了，她从未见过他一口气说了那么多的话。他说了很多他喜欢北京的理由，有些听起来很单纯，他说他们村的人都说北京是全国最好的城市，村里的人最大的梦想就是能到北京亲眼看一下天安门，人们常挂在嘴边的一句话是：“一辈子没有进过北京城等于没出生，一辈子没有见过天安门等于白来世上走一轮。”他还认真地对秦小溪说：“北京是能实现梦想的地方，真的，不信你试一试。”

秦小溪没有想到，在偏远的农村，人们对北京是如此的向往，也没有想到像春这样在北京算是比较低层的打工者，也能如此地热爱北京，能如此渴望一直快乐地生活在北京。

春想起了什么似的问：“你以后住哪里？”

“我暂时还没有找到住处，如果实在不好找，还和我一个宿舍的王晓文住一起。她已经找到了房子，就在学校南面那条街上。”

“其实你不用再找房子了，两个人一起住，既可以做伴，又可以省房租，比一个人住强多了。”

“你说得有道理，是应该先住在一起，等找到工作，看看住哪里比较方便，再找房子。”

春告别秦小溪后不久，又折了回来：“我忘了冰激凌的盒子是什么样的了，拿给我好好看一下，下次再买我就会记住直接要这一种。”

秦小溪把冰激凌盒子递给春，春仔细地看着几乎吃完了的冰激凌盒子说：“你应该先吃饭，空着肚子吃冷东西会不好受的。”

“可是等吃完饭再吃，冰激凌会化的，化了就不好吃了。”

“哦，下次再买，一定想着在离你最近的地方买。”

秦小溪没有王晓文那么幸运，两次应聘都没有结果。王晓文已经搬出去上班一个多月了，自己的工作还没有着落。晚上一个人躺在床上，回忆起前两次应聘的经历，怎么也无法入睡。

第一次是她在网上查到的某公司急聘室内设计人才的广告，一看条件简直是为她量身定做的，她满怀信心地去了。

这是一个规模很大的设计公司，在一个庞大的写字楼里整整占据了一层的面积。

秦小溪赶到那里，已经有几个人在排号等着，她没有想到应聘还要排队，开始后悔出门时没有带本书好打发等待的无聊，现在只好耐心等了。

秦小溪穿着浅绿色上面印有白色小碎花的丝质吊带连衣裙，外面套一件短款半袖的乳白色开司米毛衣，脚上穿着乳白色的浅口高跟皮鞋，背着同样是乳白色偏大了点的背包，背包的开口处，镶着一个翠绿色的大扣子。这身穿戴，在应聘的人群中，显得清新亮丽，格外醒目。

秦小溪在办公室门外靠墙的一长串椅子上找了个位置坐下了，实在感觉无聊，便拿出手机来玩游戏，玩了一阵后，抬起头来看看前面还有七八个人，看来排到她要等到中午了。

秦小溪双手并拢，举到胸前，尖尖的食指刚好触到嘴唇，微闭双目，祈祷能快点排到她，应聘能顺利。

这时，一个穿一身牛仔的女孩向她走过来了，很随意地坐在秦小溪身边的空椅子上和秦小溪聊了起来。

女孩充满朝气，穿一件浅蓝色短款的小站领牛仔上衣，四粒扣子只扣了最下面的两粒，上半部分自然地分开，露出里面白色的紧身背心。比上衣颜色稍微深了一点的蓝色牛仔长裤，显得两腿更加细长，脚上是一双白色的休闲鞋。

女孩给秦小溪的第一印象非常好，她皮肤不白但很有光泽，这是年轻的缘故，薄薄的单眼皮、高挺的小鼻子、唇线分明的小嘴，一笑嘴角两边露出迷人的小酒窝，无论是长相还是衣着都洋溢着青春焕发的气息，而且整体还给秦小溪一种踏实能干的感觉。

女孩有一个非常动听的名字"韩笑"。

一样的处境让她们很快就有了共同的话题。通过聊天，她们彼此了解到她们的年龄一样大，都是二十四岁，只不过秦小溪比韩笑大三个多月，她们学的是相同的专业。

不同的是，二十四岁的秦小溪，刚从中外赫赫有名的 A 大学设计系研究生毕业，还未曾真正踏入社会。

韩笑也是二十四岁，可她已经从一个名不见经传的专科学校毕业三年了，并且已从事了三年的实际设计工作，这次应聘是因为对原来设计公司的收入不满意，想跳槽的。

开始，秦小溪取笑韩笑把钱看得太重，说她如果工作很顺心，有必要为了钱跳槽吗？

当秦小溪得知韩笑的家境后，再也笑不起来了。

韩笑的家在农村，小时候家境还行，父母只有她一个孩子，父亲在外面打工，母亲在家照顾奶奶和她。后来母亲又生了弟弟，弟弟比她小八岁。在她上高中的时候，父亲病了，身体越来越弱，不能再到城里打工了，全家陷入贫困中。

韩笑和秦小溪是同一年参加的高考，而且韩笑比秦小溪的成绩高七分。秦小溪听到韩笑报了那个学校万分惊讶，她完全可以和自己上同一所学校。

韩笑回忆起当时报志愿的情形，她说她是因为学费和学制的原因报的这个学校。当时她笑着对母亲说，她想报这个学校是因为学费最低，还少上一年，早毕业一年她可以挣好多的钱，然后父亲就有钱看病了，弟弟也有钱上好的中学了。她虽然没有告诉他们这两所学校的天壤之别，可是好像他们本来就知道，在韩笑记忆里不曾哭过的母亲哭了，而且哭得很伤心，父亲无可奈何地叹息。

韩笑说着这些，仿佛是在讲别人的故事。接着她转了话题，很开心地告诉秦小溪：她的弟弟今年考上了县里的重点高中，成绩名列全县第二名，她一定要多挣钱供弟弟上全国最好的大学。

听着这一切，秦小溪一阵一阵地心酸，柔弱的秦小溪从心底涌出一股想保护韩笑的念头，尽管韩笑看起来要比秦小溪强壮和成熟很多。

秦小溪很真诚地提议今后俩人以姐妹相称，韩笑愉快地接受了。

她们相互留了手机号码，秦小溪看着韩笑在输入电话号码，刚要告诉她自己的名字，韩笑已经把手机送到她面前：“对吗？”

手机屏幕上，姓名那一栏显示的是“姐姐”，秦小溪的电话号码输入在“家人”那一栏里。

秦小溪的心里暖暖的，随后把手机里韩笑的名字换成了“妹妹”，只不过韩笑的电话号码被放在“朋友”那一栏里。

聊着天,时间过得很快,轮到秦小溪面试了。韩笑轻松地对秦小溪说:“不要紧张,你是最棒的,祝你好运!”

秦小溪回答:“谢谢!”起身走向面试办公室。

一进门,环视四周,秦小溪发现这是一间典型的小型会议室。左面的北墙上挂着风景图案的时钟,室内围绕椭圆形的会议桌,摆了十几把椅子,桌子朝里的那面坐着五位考官,右面南墙靠窗的墙边放着几盆一米高左右的绿色植物,植物呈一字形均匀分布着。窗子半开着,有习习的凉风吹进,可能是风吹的缘故,有几页纸散落在右边的地面上。秦小溪伸出右手刚要准备捡起来,却看见一位考官正朝着她亲切地微笑着,她立刻打消了捡纸的念头,快走了几步,在考官示意的椅子上坐下。

他们问的问题非常简单,这些问题除了不用思考就可以回答的,比如什么学校毕业的、学的什么专业等,就是秦小溪早已有准备的,比如为什么要应聘他们的设计公司等等。前后也就十分钟左右,面试就结束了,他们让秦小溪回去等通知。

刚走出门,韩笑便迫不及待地跑过来问:“顺利吗? 难吗?”

秦小溪轻松地回答:“不难,都是些最普通的问题。”

韩笑说:“如果他们也能录用我就好了,这样我们就可以成为同事了。”

韩笑这样说仿佛已经确认秦小溪一定会被录用一样。

秦小溪笑道:“你就那么肯定他们会录用我吗? 说不定只录用你呢!”

韩笑摇着头:“那是绝对不可能的。”

她们分别时,韩笑晃着手里的手机说:“姐,不要忘了联系我啊!”

“不会忘记的!”

秦小溪等了一周的时间,没有等到任何消息。周四下午三点多,秦小溪接到了韩笑的电话,声音非常兴奋:“姐,祝福我吧! 我真的被录用了,我真的好幸运啊！设计公司刚刚给我打的电话，通知我下星期一去上班。”韩笑说了半天，没有听到秦小溪的回应，才反应过来：“姐姐，你呢？你接到通知没有啊？”

秦小溪说：“没有。”

韩笑在电话那端怔了好一会，才说：“怎么可能呢？等会我打通知我上班的那个电话问一下，再给你回电话。”

秦小溪没有等到韩笑回电话，她明白了这次应聘的结果，她不得不面对这样一个事实，就是这家颇具规模的设计公司录用了专科毕业的韩笑，而未录用名牌大学研究生毕业的自己。

秦小溪第二次应聘是叶小童托父亲的一个朋友介绍的，是一家夫妻合开的室内装潢设计公司。

秦小溪很重视这次应聘，她打开衣橱，精心地挑选衣服，说是挑选，实际也没有多大的挑选余地，因为她的衣服千篇一律都是女人味十足的裙装，这些服装谈不上时尚，但却无不给人柔美飘逸的感觉。即便你是一个不认识秦小溪的人，看到这些衣服，你也不难想象拥有这些衣服的主人是怎样的优雅和富有诗意。

挑来挑去，最后目光落在一件纯棉质地的紫色半袖连衣裙上，这件衣服因为样式太过于普通，秦小溪不是很喜欢，现在看来也只有这一件衣服显得持重一些，只好穿它了。还好，尺寸非常合适，穿上后她娇小的身材显得更加苗条了。

秦小溪如约找到那家设计公司。

走进办公室，迎面看见一张长条桌子后面坐着两个女人。

一个有四十多岁，体态丰满，烫着大波浪的长发，又白又亮的脸上几乎看不到皱纹，可还是一眼就能看出那是化妆品的功劳，虽然穿着艳丽，但她的整体神态无法掩饰她年龄的秘密。

一个二十几岁，相貌平平，留着齐耳的短发，穿着灰色的职业装套裙，正在整理她桌子上的资料。

秦小溪走上前去，从背包里拿出早已准备好的有关应聘资料，双手递给了年龄大的女人。她接过资料看也没看就传给了年轻的女人："小李，你看一下！"而她自己只管盯着秦小溪看，从一进门她就上下打量秦小溪，让秦小溪感觉很不自然。

小李说："孙总，资料都全了。"

孙总对秦小溪说："你先回去吧，等我们通知。"

秦小溪转身走出了办公室，走过长长的走廊，到电梯口等电梯。刚走出电梯，她的手机就来了信息，一看是王晓文发的：

"梦想和希望是一样的，尽管它们看不见，也摸不着，可是只要你努力地付出了，它就会离你越来越近。无论何时何地，记得有你的地方就有我的祝福。"

一阵暖流立刻涌上心头。秦小溪正要编条好的信息回过去，突然想起刚才应聘时忘了留手机号码，也顾不上回信息了，立即转身往回走。

她出来电梯沿着长长的走廊向办公室走着，在离办公室有两米多的地方，秦小溪耳边传来了小李和孙总的对话。

"把她的资料拿出来，剩下的整理一下，送给董事长看看。"这是孙总又尖又细的声音。

小李说："你看，她的资料里有几份设计方案很有创意，看来她挺有才的。"

秦小溪意识到她们在议论她，不由得放慢了脚步。

"她再有才，我们也不用她。"孙总的声音因尖细听起来格外刺耳，"聘用她还不等于在身边埋了个定时炸弹呀!”

“她也没有你说得那么漂亮。”

“你不会看,我一看就知道她是个不用勾引就让男人神魂颠倒的小狐狸精,你没看见她走路都飘啊飘啊的,哪个男人能不着迷啊!”

“至于吗?”

“这叫防患于未然。”

……

秦小溪再也无法听下去,血液直往脸上涌,她想不到那个粗俗的女人灵魂那么肮脏,她没有敲门,一步冲了进去,两个女人同时怔怔地看着她,但秦小溪没有发作,她冷冷地说:“把资料还给我!”

小李忙把早已挑出来的资料送过来。

秦小溪拿着资料转身迅速离开。

今天是星期五,连续近半个月的时间,一直是阴雨天气。秦小溪很少出门,心情也很郁闷,让她失望的是,这么大的一座城市里,她竟无法找到一份工作。

到了吃晚饭的时间,她要了外卖。春来送外卖时,又带了橙子,看到她郁郁寡欢的样子,春特别想安慰她一下,却又不知从何说起,他突然想起了什么:“对了,你喜欢不喜欢吃香蕉?我每次都忘了问你,那天我在报纸上看到,吃香蕉人体可以产生快乐素。”

秦小溪苦笑了一下:“我不喜欢吃香蕉,很讨厌熟透了的香蕉味道。”

“真的!太巧了,我也不喜欢吃香蕉。”

秦小溪好奇地问:“是吗?”

“记得我四五岁的时候,我娘带我到县城的一个远房亲戚家去,她家的桌子上放着一个很大的玻璃盘子，上面摆着苹果和香蕉，我应该叫她表姨，她从盘子里拿了一个香蕉递给我，我娘忙从我手里把香蕉拿走，又放回原处，并对表姨说我们家里有，我不喜欢吃，其实我还是第一次见到香蕉，我一直盯着它看，表姨又把香蕉递给我，我看了娘一眼，她没有表示，我就把香蕉带着皮往嘴里填，表姨忙说：'要先扒皮才能吃！'其实我娘见过别人吃香蕉的，她还没来得及告诉我要扒皮吃，哈哈！哈哈！"春说完笑了起来，仿佛是在讲一件和他不相干的事情，笑了一会，才发现秦小溪没有笑，她眼睛直直地看着他。

秦小溪不仅笑不出来，还特别想哭。

"我虽然是第一次吃香蕉，可是一点也不好吃。其实，它的味道和坏地瓜的味道很像，真的。你不觉得像吗？"春说完又笑了。

秦小溪还是笑不出来，看着他快乐的样子，心里有说不出的酸楚。

春又一次来送外卖时，天有点凉了，他仍然穿着整个夏天一直穿着的那件短袖T恤衫。他两手拿着饭盒，一只手的手腕上挂着一个透明塑料袋，里面有两本花花绿绿的书。秦小溪随口问了一句："你买的什么书？我看看。"

春立即把塑料袋藏到背后："随便买的，闲着没事时看看。"

秦小溪很纳闷春的举动，她的手已经伸了出去，顺着手的方向，她看见了春的胳膊上粘着医用棉球，关切地问："你怎么了？生病了？"

"我很好，没生病呀？"

秦小溪指着医用棉球问："这是什么？"

春轻描淡写地说："哦，我献血了。"

"想不到你还义务献血啊？"

春的脸红了，垂下眼帘低声说："不是义务的，我……我……有时想给家里多寄点钱。"

不需要春解释，秦小溪就明白了，那就是春卖血了，原因当然是因为钱。

趁春不注意,秦小溪一把抢过来藏在春背后的塑料袋,大声地质问春:“那你为什么还要买闲书看,你不知道这些彩页书很贵吗?”秦小溪从塑料袋里拿出书来一看,整个人愣在了那里,两本书分别是《饮食与健康》和《吃出来的快乐》。

春立刻解释说:“我想知道经常吃什么东西,人的心情会好起来。”

秦小溪什么也说不出来,泪水夺眶而出。

春有些不知所措,问她需要不需要钱,他可以先拿一些给她用。尽管他没有说“借”这个字,但她还是受到了刺激,春要用卖血的钱来帮助她,她感到前所未有的悲哀,发誓一定要尽快找到工作,在找到工作以前不能再见春了。

大学毕业时,她们同宿舍的六人中只有她和王晓文考上研究生继续学习。沈妮去了深圳,张月娥回到家乡,叶小童去了澳大利亚,苏筱筱大四时认识的杜大海,是北京一个著名的跨国贸易公司的董事长,她一毕业顺理成章地进入那家公司。

现在已经过去两年了,沈妮在深圳早已找到了工作,她们经常发个信息联系一下。

张月娥在家乡的中学里担任美术教师,偶尔会打个电话。

叶小童前几天回来度假看望父母,得知秦小溪研究生毕业还未找到工作,感慨万千,大包大揽地说她来帮忙,于是几天后回电话推荐了秦小溪第二次去应聘的设计公司。

秦小溪和苏筱筱虽然在一个城市里,却很少联系。据王晓文说,苏筱筱并没有做和设计专业有关的工作,而是在公关部门工作,听有人传言,她和董事长的关系比较暧昧。

现在联系最频繁的就是王晓文了。她们经常一起逛街购物,有时一逛就是一整天,逛累了干脆直接和秦小溪住在一起,通宵达旦地聊天,感叹同是一个学校毕业的同学,毕业以后各自的命运竟是如此的不同。

一想到王晓文,想到"命运"这个词,秦小溪很容易就联想到了韩笑,距第一次面试至今已经近一个月的时间了。韩笑也该在那个公司上了二十几天的班了。如果不是近半个月,天一直在下雨,也许秦小溪早就和韩笑联系了,天气也可能只是一个很好的借口,自尊心也应该起到一定的作用。

奇怪的是,一想到韩笑,秦小溪竟然萌生了一种牵挂的感觉,已经是下午四点钟了,秦小溪拨通了韩笑的手机:"你好,最近忙吗?"

手机里传来韩笑清脆而激动的声音:"是你吗,姐姐?最近好吗?你在哪里啊?"

"还行吧,我在家里。"

手机里一阵沉默,然后听到韩笑小心翼翼地问:"我今晚可以请你吃饭吗?"

秦小溪回答:"我给你打电话,就是要请你吃饭的,几点下班?到你公司附近找个餐馆好吗?"

韩笑接着说:"不,你住哪里啊?还是到你住的附近吧,我四点半就可以下班。"

秦小溪也不再争了,和韩笑约了她住所附近的一个休闲餐厅,说好六点见。

五点四十分,秦小溪穿戴整齐准备出门了。她身穿灰色的中袖薄羊毛连衣裙,浅灰色的连裤袜,脚上穿着杏黄色的高跟鞋。提着和鞋颜色完全一样的杏黄色手提皮包,才一开门,一阵凉风吹进来,让秦小溪打了一个寒战,随即转身返回,取了一件粉色的大毛衣穿上。

六点整,秦小溪准时到达休闲餐厅,一进门看到韩笑已坐在靠窗的一个位置,秦小溪走过去,坐在韩笑的对面,看着韩笑,一股亲切感扑面而来。韩笑还是穿着第一次她们相遇时的那一身牛仔服,只不过里面的白色背心换成了藏蓝色的小圆领毛线衣。

秦小溪经常到这家休闲餐厅用餐,一是因为离她住的地方很近,步行只需一刻钟;二是餐厅的饭菜很合秦小溪的胃口,既有正宗的西餐,又有家常口味的中餐。

桌子上有两份点菜单,一份是中餐,一份是西餐。秦小溪看也没看对韩笑推荐说:“这里的黑胡椒牛排不错,还有法式煎鹅肝,外酥里嫩味道好极了,你看点什么?”

韩笑拿起西餐点菜单,迅速地浏览了一遍,她看到黑胡椒牛排每份五十八元,法式煎鹅肝每份八十八元,然后说:“我不喜欢吃西餐。”随手拿起中餐点菜单:“我还是吃中餐吧。”

于是秦小溪点了一份黑胡椒牛排、一份罗宋汤。服务员礼貌地问:“几分熟?”秦小溪答道:“七分熟,但不要看到血。”

韩笑点了三两一份的猪肉白菜水饺,一份西红柿鸡蛋汤。

她们聊着天在等菜,话题很快就聊到了那次应聘。韩笑说那天挂了秦小溪的电话,接着给设计公司打过去询问有关招聘的情况。对方回答她说这次参加公司应聘的近四十人,公司只录用了三名。周一上班后,她又了解到和她一起被录用的其他两人都是本科毕业的男性,一名工作已经五年了,一名和她一样都是工作了三年。

韩笑分析着对秦小溪说:“实际上公司的目的相当明确,就是招聘有实际工作经验的人,一上班就能投入工作。这个公司的业务很多,经常需要加班,也许真的不适合你。”

秦小溪笑了:“别再安慰我了,在那么多人中能录取你,说明你够优秀啊。”说着，举起盛满柠檬水的杯子：“来，干杯！为你祝贺一下。”

韩笑说：“还祝贺呢，你要知道他们因为什么录取我，该取笑我了。”

原来，韩笑上班后，一直纳闷公司为什么会录用她，而不录用她认为比她优秀很多的秦小溪。那天凑巧在电梯里遇到人力资源部的辛部长，一个笑容可掬的中年男子，是这次招聘的主要负责人。当时只有他们两人在电梯里，韩笑毫不避讳地问：“部长，你能告诉我，公司为什么会录用我吗？”

辛部长微笑着，比平时更加平易近人：“你知道吗？在众多的应聘者中，你是唯一把散落在地上的纸张捡起来的人。”

秦小溪的脑海里浮现着中年男子微笑的脸和地上散落的纸张，没想到，那些她差一点就捡起来的纸也是考题之一，心里万分感慨。

这时服务员端上了黑胡椒牛排，秦小溪右手拿刀，左手拿叉，一边熟练地切割着牛排，一边对韩笑说：“你可以尝一下吗？很好吃的。”

韩笑看着被切开的牛排的横截面全是嫩红色，拒绝说：“我怀疑根本就没有做熟，再叫他们加加热吧。”

秦小溪却说：“再加热就做老了，味道会差很多的，这已经是七八分熟了，真正会吃牛排的一般都要六分熟，甚至还有要四分熟的，四分熟一般切开可以看到血的。”

这时水饺上来了，韩笑说：“你还是尝一尝水饺吧，你不知道我们那里人们常说的一句话就是，‘好吃不如饺子，舒服不如躺着’。”

秦小溪笑了：“你呀，比水饺好吃的东西多的是，怎么会这样认为啊？”

韩笑说：“看着这盘牛排，我就想起了我们村栓柱家杀的那头牛。那时已经过了农忙，栓柱爹出去打工了，牛连续几天不吃不喝，一点精神也没有，好像是病了，栓柱娘怕牛病死，便决定找我大伯帮忙杀了它，还可以卖点牛肉。杀牛的那一天，牛哭得……”

秦小溪疑惑地问：“什么，什么，牛还会哭？”

韩笑说："杀牛的时候，一般牛都知道，会哭的。可是这头牛哭得很伤心。我大伯当时说要不就算了，牛也许是前一阵子累的，过一阵子说不定就好了。栓柱家最后还是把牛杀了，杀了以后那个后悔啊，原来牛怀孕了，牛肚子里的小牛已经成形了。栓柱娘一腚坐在地上，哭着埋怨栓柱爹没有把给牛配种的事告诉她。"

看到韩笑说完以后，还在为那头牛难过，秦小溪劝道："不要想那么多了，如果像你那样思考，什么都不能吃了，什么都有生命呀。"

为了转移韩笑的注意力，秦小溪又问："你知道法式煎鹅肝的鹅肝为什么那么大吗？"

韩笑摇摇头说："不知道。"

秦小溪回答道："每天给待杀的鹅灌大量的酒，让鹅的肝发生变化，直到鹅肝变得肿大起来，也就是得了脂肪肝，再杀它们，这样取出来的鹅肝，通过煎烧才会有如此的美味。这是一道法国名菜呢，据说很有营养的。"

韩笑瞪着眼，感到万分惊讶，良久才回过神来："简直太残忍了，竟然有这样的事情。"

秦小溪说："据说，开始人们知道这道菜的来历后，曾经有很多人拒绝吃它，可是后来人们终于被这道菜的美味征服了，渐渐地淡忘了它的来历，再后来这道菜在世界上很多国家都可以吃到，很少有人去追究它的来历。"

韩笑说："我想我一辈子都不会吃这道菜。姐，我劝你以后也不要吃这道菜好吗？"

秦小溪为韩笑的单纯和善良而感动，她毫不犹豫地答应了："好，我保证以后不吃了。"

这时，罗宋汤和西红柿汤一起端上来了，她们慢慢地喝着汤，聊着天。她们越聊越开心，后来又扯到了应聘上，韩笑说话也没有打电话时的谨慎了，她想到哪里说到哪里。秦小溪也习惯了她毫不避讳的说话方式，秦小溪越来越喜欢这个善良、直爽的妹妹。

韩笑帮秦小溪分析说："下次再面试时，千万不要先把你的学历亮出来，有些人往往对名牌大学有抵触情绪，这些人一般会认为，名牌大学毕业的学生往往有眼高手低的毛病，而且会对薪水期望很高。"

秦小溪赞许地点了点头："还有呢？"

韩笑接着说："不要穿得太漂亮，你长得漂亮没有办法，不过可以从服装上下功夫，让人觉得你没有那么漂亮，实际上，你看起来越丑，对你应聘越有利。"

看到秦小溪疑惑的眼神，韩笑继续说："真的，你还别不信，你不知道丑女人的人际关系都特别好吗？"

秦小溪问："为什么？"

"因为男人们不会对她有非分之想，和她在一起感到轻松自然，所以愿意接近她，当然想猎艳的除外，而女人们更愿意和她在一起了，因为有她的衬托，她们会显得漂亮些。"

秦小溪笑了。

韩笑也笑了："这样挺为难的，不过确实是这样的嘛！人们通常会以为漂亮的女人往往都不能吃苦，所以无法指望她们努力工作，人们通常还会认为漂亮女人都是没有才华的。"

秦小溪没有想到韩笑对漂亮与丑有如此多的见解。

韩笑最后说："我可真是知无不言，言无不尽啊！"

她们整整聊了一个晚上，其间韩笑上了一次卫生间。

秦小溪从韩笑那里学到了很多以往不知道的常识，韩笑也从秦小溪那里听到了很多闻所未闻的事情。

餐厅里的人越来越少，她们才意识到天已经很晚了，秦小溪忙起身抢着去结账，韩笑告诉她已经结过账了。秦小溪这才想到，刚才韩笑并不是去卫生间，而是结账去了。

出门时秦小溪和韩笑约好下周再见，下次不许韩笑结账了。

晚上回来，在网上又看到几份广告，她想等天晴了，心情好一点再去试一试。

第六章
忧郁王子

已经连续三天都是艳阳高照的晴天了，秦小溪的心情也好了很多。今天是星期二，一早秦小溪就起来了，她要准备第三次应聘。

这家设计公司的名字是圆梦设计公司，招聘广告也和网上其他的设计公司不同，它不是限定某一天统一面试，而是预留一周的时间，从上周五到本周四整七天的时间，这给应聘者一个很大的空间。你可以充分地准备，还可以根据自己的时间来安排，她很喜欢公司的这种宽松方式，也很喜欢公司的名字，希望这个名字会给她带来好的运气。

秦小溪已决定按照韩笑说的先不把学历说出来，可是她无法穿着韩笑推荐的衣服，因为穿成那样对她来讲根本无法出门，她不想那么委屈自己。如果公司会因为她的服饰不录用她，她宁可不进那样的公司。

秦小溪从衣橱里选了一身宝石蓝色的毛织套裙，上衣是紧身款式，没有领子，方圆形的大领口镶着同样是宝石蓝色的薄如蝉翼的蕾丝花边，也没有扣子，取代扣子功能的是腰间一侧的隐形拉链，裙子是上窄下阔的小喇叭款式，裙长刚好及膝。

秦小溪换好衣服，穿上铁灰色的丝袜、黑色的小皮靴，站在衣橱门上的穿衣镜前照了一下，镜子里的秦小溪高贵典雅、婀娜多姿。

按照广告上写的地址，在一座沿街商务大厦的十七层，秦小溪找到了圆梦设计公司的办公室，敲门进入后，看见坐在老板桌后面椅子上的中年男子在电脑前忙着什么，秦小溪向前迈了几步，男子示意秦小溪坐在他对面的椅子上。

没等秦小溪开口，男子便自我介绍："我姓王，是北京分公司设计一部的主任。"

王主任起身为秦小溪倒了一杯水，继续介绍："我们的公司规模很大，在全国各地区都有分公司，仅北京分公司就有四个设计部，每一个部都相对独立，除了有一名负责人外，其余全是设计人员。我们的招聘条件你看了没有？"

秦小溪回答道："看了，我认为我符合你们的条件。"

主任说："好吧，介绍一下你的情况。"

秦小溪小心回答："设计专业大学毕业后实习了两年。"这是秦小溪早就准备好的问题，回避了哪一个大学毕业，并把两年的读研时间改为实习时间。

原来想一定能混过去，谁知主任接着问："你是哪个大学毕业的？"

秦小溪回答："比较起来，你们公司更加看重的是学校的名气，还是应聘者的实际才能呢？"

秦小溪想如果再如实回答，可能又要错过这次机会了，听了刚才主任的介绍，她更加喜欢这个公司了。所以她也只好不管不顾地这样反问对方，也许这样做还有一线希望呢！她却没有想到这是犯了应聘的大忌，一般来讲应聘者都要无条件地回答对方提出的任何问题。

想不到主任并没有介意秦小溪的答非所问，反而很友好地笑着说："我们当然看重的是后者。"

秦小溪更有信心了,变被动为主动:“你可以测试我的专业啊。”

主任说:“好吧。”

主任从桌子上拿起文件夹浏览了一遍,随手抽出一张纸递给秦小溪:“这是一套两居室的房子,你给出一个装修方案,什么时间能拿出来?”

秦小溪双手接过来看了一眼,说:“如果没有很特别的要求,明天早晨我送过来。”

主任补充说:“房主要求,尽可能让客厅看起来大一些。”

秦小溪满怀信心地回答:“没有问题。”便起身告辞了。

吃完晚餐后,秦小溪开始构思装修方案。这是一套单元房的东户,入户门朝西,左侧向北是次卧室,迎门是餐厅,餐厅的左侧是敞开的厨房。入户门右侧是正方形的卫生间,卫生间的右侧是朝南的长方形客厅,客厅的外面是阳台,客厅的东墙也就是主卧室的西墙,这堵墙的偏左侧是进主卧室的门,和主卧室东北角卫生间的门对着,两门之间有一米见方的空间,正好是一个大壁橱的位置。

开始时,秦小溪考虑把客厅的卫生间打掉,再把主卧室西北角的壁橱的位置的墙打了,主卧室卫生间的门直接对外,主卧室的门改为朝北。按照这个思路画好草图后,一看,确实一进门就能感觉到餐厅和客厅都大了很多,可是餐厅和客厅混为一体,而且从视觉上感觉餐厅比客厅还要大,有喧宾夺主的感觉,更主要的是这样做还要牺牲一个卫生间和一个大壁橱。

秦小溪想这个方案房主一定不会满意的,于是又重新设计。这次秦小溪的设计不仅没有打掉任何墙,而且还把分割主卧室和客厅的那堵墙延长了,一直延长到餐厅左侧的位置。画好草图一看,竟然有想不到的效果,延长的墙把主卧室和餐厅完全挡在后面,客厅显得很完整,几乎有原来的两个大,从视觉上感觉一进门的走廊和往客厅走的走道,包括卫生间全都是客厅的面积，如果把延长的墙设计好，一定是个很好的方案。

于是，秦小溪又在墙上下功夫。很快秦小溪就想出来了，把墙设计成向客厅方向略带弧度的影视墙，这样坐在墙对面沙发上看电视的主人，会感受到曲线的美。另外把主卧室的门设计成暗门，可以通过贴壁纸和绘图案做到让人看不出墙上有门，这样的设计毫无疑问会给这套房子平添几分神秘感。

秦小溪随后画出了正式的设计图，越看越满意。

第二天上午，秦小溪把设计图送到了主任办公室，主任拿着设计图纸看着，满意地对秦小溪说："太好了，构思非常巧妙，你是怎么想到的？"

秦小溪向主任简单地介绍了她的设计构思。

主任听了一直在微笑地点头，像是一个已经认识很久的老朋友，他从抽屉里拿出了另外一份设计图纸递给秦小溪。

秦小溪接过来，一看这份设计方案和她设计的第一稿一模一样，忍不住笑了。

主任问："你笑什么？这也是一个不错的方案嘛，只不过和你考虑的角度不一样。"

秦小溪感觉自己有点失态，马上歉疚地对主任说："对不起，我没有别的意思，因为竟然有人和我第一稿的设计一模一样，真是太巧了。"说完，秦小溪从包里拿出了第一稿的设计图纸递给主任。

主任看完后说："是啊，都是搞设计的，难免有时会有一样的构思。"

主任把秦小溪的两份设计图纸都放进了文件夹里，然后客气地对秦小溪说："如果没有别的问题，你明天可以来上班了。"

设计一部的办公室大厅在商务大厦十七层的最东面，门朝西对着走廊。这是一座双面楼，长长的走廊把它分成南北两面，和他们办公室相邻的门朝北的是主任办公室，相邻的门朝南的是他们的接待室，他们办公室的面积等于主任办公室加接待室加走廊的面积之和再减去卫生间的面积，卫生间在办公室东北角的位置。

第一天上班时，走进办公室，看到长方形的房间被三张东西方向的木板和一张长长的南北方向的木板隔成“丰”字形，共有八张办公桌。“丰”字左面的四张办公桌已经有人用着，“丰”字右面的第一和第三张桌子没有人用。秦小溪选择第一张桌子坐下了，因为前面是南向的落地玻璃窗，光线很好。

秦小溪的同事乔丽丽，是个活泼外向的女孩子，心直口快，同事们都喜欢叫她“小灵通”。她坐在秦小溪的斜后面，一认识秦小溪，就对秦小溪说他们为什么不选秦小溪的办公桌，因为主任经常通过连接两间办公室的玻璃门过来安排工作，而打开门一眼看见的位置就是秦小溪的办公桌。

秦小溪坐在办公桌前一转脸才发现，透过西墙上紧挨着门的玻璃窗，正好和主任办公桌的位置对着，主任只需一抬眼皮就可以看到她。想到同事们的选择，她会心地笑了，可是她没有调到第三张桌子的位置。

除了没有见到回家休婚假，被小灵通戏称为“忧郁王子”的秋以外，秦小溪已经熟悉了其他的同事，张敬、王哲，像女孩一样腼腆的李易非，他们都称他为“秀才”，还有性格内向、淑女型的李文静。

大概是在一个月后，秋休完婚假回来上班。从第一次看见秋，秦小溪就发现，好像有一种说不清道不明的东西挡在他们之间。开始她以为是那个应聘时的设计方案，因为它取代了秋的方案。可是，她观察到平时秋并不是小肚鸡肠的人，他也和其他同事交流，只是他说的话明显少，并且很少如其他同事那样开玩笑，议论所见所闻。

同事近两年，秦小溪感觉他总是刻意地回避着她，甚至碰面后连个招呼都不打。

早晨，雨下得很大。她比以往出门早了不少，秦小溪知道这样的天气，无论是打车还是挤公交车都是很困难的事。

秦小溪刚撑开伞就看见房东吴先生开着车过来了，吴先生摇下车窗："快上车，我捎你一段！"

秦小溪收起伞上了车："谢谢，给你添麻烦了。"

吴先生："没什么，顺路，今天这么巧碰上你。你们不是九点才上班吗？"

秦小溪说："今天我走得早啊，上周三下大雨，我没打上车，步行到单位快九点半了。"

"我保证你今天不会迟到了。"

秦小溪开心地回应道："我今天会第一个到单位的。"

秦小溪下了车，一看时间才七点半，想着前天主任布置的设计任务，要求全室人员为帝王房地产公司设计样板房。这是一家实力很强的房地产公司，主任一再强调这次设计任务的重要性，无论谁的方案被选中，该房地产公司都会和他们的设计公司签订三年的合同。

同事们都在积极地构思，秦小溪也有了初步的设想，今天来得早，可以一个人再静静地思考一下昨天的方案。

想着想着，秦小溪已经走到了办公室的门前，打开门看见办公桌的一瞬间，映入眼帘的一幕让秦小溪怔住了：秋在她的办公桌上翻找着什么，神情专注，秦小溪就站在他的身后他都浑然不觉，秋就像是在找自己的什么东西一样自然，桌上的每一张纸，未上锁的抽屉，最后甚至打开了电脑。

秦小溪感到万分震惊，她不知道秋在找什么，她当然不愿也无法相信秋是在找她的设计方案，因为秋是大家公认的最有才气的设计师。她也不知道此时此刻该说什么，说了以后秋该多么尴尬，可是她也不能看着秋这样一直找下去，于是她走到秋的面前，微笑着说："你是不是看错桌子了？"

秦小溪想，她这样说是给秋最好的台阶了。

可秋说："没有。"

秦小溪很不解地看着秋的脸，想从他的表情或者眼神里找到答案，然而一切都是徒劳。秋脸色苍白、眼神恍惚，但很坦然，他好像一点也不觉得他正在做的事情是多么的不光彩。

秦小溪继续问："你在找什么？"

秋像是在自言自语又像是对秦小溪说："我在找理由，我在找理由。"便转身匆匆离去。

秦小溪看着秋的背影想，他难道真的像同事们说的那样精神有问题吗？上周三下大雨那天，由于没打到车，秦小溪被淋得一塌糊涂，一到单位，小灵通就凑过来打趣："你好浪漫啊，在雨中散步多有情调啊！"

秦小溪说："你少幸灾乐祸，有你打不上车的时候！"

小灵通凑近秦小溪问："秋昨天请假了，说今天去看病，你知道是什么病吗？"

秦小溪说："我怎么会知道？"

"我告诉你，是——忧郁症！"小灵通刚说完，看到主任走过来，便迅速回到了她的办公桌前。

现在想来，秋确实不太正常，从她两年前应聘到这家公司，她的第一个设计方案取代秋的方案被客户采纳开始到现在，她感觉秋一直刻意地回避她。最初她能理解，秋当时正忙着准备回老家结婚，所以根本没有心思去设计。而她就不同了，当时那个方案对她来说是应聘的考题，她必须全力以赴地设计，结果是她胜出了，她如愿进入了这家公司。实际上她和秋都明白，这次胜出完全说明不了什么，都是搞设计的，谁偶尔出个好的方案很正常。

秦小溪百思不得其解，这件事即使当时面子上过不去，对男人来讲应该很快就过去了。为什么秋会一直那么介意？换句话说，如果秋真的很在意她的那次设计，以他的人品和才气来看，他也绝对不会现在还去偷看她的设计，可是刚才的行为又无法解释？对了，她记得秋当时关注的好像并不是设计草稿，而是在寻找什么东西，他还说了两遍：“我在找理由，我在找理由。”莫名其妙。

再有，从上周四，也就是秋请假后上班的第一天到昨天整一周的时间，偶尔在公司出出进进遇见秋，他都会主动和她打招呼，就像其他同事一样坦然。可是今天早晨又发生了这种事情……这时，电话铃响了，秦小溪拿起听筒：“你好，这里是圆梦设计公司。”

对方没有声音，秦小溪又说了一遍：“喂！你好！”

仍然没有声音，秦小溪挂断电话后心更乱了。

又一周的时间在忙忙碌碌的设计中度过了，周五下午主任到他们办公室兴奋地宣布：“告诉大家一个好消息，帝王房地产公司已经和我们签约了，三年啊！他们非常欣赏秋的设计，今天是周末，我们大家一起到羲和雅居为秋祝贺一下，不醉不归啊！”

大家一片欢呼，纷纷向秋祝贺。

晚上，在餐桌上，主任讲了讲现在的行业竞争怎样激烈，这次的签约如何不容易。总而言之，希望大家以后更加努力。

大家都很开心，一边喝酒一边聊天，气氛很好。九点刚过，主任起身告辞：“我先走一步，你们尽情地玩吧！”

送走主任后，大家的情绪更高涨了。张敬开始喊了：“安静！安静！不能随便喝了，我出题，秀才猜，三局两胜，我输了我喝了这一杯，他输了大家每人喝一杯，好吗？”

小灵通嘴快：“不对！他猜输了他自己喝，我们不喝！”

张敬回道：“你搞错没有啊？我一打六啊！要不你猜？”

王哲说：“好了，好了，秀才！我们大家相信你，你来猜。”

张敬一本正经地说："秀才，请听题：第一题，有几个人赛跑，你跑啊跑啊，你终于撵上了第二名。你是第几名？"

秀才不假思索："第一名。"

大家还没有回过神来，张敬得意道："错！你是第二名。第二题，还是几个人赛跑，你跑啊跑啊，终于撵上了最后一名，你是第几名？"

"倒数第二名啊。"

"又错，你怎么可能在最后一名的后面呢？"张敬更得意了，"快喝吧，大家每人一杯。"

大家笑作一团，秦小溪不无感慨地说："看来酒精的威力真不小啊！"

小灵通不服气，开始挑战张敬："我出题你猜，猜错你喝，猜对我喝，反正你也猜不对，听题！米的妈是花，因为花生米，米的爸是蝶，因为蝶恋花，米的外婆是妙笔，因为妙笔生花，米的外公是爆米花，因为抱过米也抱过花，问米的姐夫是谁？"

张敬故意装出为难的样子："真的好难噢。"

小灵通倒了满满一杯酒，小心翼翼地走到张敬面前："请喝酒吧，喝完了，我告诉你呀。"

张敬坏笑道："是老鼠先生吗？"

一伙人笑得前仰后合，小灵通开始耍赖皮，说什么也不喝，非要强调张敬早知道答案。

秦小溪说："你还是喝了吧。"

"好啊，你竟然向着他。"小灵通抱怨秦小溪。

秦小溪笑道："我谁也不向，我向理。"

秋也不甘寂寞，端起酒杯说："我出题，大家猜，无论谁猜对了我都喝了这一杯，大家都猜不出，每人一杯，这样公平吗？"

李文静忙说："不公平，因为无论谁猜对了你都得喝。"

小灵通说:“这才是真正的一打六呢！张敬,懂吗?”

秋说:“一个著名的法律学教授,一生教了很多学生,他对学生的承诺是如果他们毕业后打的第一个官司输了,他就会把学费退给学生,因为他的学生都很优秀,所以从未发生过退学费的事情。有一年,他的一个学生想不交学费,毕业后他打的第一个官司是和教授打不交学费的官司,因为他认为,官司赢了,他就可以不交学费,官司输了,按照教授的承诺他仍可以不交学费,你们说教授该怎么办?”

小灵通拍手道:“这个学生真是太聪明了,不管输赢,他都不用交学费。”

李文静生气地说:“真是没有道理,怎么有这么没有良心的人?”

张敬皱着眉在思考。王哲挠着头:“挺有趣的。”

秦小溪若有所思,冷静地说:“教授应该和他打这个官司,输赢他都得交学费,因为如果学生赢了按照承诺他要交学费,输了,他打的是不交学费的官司,官司输了他当然要交学费了。”

张敬赞赏道:“佩服,佩服,‘二般人’啊,我们一般人都顺着秋挖的坑往下跳啊。”一伙人又开始狂笑,放松地聊天、喝酒。

只有秋能想到,秦小溪无论面对怎样的偏题、怪题,都有自己独到的见解。这是一种独特的思考方式,能排除一切干扰因素,拨开层层迷雾,从不同的角度、不同的层次,去理智地思考一个问题。

秋已经喝了很多酒,从未见过他如此兴奋,他端起酒杯说:“增加难度,再猜一题,无论谁答对,我连喝三杯。有一个人,想在四十五分钟后准时出门赴约,房间里没有任何计时工具,只有两盘一样的蚊香,已知一盘蚊香点完,正好一小时。他怎么做可以准时出门?”

李文静认真地问:“能找到蚊香的中点吗?”

小灵通不屑一顾地说:“能找到中点,还不就找到四分之一的地方了,还用你猜啊?”

大家沉默了。

王哲猜对了："第一盘蚊香从两头点，第二盘蚊香点一头，第一盘点完，正好半小时，第二盘再点另一头，点完后就是四十五分钟。"

秦小溪笑道："我知道这答案正确，可是这个题太没有意义了，浪费这些时间点蚊香，就是怕误了约会时间，拿本书，早点出门，早点到，看着书等不是万无一失吗?"

张敬迎合道："有道理，我看秦小溪的答案比正确答案还正确。"

秋端起酒杯："为了秦小溪的伟大干杯!"说着，一饮而尽，接着倒第二杯。

李文静一改往日的淑女形象，冲上前一把夺过酒杯，眼里泪光闪闪："别喝了，你已经喝多了。"

秋没有理李文静，而是从桌子上拿起酒瓶，趔趔趄趄地走到秦小溪的面前，端起秦小溪的杯子倒满酒，用通红的眼睛瞪着秦小溪："这杯酒我一定要喝，因为你不懂，你不懂啊!"说着泪流满面，一仰脖子又喝了。

这杯酒下肚，往常不太饮酒的秋，招架不了了。他感觉五脏六腑都要翻出来了，有要吐的感觉。他想转过身去，可是，已经来不及了，一股充满酒气的浊物从嘴里喷了出来，秦小溪本能地往后退了一步，可浅紫色的裙摆上还是溅上了污浊物。秦小溪眉头皱了一下，瞬间恢复了平静，轻声地对秋说："没关系。"

李文静忙赶过来扶秋，并招呼王哲也过来，秋由王哲搀扶着去了卫生间。

秋从卫生间回来后，酒也醒了不少，大家都准备回去了。

走出酒店的大门，王哲说："我们分别送她们吧。"

秋对王哲说："我送秦小溪吧，也好向人家道个歉。"

李文静站在那里，眼里噙着泪水。

王哲和秀才一起走到李文静的面前，她还在发愣，王哲说："我们一块走吧。”她才回过神来，低着头，一言也不发，跟在他们俩身后，走了。

小灵通对张敬喊道：“走吧，还发什么呆啊！你已经没有选择了，只能送本帅我了。”

秋和秦小溪并排走着，尽管秋的心里有千言万语，理智却提醒他什么也不能说，只能沉默着。此刻的秋，就像是冰封的江河，尽管下面是激流奔腾，上面却是冷酷无情的冰层。

秋幻想着，如果，又是该死的如果，如果秦小溪无论是出于好奇，或者是别的什么原因，能问他，或者是责备他，也就是他渴望着秦小溪无论出于什么原因，能先打破那层冰，他不知道此刻那层冰是否像他的理智一样不堪一击。

其实，秋早该明白，他无论做了什么离谱的事情，就像那天他在她的办公桌上翻东西，她都不会恼怒。还有今天晚上，他感觉自己完全像一个小丑一样，要不是他吐了酒，要不是他弄脏了她漂亮的衣裙，要不是他在吐酒的瞬间清醒了，他也许会向全世界喊出来，他爱秦小溪，他从两年前第一次见到她就爱上了她。

秋和秦小溪就这样在深夜宁静的街道上默默地走着。

前面隐隐约约能看见秦小溪租住的楼房，整个楼漆黑一片。可是秋还是能在这一片漆黑中找到属于秦小溪的窗口，那是让他魂牵梦绕的窗口。

秋感觉还是应该说点什么，他甚至希望解释清楚那天，他在她办公桌上是在找一个理由，更希望她会问他找什么理由，那样他就会不顾一切地告诉她。

“那天……我……其实……我……”秋吃力地说着，突然又改变了主意，怕真要说出来会伤害到她，“刚才……我……实在是对不起，弄脏了你的衣服。”

秦小溪轻声说：“没关系的，我的衣服正好该洗了。”

秋还想说什么，秦小溪没有让秋说出来：“谢谢你送我，快回去休息吧，以后不要喝那么多酒,会伤身体的。”

秋站在那里一动不动。秦小溪转身横穿过马路,娇小的背影很快消失在马路对面的楼道里。

秋仍然失神地站在那里,凝视着那个再熟悉不过的窗口,几分钟后窗口亮了,很快一个熟悉的身影出现在窗前。秋感觉呼吸就要停止了,身上的每一根神经都在颤抖,秋相信秦小溪会看到他的,秦小溪一定能看见他的,他们之间只隔着一条不算宽的马路。此刻他正孤零零地站在马路边,月光那么温柔地洒在他的身上,他闭上眼睛祈祷着,眼泪流了下来,聪明的秦小溪会懂的,她一定会懂的。

睁开眼时,秋绝望了,他看到熟悉的窗口透出柔柔的鹅黄色的光,这光毫无疑问是隔着窗帘透出来的,此刻这窗帘就像是一道无法逾越的天堑,在秋看来它是如此地残酷,残酷得把他和秦小溪阻隔在两个永远都无法相聚的世界里。

秦小溪在拉上窗帘的一瞬间确实看到了秋站在那里,不过她不可能看到秋在流泪,更不可能想到秋此刻的感受。

第七章

误拨一个电话

半年前，由于王晓文的原因，秦小溪认识了夏。

夏是王晓文的同事，一个文字编辑。

那天下午临下班时，秦小溪一边忙着整理桌子上的资料，一边给王晓文拨电话，由于号码太熟悉了，拨的时候很随意，电话通了，秦小溪问：“晓文，今晚有时间吗？”

可是，对方没有声音。秦小溪以为王晓文又在搞恶作剧，因为他们杂志社的办公电话和秦小溪他们办公室的一样，都是每人一部放在自己的办公桌上，每个人的号码都不同。

秦小溪接着又说：“你搞什么鬼啊，不说话。”

对方一说话，竟然是男声：“我是王晓文的同事，和她的办公桌挨着，她不在，你打的电话是我的号码。”

秦小溪连忙说：“对不起，我可能拨错了。”

秦小溪说完刚要放下电话，对方接着说：“有什么需要我转告的吗？”

“谢谢你，我再打给她吧。”

挂电话的片刻,秦小溪听到对方还在说话,又看了一遍电话,发现刚才拨号码时,最后一位数应该是“2”而误拨成了“5”,秦小溪笑自己太粗心了。

过了一会,她又拨了王晓文的电话,这次她是看着电话按键拨的。

电话铃响了一阵才接通:“晓文,你忙什么呀,电话响这么久才接?”

“我不是王晓文,我是王晓文的同事。”又是刚才那个男子的声音。

真是见鬼了,秦小溪想,刚才是看着电话按键拨的,怎么又拨错了?她开始怀疑电话有问题,非常不自信地问:“对不起,我是不是又拨错了?”

没有想到对方说:“你没有拨错,这就是王晓文的电话,她不在。”

“我给她打手机吧。”说完便挂了电话。

几天后和王晓文聊起“电话事件”,王晓文笑着说:“他是夏,在我们杂志社做文字编辑,很有文才。”

“有没有文才不知道,脾气倒是蛮好的,接到打错的电话还那么热情。”

“你知道什么呀!你不提,我还忘了,自从他接了你的电话,就被你的声音迷得颠三倒四的,天天缠着我说一定要和你交朋友呢!”

秦小溪笑着说:“你就瞎编吧!”

王晓文说:“说正经的,你也该找男朋友了,都二十六岁了。不过……一小编辑条件差了点,要是社长或者是总编还差不多。”

“拜托!咱们一样大,为什么是我该找啊?你呢?刚才不是还说人家有文才吗?是不是喜欢上了?”

“别看我们是工作搭档,平时配合也挺默契的,可是谈朋友却不来电,他不是我喜欢的那种类型。不过,我感觉你会喜欢他。”

“为什么?”

王晓文调皮地说:“秘密,不告诉你。怎么样,要不要见一见?我还可以蹭顿饭呢,他一直想请你吃饭。”

秦小溪半信半疑，听王晓文那么说，她有些好奇，虽然她们是好朋友，她也不好意思向王晓文打听一个陌生男子的情况，况且他还是王晓文的同事，她也无法确定他们是不是真的只是同事关系。

王晓文和夏的办公桌对面相接，他们面对面坐着，闲来聊天，夏总是一遍一遍地问她秦小溪的情况，王晓文发现只要说有关秦小溪的事情，他的两只眼就放光。

她老拿夏开心，有时看到他情绪低落，她就故意说："昨天晚上和秦小溪在一起……"

每当这时，夏会立即兴奋起来："怎么样？"

这天，夏不知在为什么烦恼，王晓文又逗他："上周末两整天，我都和秦小溪在一起……"

王晓文故意不往下说，等着夏好奇地问，可是夏这次没有像以往一样，而是皱着眉说："我就搞不明白，你为什么不介绍我认识秦小溪？"然后将了王晓文一军，"难道是你喜欢我，吃醋了！"

王晓文一点也不恼："做你的春秋大梦去吧，世界上就剩下你一个男人，我也不会喜欢你。"

不过这一将军也管些事，王晓文说："不介绍你认识，主要是怕你失望。"

夏接着问："你什么意思？"

王晓文一本正经地说："没听说过吗？希望越大，失望越大。"

"你说的失望是指容貌吗？"

王晓文反问："你认为是指什么？"

夏央求王晓文："你只管介绍我们认识，失望不失望是我的问题。"

王晓文又说："你可要考虑好呀。"

夏非常陶醉地说："就为她的声音，她的声音太美了，天天能听到这样的声音对你说话,真是一种莫大的享受啊!”

王晓文说:“好吧。”

通过王晓文的联系,夏终于见到了秦小溪,那天他们三个人去吃了一顿西餐。

第二天上班,夏对王晓文兴师问罪:“你究竟是眼睛有问题呀,还是审美观有问题呀?”

王晓文故意说:“都没有问题呀。”

夏继续追问:“她简直就像放大版的会说话的芭比娃娃,而且还是声音很美的芭比娃娃。”

王晓文认真地说:“对,你说得没错呀。”

夏不解地问:“那你为什么还怕我失望?”

王晓文故意关心地问:“你没有失望吗?”

夏更加纳闷:“我为什么会失望?”

王晓文终于兜出底:“看到她那么完美,你配不上她,你不失望吗?”

夏这才恍然大悟,王晓文早就料到了这样的结局,她一直是在逗他开心呢。

夏是一个激情似火的男人,非常善于语言表达,这当然和他有很好的文才是分不开的。他长着很阳光的长方脸,笑起来很有感染力,笑时露出一口洁白整齐的牙齿。在和王晓文、秦小溪一起吃西餐的那个晚上,虽然第一次见到秦小溪,他就利用王晓文去卫生间的几分钟,开门见山、毫不掩饰地对秦小溪说:“其实,从我接了你误打的电话,听到你声音的那一瞬间,就中了魔似的迷上了你,这就是无法解释的缘分,不然你怎么会找王晓文而错拨成我的电话?”

秦小溪读大学四年，读研究生两年，也遇到过几个狂热的追求者，其中也不乏善于语言表达的人，可是她非常厌恶那些人，总感觉那些人都很肤浅，只会夸夸其谈。而听到夏如此说，她莞尔一笑，看着夏阳光的笑脸和闪烁着激情的眼睛，不仅没有反感他的唐突，反而很欣赏他的直率和坦诚，还有开门见山的说话方式与语气。

王晓文回来时，夏对王晓文说："快劝你的好朋友改行吧，凭她的声音和形象，还有美到极致的身材，应该到中央电视台去当节目主持人，不然太浪费资源了。"

王晓文看着秦小溪说："你听着肉麻吗？我还从未见过他这么夸谁呢。"

秦小溪不好意思地说："有同感。"

夏认真地说："这可是我发自肺腑的忠言呀，搞室内设计既不需要美的声音，也不需要姣好的容貌，更不需要完美的身材，你们说这些都具备而用不上，不是资源浪费是什么……"

秦小溪打断了夏的话说："你越说越离谱了。"

王晓文对夏说："秦小溪可不是花瓶一样的女孩，她是很有才气的设计师。不信，哪天你买了房子可以找她为你设计一下，那水平绝对是国际一流的。"

夏说："真的？前几天我很要好的朋友还托我为他的一哥们帮忙找一个好的室内设计师，那哥们买了一套房子已经有小半年了，找了好几个设计师出过设计方案，据说都不满意。"

王晓文分析说："看来那人很挑剔。"

夏问秦小溪："你可以帮忙吗？"

秦小溪说："我试试吧，你问一下你的朋友，他有什么特别的要求。最好能知道他的职业、生活习惯、个人爱好等。"

夏兴奋地说："那太感谢你了，给我一张名片，我问清楚情况后给你打手机。”

秦小溪从包里拿出便笺和笔，一边写着手机号码，一边说：“我从未印过名片。”很快写好后递给了夏。

夏看着便笺上隽秀流畅的字迹，不失时机地赞扬：“好漂亮的字，真是字如其人。”

王晓文打趣地对夏说：“你至于吗，费了这么多脑筋，绕了这么一大圈，不就是为了要一个手机号码吗？你问我呀，多省事呀！”

夏扬着手里的便笺得意地说：“以后就不麻烦你了。”

当晚，秦小溪在回家的路上收到了夏的信息：

“相识是偶然，相爱是必然。”

第二天，晴朗的天空突然下了一阵雨，她收到了夏发来的信息：

不管是晴天、阴天、雨天
知道你快乐就是最好的一天
不管是昨天、今天、明天
知道你幸福就是最美的一天
我愿你快乐和幸福
不只是现在　而是永远

秦小溪的心里涌过一丝感动，一时想不起好的回答，记得他说要自己帮忙出设计方案，便回复信息：

“谢谢你，再联系。”

夏开始频繁地约秦小溪，有事没事经常到她的办公室去找她。正如王晓文判断的，秦小溪对夏的印象很好，也许同事们会认为他们是在谈恋爱，可是现在秦小溪还是只把他当成一个普通的朋友。

那天，夏又打电话约秦小溪吃晚餐，说朋友的哥们出国回来了，他已经拿到了房型图纸，顺便商量一下有关房子装修设计的细节。

夏简单地说了一下情况，朋友的哥们那套三室两厅两卫的房子是为一个叫采儿的女人买的。采儿人很漂亮，北京 B 大学文学系毕业，原是那哥们的一个文字秘书，两人有了暧昧关系后，他怕采儿留在公司里被同事们议论，传到他妻子那里，只好让采儿放弃公司的工作。现在采儿什么也不做，每天除了泡美容院、健身房，就是上街疯狂购物，喜欢烟酒，没有其他的爱好。前几次的装修设计方案都是因为采儿不满意，才一直没有动工。

秦小溪一听是这种情况，很不愿意为这样的人设计。

夏说他的好朋友从未求过他，他已经对朋友说找到了好的设计师，不好意思再改口。况且朋友还说，不用考虑装修成本，只要设计方案满意，设计费用尽管开口。

夏又对秦小溪说："你不认为挣他们的钱很容易很开心吗？"

秦小溪无奈地说："你还很会辩证地看问题呢。"

"你不知道我朋友是怎么评价他哥们的，说他每天睡到自然醒，醒来后最伤脑筋的就是中午吃什么，吃遍了北京的大小饭店，有次中午吃饭时听同桌的客户说上海某家酒店的河豚是野生的，最近换了厨师，做的味道很好。他下午便乘飞机赶到上海，吃了一顿有野生河豚的晚餐，在五星级酒店住了一个晚上，第二天早晨又乘飞机回到北京。"

秦小溪说："太过分了吧，乘飞机往返上海，只是为了一顿晚餐。"

"有钱没有办法，咱们出门打车，人家出门打'飞的'。你知道这类有钱人最常说的三个字是什么？"

秦小溪思考了一会说:“想不出来,应该是常用语吧。”

“没意思!”夏解释说,“我朋友总结的,还很准呢,不信你可以问一下你周围的有钱人,问他们最喜欢说什么,回答一定是‘没意思’,如果不是这样回答,说明他的钱还不够多。你还可以观察一下,如果钱再多,就改说四个字了,‘真没意思’,钱实在多得花不了,就会说五个字‘太没意思了’。”

秦小溪笑了:“有意思,我从未注意到这个现象。”

夏哈哈大笑:“没想到这么快就验证了,你一开口就是‘有意思’,说明你是最没有钱的打工白领。”

秦小溪想到刚才自己说的话,也随夏一起笑了起来,平静下来后,两人刚吃了几口饭,夏突然想起什么,又是一阵爽朗的笑声,他边笑边说:“人家打‘飞的’去上海吃河豚,回到北京,一下飞机说的第一句话就是‘太没意思了,还不如北京的河豚好吃呢’。”

夏的笑非常有感染力,让秦小溪无法控制自己,也跟着笑了起来:“这不是瞎折腾嘛。”

秦小溪很喜欢和夏在一起,因为以前她很少这样开心过。

告别夏后,当天晚上,秦小溪几乎没有动多少脑筋,只用了几个小时的时间,就做出了设计方案。

她把三室中最大的一间朝阳的房间设计成卧室,床设计成圆形的。床头靠窗户的一边设计了一个豪华的梳妆台,梳妆台上面的镜子是立体的,可以向两边拉开。拉开后,里面是一个有很多隔板的空间,可以摆放很多高低不同的化妆品。关闭后,只能看到一面镜子。梳妆台桌面的一个角上设计了一棵造型很美、有很多枝丫的圣诞树,上面可以用来挂项链等首饰。床头的另一边设计了一个有两个抽屉的床头柜。卧室里的衣橱设计了很多大的隔层,方便用来放被褥。卧室的落地窗前还设计了一个可以像秋千一样荡来荡去的藤质吊椅，坐在上面，窗外的风景尽收眼底。

另外两室面积一样大，一间朝阳的设计成了健身房，东、西两面墙上都设计安装落地镜子。

另一间不朝阳的设计成一个敞开式的更衣室，东、西两面墙都是带门的衣橱，里面有用来挂各种长短不一的衣服的衣架，衣橱中包含一个专门用来放鞋的橱子、一个专门放各类包的橱子，所有橱子的门全是镜子，靠北墙是一组休闲布艺沙发。

客厅的装修设计没有什么奇特的地方，主要亮点是一个豪华的吸顶灯，以及一堵线条简约的影视墙。沙发可以根据主人的嗜好，既可以选豪华大气的真皮沙发，也可以选舒适休闲的布艺沙发，无论怎样选择，都能与装修的风格协调起来。

餐厅的一端设计了一个“U”形的吧台，贴墙的是一个大型的展示效果很好的酒柜，极具现代时尚风格。另一端的墙面贴土色原石样的墙砖，靠墙安置一个小方形的实木餐桌，只有两把餐椅，餐桌和餐椅的原木花纹和颜色与墙面非常协调，表现出浓厚的原始的乡村气息。餐厅的中间地带用大型的盆栽绿色植物组成隔断，从餐厅的一端向另一端走去，仿佛是从原始森林穿过，步入现代，有一种现在最流行的穿越时空的意境。

厨房的设计多以玻璃材质为主，晶莹剔透、高贵华丽。

两个卫生间，一个是在客厅的一边，只做了简单的设计，和普通住宅的卫生间没有什么两样，一个简易的洗面台，靠墙角是用玻璃隔成的淋浴房，另一个墙角是坐便器，洗面台的对面是一台全自动带烘干的洗衣机。

另一个卫生间在卧室里面，做了很多的设计。卫生间的门是南向的，完全是橡木质的洗面盆占据了整个的东面墙，设计得既可以洗漱，又可以做梳妆台使用。北面靠墙是橡木质的椭圆形的浴盆，浴盆的东侧和梳妆台相连，这个位置的梳妆台面上有一个玻璃的花瓶，可以随时插满鲜花。浴盆的西侧和西墙之间是一个由橡木制成的无门的橱子，橱子的最底层和浴盆是同样的高度，便于放各类洗浴用品。浴盆的外边缘是用一串一串的水晶帘做成的隔断。西墙邻橡木制成的橱子边，是一个豪华的坐便器。卫生间西南角是橡木制成的有三个抽屉的小柜，与坐便器外边相连，便于放女士用品。卫生间所有的墙面包括门的两侧都是用镜子组成的，当然镜子全是防水防雾的，顶部的很多位置都设计了明暗不同的射灯，仿佛是天空中的无数星星在闪烁。这样的设计结果是打开卫生间的门，映入眼帘的是一帘如梦如幻的水晶帘，帘后是若隐若现的浴盆，站在卫生间的任何一个位置，不必回头，更不必转身，你便可以看清身体的所有部位。

设计方案完成后，秦小溪也不愿意再费精力去看看还有什么不妥之处，便给夏发了一个信息，告诉他设计方案已完成，明天可以到她的办公室来取。

第二天快中午了，夏才急急忙忙地跑来，拿了一大兜橙子，对秦小溪说："昨天晚上吃饭，才发现你喜欢吃橙子，橙子是维生素 C 含量很高的水果之一，常吃对皮肤很有好处。"

昨天晚上，他们还是第一次两个人吃饭，秦小溪点了一杯橙汁，后来又加了一杯，没想到夏如此细心。他们聊了一会就快到中午吃饭的时间了，秦小溪便留夏吃午饭，顺便再谈一下有关设计的问题，夏没有推辞，她打电话要了外卖。

秦小溪工作后的某一天，曾经在办公室里要过一次外卖。春接到电话后，曾问她在哪里，因为电话很陌生，她才反应过来这是在办公室里，距她住的地方坐公交车需要四十多分钟，还不知道这里距春所在的快餐店有多远呢。等她说出地址后，春高兴地说这里离他们店也是大约三十分钟的路。太巧了，原来他到学校送外卖是向北走，现在到她单位是向南走，虽然方向相反，可是路程基本一样远。

以后，秦小溪偶尔在单位上要过几次外卖，因为同事大多都是在楼下的餐厅里用午餐，饭菜质量不错，价格也很合理，她也不好总搞特殊，也怕春一直来，同事会议论什么。

春到秦小溪的办公室送外卖，进门的一瞬间，他惊呆了，简直不敢相信他看到的一切，是秦小溪吗？她在和一个很帅的男人聊着，很开心的样子，她的办公桌上放着一大堆橙子……

秦小溪要求春把饭菜直接送到她办公室边上的接待室里，那里有一圈沙发和几个茶几。春木然地走出接待室，他心里乱极了，秦小溪要和那个帅气的男人在这里一起吃饭，他们一定会边吃边聊……

秦小溪办公桌上放着的那一大堆橙子，总是在春的眼前晃来晃去，橙子一定是那个男人买的，他们的关系一定很亲密。不然，他怎么会知道她喜欢吃橙子？

春不知道自己是怎么走出那座大楼的，他的大脑一片空白……

出门时，春看见秋站在那里，他走了过去。秋第一次开口对他说话，秋的声音很低沉，他约春一起吃饭。此时，春没有心情吃任何东西。

秋望着天空，看似无意地说："月亮是温柔的，星星是多情的，可是它们都在天上，我们永远只能远远地看着……看着……"

然而，那是个阴天的中午，天空灰蒙蒙的一片，什么也看不到。

春明白，秋是在说一个道理，是在暗示他什么。

其实，春此时已经清晰地意识到，白雪公主只能生活在童话里，而他生活在现实中，他永远也不可能走进童话世界里，白雪公主也绝不可能走进他的生活里，他们本来就是两个世界的人，怎么可能走到一起呢？只不过五年来，春一直误以为他也生活在童话世界里……

春为他曾经的异想天开而羞愧，一想到秋能望穿一切的眼神，春感觉自己就像被剥光了衣服在众人面前展示一样无地自容。

秦小溪和夏在接待室用着午餐，她仔细地对夏解释了设计方案，夏称赞秦小溪的设计出乎意料地精彩。

整整一周，夏没有联系秦小溪，秦小溪想打电话问一下，设计方案客户是否满意，又想还是算了，应该矜持一点，有什么情况夏会打电话的。

果然，下午夏打来了电话，在电话里他非常激动地说："今天晚上你一定要请我吃饭，我拿到了你的设计费。"

秦小溪说："没有问题，想吃什么尽管说，只要设计费用够就行。"

夏诡秘地问："你就不问一下设计费有多少？"

秦小溪回答："无所谓，至少应该够吃一顿像样的饭吧。"

"你看这样好吗？不够我添上，剩下呢……"夏故意停下。

秦小溪爽快地说："剩下全归你了。"

"一言为定。"夏随后说。

晚上，他们如约来到一家休闲餐厅。刚坐稳，夏就兴奋地对秦小溪说："其实，我昨天晚上才把设计方案送给他们，我对他们说，你整整一个星期都在专心设计，没有做其他的工作。"

秦小溪不解地问："你为什么要这样呢？"

"为了证明你花费了很多的精力，多要些设计费呀！你猜怎样？他们对设计方案满意极了，今天早晨就通知我去拿设计费。"

"你真狡猾。"

"一般般。去之前，我打听了一下行情，像这样有彩色图片的一整套设计方案，正常收费三千元左右。可他们不一样，有钱呀，我一开口要了两万。"

"你可真够狠的！"

“没听说过吗？同样一件衣服，他们看好了不买，为什么？因为价格太便宜了，好像穿了会降低他们的身份一样，你只需要在价格后面加个零，他们会乐不可支地买下来。所以你要少了，他们会看不起你的。”

“他们真给你两万呀？”

“当然不是了。”

“我猜也不会。”

“不是两万，是三万！”

“啊？！”秦小溪不相信，“怎么可能？”

“怎么不可能？多出的一万是辛苦费。是采儿提出来的，她对你的设计方案赞不绝口，说你是最有才气的设计师，一定要请你吃饭认识一下，她确实长得很漂亮。”

秦小溪笑了笑说：“挣他们的钱确实很容易。”

夏接着说：“不过，她再漂亮也没有你漂亮。”

“你少油腔滑调的。”

“我说的是实话。呃，能说一下你的设计灵感吗？你怎么会想到大量地使用镜子？尤其是主卧卫生间，是采儿认为最成功的一点。”

“我想，凭她的身份和处境，她有足够多的时间孤芳自赏，当她空虚的时候，要有一个足够大的空间让她自我欣赏、自我陶醉，主卧卫生间就是针对她的心理设计的。像水晶帘完全是奢侈的消费品，除了美观，没有什么实际用途，防水防雾的镜子成本要比瓷砖的成本高不少，一般人装修时都会考虑装修成本，没有必要所有的墙面都贴镜子。再说一般人洗浴时也不习惯在四面八方看到自己的身体，而她则相反。”

“没办法，人家有钱呀，说过只要效果好，不在乎装修成本和设计费的。”

“信吗？一个豪华马桶的费用要高于一个普通卫生间的整个装修成本。”

“不只是卫生间,别的地方他们也很满意,你真是很有设计天赋。”

“其他的设计只是符合他们的消费理念,实际上存在很多的问题,比如厨房的设计多以玻璃材质为主,虽然显得晶莹剔透、高贵华丽,可是既不实用也很难清理,除非你只把它当摆设用。”

“本来这些人也不会在家里又炸又炒的。”

“所以我认为,设计的很多地方都是只美观而不实用,装修成本也很高,并不是一个好的设计方案。”

“可恰好对了他们的胃口,他们大加赞赏,夸你是少有的高水平的设计师呢!”夏说着从随身带的公文包里拿出用牛皮纸信封装的三万元现金递给秦小溪,让她先装进包里。

秦小溪没有拿,而是故意说:“不是说好,请完客不够你添上,如果有剩下的全归你了。”

“你可没有想到有这么多,现在反悔了吧?”

“不至于,本来也是你要的这么多。”

夏拿过秦小溪的皮包,把信封装了进去。

秦小溪说:“这次的设计让我长了不少见识。”

“哦,说说看。”

“凭空想象,随便设计一个管酸不管辣的方案,要比绞尽脑汁精心设计十个实用方案的收入还多。”

“你总算开窍了,我早就说过挣这些人的钱特别容易特别开心。”

“容易是容易,可我为这种现象感到悲哀。”

……

他们用完餐,秦小溪要结账,夏阻止她说:“我再寒酸,请女朋友吃饭的钱还是有的。”

从餐厅走出来,秦小溪向夏告别,他执意要送她。

之后他们看过一次电影，逛过两次街，吃过几次饭。快到中秋节时，夏郑重其事地对秦小溪说："我想请你和我一起回家过节，我父母很想见你。"

秦小溪听到夏如此说，发现他已经把她当成了恋爱结婚的对象了，有些不知所措，她敷衍着说："恐怕我没有时间。"心里琢磨着下一步应该怎样婉转地告诉他，自己一直是把他当作普通的朋友，从未想过要和他成为特定意义的男女朋友关系。

夏没能理解秦小溪这样说是不愿意陪他回家，还以为她是真的没有时间，于是又说："你尽量请假吧，我等你电话。"

秦小溪无法再说什么，只能好好考虑一下，等下次他再提此事时，怎么对他解释。

晚上，秦小溪一个人躺在床上回忆着和夏交往的这段日子，不能怨夏误会了她的感情，实际上夏发给她的第一个信息就很明确了："相识是偶然，相爱是必然。"当时她就应该让他明白自己没有和他恋爱的意思，可是，她也不知道自己为什么沉默了。她确实喜欢和夏在一起的感觉，夏的身上有深深吸引她的地方：他喜欢笑，笑时露出非常整齐洁白的牙齿，帅气的长相，让人感觉很温暖；他思维很敏捷，做事很认真；他很有才气，喜欢作诗……那还是通过王晓文认识他的几天后，他约秦小溪吃饭，秦小溪叫上了王晓文。开始王晓文说她才不去当电灯泡呢，秦小溪解释说正因为自己没有要和他谈朋友的意思，才需要她陪着。当时，他们三人一碰面，王晓文就取笑夏说："还没有过完河呢，就想拆桥，当心掉河里。"

夏则开心地回答："能见到秦小溪，别说掉河里，掉海里也愿意。"然后对秦小溪说，"真的挺想见你的，其实你的名字就够让人遐想的。"

秦小溪转移话题说："你和王晓文天天在办公室见面，有没有感觉下班后在一起更开心？"

夏笑着说："她呀，除了拿我开心，没什么正经事，上班在一个办公室没办法，下班我可躲她远点。"

王晓文一点也不恼，问夏："你说说秦小溪的名字能让你想到什么？"

"想到细雨霏霏的南国，想起悠长而寂寥的雨巷。"夏陶醉地朗读着：

撑着油纸伞，独自
彷徨在悠长、悠长
又寂寥的雨巷，
我希望逢着
一个丁香一样的
结着愁怨的姑娘。
她是有
丁香一样的颜色，
丁香一样的芬芳，
丁香一样的忧愁，
……

秦小溪听着夏在大段地背戴望舒的《雨巷》，笑而不语。

夏继续自我陶醉地解说着："你们试想一下，梅雨季节，江南悠长的小巷，梦一般的凄婉迷茫，两边是寂寞的人家，你孤独地走着，和一个像丁香一样美丽、高洁又带点忧郁的姑娘相遇，可是仅一瞬间就擦肩而过，有谁会不期待这一瞬间成为永恒？"

王晓文听不下去了，她很直接地问："是你想到的吗？应该是'雨巷诗人'戴望舒想到的吧！拜托，最好背些名不见经传的诗人的诗，秦小溪会相信你像我说的那样有才华。"

夏回答:“我没说是我写的,我说是我想到的。”

王晓文不罢休:“为了证明你的才华,有点创意好不好? 快说,‘雨’还能让你想到什么?”

夏幽默地回答:“最直接想到的当然是‘伞’了。”

“为了向秦小溪证明我没有吹牛,现场作首诗吧! 内容和雨有关,和爱情有关,对你来讲不难吧!”王晓文转而问秦小溪,“你想听吗?”

秦小溪回答:“我当然想听了。”

夏看着秦小溪说:“和雨和爱情有关的,就免了吧! 我再写也写不过戴望舒呀! 兵来将挡,雨来伞挡。还是容我想想,写一首和伞和爱情有关的吧!”

夏思索了片刻,作了一首题为《伞》的诗:

你来时阳光灿烂
你去时大雨滂沱
你是否已预约了雨
不然你怎会带来伞
只是你为何把伞留下
毅然投入雨中归家的路
是让雨洗净你愧疚的爱恋
还是让雨浇灭你燃烧的情感
多年以来
伞一直将孤独的我陪伴
阳光灿烂时遮阳
大雨滂沱时挡雨
只是遮挡不住
从眼睛流到心里的雨点

夏作完诗后解释说:“一时的灵感,词句、韵律都欠斟酌。”

王晓文便毫不客气地评价:“小女人的呢喃,正宗的婚外恋,理解得还可以吧?”

夏问秦小溪:“你怎么看?”

“写得很细腻,一场无奈又无望的爱,最后一句很好,‘遮挡不住从眼睛流到心里的雨点’。”

夏继而对王晓文说:“听到没有?这才是正确评价。”

王晓文反驳说:“人家是给你面子,费了那么大劲才憋出来,说不好怕伤你自尊。看了秦小溪写的那些诗,你就知道自己写得怎么样了。”

听到王晓文如此说,夏要求秦小溪也即兴作首诗。秦小溪说:“我可没有你那才华。”

夏退一步说:“你背诵以前写的也可以呀。”

秦小溪有些为难地说:“我也没那么好的记性。”

王晓文对夏说:“算了,等哪一期你主编的专栏《新人新诗》缺稿件的时候,找秦小溪要几首诗,我保你拿来就能用。”

“稿件不缺,缺的是好的有意境的诗,这一直是让我头疼的事。”夏接着问秦小溪,“何时能有幸拜读你的大作?”

秦小溪不好意思地说:“你不要听王晓文瞎吹,以前偶尔写过几首。”

之后夏多次向秦小溪要过诗稿,他真的认真了。秦小溪一直敷衍着,没有给过他。因为那些诗多是看了小说或者是电影、电视剧等被某一个角色打动,一时有感而发的,有些更是某天不着边际的灵感来了随手写的,怎么好意思随便拿给别人看?更不希望哪一天会登在杂志上。

有天,夏打电话对秦小溪说,这次是真的需要她的帮助了,因为本期杂志的《新人新诗》专栏只选出了三首诗,每期至少要四至五首,让她无论如何发一首到他邮箱里，最好是忧郁一点的。

秦小溪不好再拒绝了，从自己写的那些诗里找了四首比较忧郁的发到夏的邮箱里，他也许能在四首里选择出一首。

新的一期杂志出版了，夏送给了秦小溪一份，感谢她的帮助。

秦小溪拿起杂志，翻到了《新人新诗》专栏，一看怔住了：她的四首诗只字未改地全部登在上面，而且每一首后面都有简短的点评。其中一首《捉迷藏》是她上高中时写的：

雪后幽径
依稀有浅浅足印
通往银色的林间
那是往昔苍翠的松林

还能忆起童年吗
忆起那个
爱玩弹弓射小鸟的男孩
忆起那个
爱采蘑菇当花伞的女孩
曾在那片童年的小树林里
许多次地玩过捉迷藏
男孩输了扮新郎
女孩输了扮新娘

渐渐地长大
渐渐地学会了躲藏

直到有一天
彼此再也找不到对方
那是长大以后的捉迷藏
唯有遗憾
唯有情伤

他的点评是:“捉迷藏,一个多么常见又普通的儿童游戏,作者巧妙地捕捉到这一灵感,展现了一段曾经纯美的两小无猜的友情,长大后未能如愿地走到一起的感伤画面,留下一段此情可待成追忆的遗憾。”

而这首诗确实是秦小溪在某天看到一群无忧无虑的孩子玩捉迷藏时突发灵感一气呵成的。

另外一首《既然》,是有感于苏筱筱大四的那场失败的恋情而随意写的:

既然绿都绿了
我不要走去其他季节
采一叶春的寂寞
留香在相遇的扉页

既然想都想了
我不愿再彷徨犹豫
任无情的时间
销蚀我青春的岁月

既然说都说了
我不会忘记你的话语

连誓言都在吝啬
还有什么可以给我

既然爱都爱了
我不能忽略你的存在
爱你多难把握
离开与留下的无措

既然来都来了
我不容你再离去
一生多少抉择
为你选了执着

既然去都去了
我不想再说什么
期待情感的天平
衡量爱的对与错

夏的点评是："如果结局是必然的，那么我们就不要纵情于开始，任性于过程，悲伤于结束，甚至寻找结束的原因。因为如果有的话，只有一个原因，那就是开始的偶然是错误的。"

从夏对这首诗淋漓尽致的点评，可以看出夏对诗的理解深度，他在完全不知道写作背景的情况下，能理解得那么细致与准确，让秦小溪从心底里佩服他的文才。

尽管夏有很多吸引秦小溪的地方，可她明白这些远不是最吸引她的地方。她发现最吸引她的是和他在一起总有一种似曾相识的感觉。就是这种似曾相识，让她感到欣慰，让她渴望见到他，喜欢和他在一起。可是真在一起时，又感觉他身上有一种无法接近的陌生感……

想着想着，秦小溪突然意识到：这种似曾相识是因为夏有很多像春的地方。他微笑的表情、爽朗的笑声，还有笑时露出整齐洁白的牙齿都和春像极了，还有他做事认真的态度，甚至说话的语气都像。夏也喜欢用"其实"这个词语，只不过他用得比较准确而已。他们第一次见面，他那么直白地向秦小溪表达爱慕之情，就是因为他一开口就用了"其实"这个词，让她心生亲切感，才未引起她的反感。而使她感觉无法接近的陌生感正是夏不像春的地方。想到这一层，秦小溪才发现自己很久以前就已经在潜意识里爱上了春，只是因为他们的年龄差异，让她不敢想，也不敢面对。可是她的内心深处还是向往着能够和春在一起，于是当她遇到了外形等很多地方和春有相似之处的夏时，非常自然地让她渴望见到他，喜欢和他在一起，她实际上是把夏当作春来交往的，这完全是一种自欺欺人的情感寄托。秦小溪猛然醒悟了自己对春的这份爱时，才明白夏是不可能替代春的，任何人都不可能使她忘记春的。

这就是为什么一直以来，她仍能清晰地记着那天，甚至能记着那段时间里的某一天的某一时刻。

记着那天春从家乡回到北京后，怎样匆匆地挂断电话，怎样迫不及待地出现在她的眼前，她才体会到当时春是怎样急切地赶路，才能抢出五分钟的时间。她终于悟出了春那天迫不及待的后面所包含的一切心情，她也终于读懂了春那天喜悦的眼神所表露的一切情感。

王晓文真的是太了解秦小溪了。原来她一直想撮合秦小溪和夏谈朋友，怪不得秦小溪还没有见过夏时，她就感觉到秦小溪会喜欢夏，看来王晓文也发现了夏和春有很多相似之处，不过在王晓文的眼里夏要比春优秀很多，而且她也会认为秦小溪和夏谈恋爱，要比和春谈要现实得多。

秦小溪决定主动找夏谈一次，不管怎样说，她相信他会理解的。

夏接到秦小溪的电话时，兴奋之情溢于言表，他以为秦小溪请好了假，可以与他一起回家过节了："我就知道你会请假的。"

秦小溪能想到夏高兴的样子，早已想好的话，却怎么也说不出口，在电话里沉默了一阵，才说："不是你想的那样。"

夏听到秦小溪的声音有些诧异，问："你怎么了？"

"下班后，等我电话好吗？有话对你说。"

"有什么话不能现在说吗？"

秦小溪没有回答，而是挂断了电话。

夏一头雾水，不知道秦小溪究竟怎么了。

终于到了下班时间，夏主动拨通了秦小溪办公室的电话，关心地问："你还好吗？是不是身体不舒服？"

"谢谢，我挺好的，只是想对你说……对不起，我不知道该怎样说……我也许有什么地方让你误会了，我们只是普通的朋友……所以……所以我不能和你一起回你家过节。"

"你究竟怎么了？我有什么地方做错了？你直接说好吗？"

"没有，我是说……我们只是普通的朋友，就像你和王晓文一样的那种朋友，你懂吗？"

"可是，我……"

"真的对不起，再见好吗？"

夏拿着电话愣在那里，直到秦小溪挂了电话。

第八章
当春遇见夏

秦小溪在想有多久没有见到春了，如果没有记错，和春最后一次见面应该是春为她和夏送外卖的那次。

从现在起，她应该经常给他打电话了，当然不是为了要外卖。她拿起办公桌上的固定电话，拨了那个再熟悉不过的手机号码，正常响铃没人接听，过了一会，她又重拨了一遍，手机仍然处于无人接听的状态。于是她又用手机拨打，先是忙音，过一会再拨，仍然是无人接听。秦小溪很纳闷，如果前两次不接，很可能是没有听见，现在他明明刚用过手机，也许手机此时正拿在他的手里，可是他为什么不接呢？秦小溪想了一下，走到乔丽丽的办公桌旁，用她的固定电话拨了春的手机号码，只响了两声，就传来了春熟悉的声音，这就证实了春是故意不接秦小溪的电话。

秦小溪很伤心地问："为什么不接我的电话？"

春支支吾吾的："我……其实……我……"无法说下去。

秦小溪诚恳地对春说："我想和你好好谈一次，你今天晚上有时间吗？"

"今天晚上，我可能要忙到很晚，要不，等哪天有时间我给你打电话？"

春婉转的拒绝让秦小溪很伤心，想最后试一下他是否在乎她，接着问：“你最后一次看见我是什么时间？在哪里？”

“两个月以前的一个星期五的晚上，天气很闷热，快十一点了，在你住的那条马路上，我看见他送你回家，你很开心……”

秦小溪原来只是想看看他还记不记得他们最后一次见面的时间和地点，已经过去三个多月了，她认为是他为她和夏送外卖去公司的那一天，可是春的回答使她感到非常意外。他说的是，秦小溪拿到三万元的设计费夏执意要送她的那个晚上。秦小溪反应很快，春能看见他们，说明当时春也在她家的附近，那么晚了，天气又很闷热，春去那里干什么？

春回答秦小溪的问题时，没有多想，是照实说的。

没有想到秦小溪会追问：“你到那里干什么？”

春撒谎说：“我……去送外卖了。”他当然不会承认，那天他是去给她送冰激凌了。

“谁会那么晚要外卖？”秦小溪没有直接说春撒谎，可是春听出来了。

秦小溪又问：“现在几点了？”

“快七点了。”

“我有表，我知道现在几点，你今天晚上没有事情，只是不愿见我。”

春知道自己不会撒谎，一撒谎会漏洞百出，根本瞒不过聪明的秦小溪，只好什么也不说了。

秦小溪继续问：“为什么？”

“我……”

“今天晚上我一定要见到你，有很重要的话要当面对你说。”

一阵沉默。

秦小溪找了一个很好的借口：“我在办公室等你，我还没有吃晚饭呢，你顺便捎份来吧。”

春带来一份水果比萨和一杯青菜汤,把它们放在秦小溪的办公桌上,让秦小溪趁热先吃饭。

秦小溪说她不饿,用最柔情的眼神注视着他,好想对他大声说:“我爱你!真的!”却羞涩地说不出口。

她缓缓地走到南面的落地玻璃窗前,若有所思地看着外面的夜景,轻轻地说:“你过来看一下,原来这条街上的夜景也很美呢。”

春走了过来,向窗外看了一眼,外面布满了红红绿绿的霓虹灯,他赞成地说:“是挺好看的。”

“现在才发现,是因为以前从未真正仔细地看过,虽然它近在眼前。”

“这也没什么,忙起来,往往会注意不到身边的事情。”

“疏忽了美景和琐事倒无所谓,可怕的是连自己一直存在的感情也疏忽了。”秦小溪更加直白了,“你曾经喜欢一个人,我想告诉你,她也像你喜欢她一样地喜欢你。”

秦小溪说完侧脸看了春一眼,他上牙咬着下嘴唇,两眼茫然地看着前面,他完全能听得懂,正在努力地克制自己的感情。

春尽量平静地说:“可是我看见你和他在一起,晚上很晚了,他送你回家,你们有说有笑都很开心。”

“那天我拿到了设计费,他担心我一个人带着钱回家不安全,所以送我。”

秦小溪像是对春说,又像是自言自语:“感谢他唤醒了我,我太麻木了,一直以为自己喜欢他,原来之所以喜欢他是因为他有很多地方都很像你,现在我才明白,我真正喜欢的是谁。”

秦小溪对春的这种爱再单纯不过了,无欲无求,一旦爆发就如决堤的洪水一样势不可当。

春转过脸来,认真地盯着秦小溪的眼睛看了很久,再也无法掩饰他压抑了很久很久的感情，伸出双臂紧紧地拥抱了秦小溪。他们默默地拥抱了很久，然后是轻轻地吻，他们只是嘴唇轻轻地碰在一起，吻得很圣洁，却吻得很持久。这种方式的吻和那种情欲之下的吻截然不同，前者侧重的是一种精神的交流，后者侧重的是身体感官的刺激。此时任何语言都是多余的，不知过了多久，他才牵着她的小手，回到了办公桌边，犹如一个大哥哥一样关心地说："现在你该很饿了吧。"

秦小溪笑了，开心地吃着水果比萨喝着青菜汤。

春拉过一把椅子坐在她的身边看着她，想起了五年前，他第一次给她送外卖时的情形，回忆着说："我第一次看见你时，你穿着粉色的长裙、粉色毛外套，脚上穿着一双棕色的毛毛熊拖鞋，像白雪公主一样漂亮。那时，你要了一份水果比萨，比萨上布满了各种水果，有菠萝片、梨、橙子、香蕉，还有椰子肉，你的皮肤就像椰子肉一样的又白又透明。"

"那应该是五年前的事情，你还记得那么清楚。"

"你已经有三个多月没有要外卖了。"

三个多月的时间，正是秦小溪和夏文佳的全部过程。秦小溪幽默地说："以后会经常要的，而且还是免费的，你说对吗？"

"这你放心！每天都送免费的，咱也能挺得住，又不是没送过。"说完他们都会心地笑了。

第二天上午，秦小溪正忙着和客户讨论设计方案，春打来电话，在电话里他像个热恋的情人一样地诉说着："我真的好想你，昨天整整一夜我一点也睡不着……"

秦小溪怕客户听见，忙把电话换到离客户远的耳边，并紧紧地贴着耳朵小声说："我正忙着呢，还有别的事情吗？"

春仍然不管不顾地说着："真的，现在我什么也干不下去，就是想你，满脑子都是你……”

秦小溪打断了春的话说：“好了，不要想了，该干什么干什么，一会我给你回电话，拜拜。”

秦小溪挂断电话，又投入到工作中。

春在电话里听到秦小溪的声音很平静，心里很不是滋味，她好像完全忘了昨天晚上的一切。昨晚自己彻夜难眠，她居然亲口对他说她喜欢他，他们接吻了，这可是他的初吻……直到现在他仍处于激动状态。昨晚对她究竟算什么，算一时冲动，还是算……她在这么短的时间内就平静得像什么也没有发生一样，实在令人怀疑她对他的感情有几分是真的。他忐忑不安地等着她的电话，直到下午三点多，才接到她的电话，约他下班后一起吃晚饭。

春无法等到那么晚，想早一点见到秦小溪，他准备在秦小溪工作的商务大厦门口等她，两人从那里一起去吃饭。可是在电话里，他没有对秦小溪说，怕她不让自己在大厦门口等，于是在秦小溪下班前就赶到了大厦斜对面的书店里，先在那里等着。可是他还没有看到秦小溪之前，就先看到了在大厦门前徘徊的夏。

夏同样彻夜未眠，他不明白秦小溪为什么突然变了，百思不得其解。有些事情在电话里很难说清，他想让她当面解释清楚，他首先要做的是弄清楚她为什么要分手，再想对策，一定要说服她，他太喜欢她了。他们交往才三个多月，彼此从未闹过什么矛盾，她怎么能说分手就分手呢？

夏准备请秦小溪吃饭，和她好好聊聊，当然不能打电话约她，如果被她拒绝就没有机会了，干脆下班前直接去接她。

秦小溪一走出商务大厦的门，夏就迎了上去，同以往一样自然地对她说：“今天想吃什么？”

秦小溪有些为难地看着夏说：“真对不起，今晚我还有别的事情，昨天就约好了。”

夏酸酸地说:“只要不是才认识的男朋友,晚去一会没关系吧?”

秦小溪的表情有些不自然,没有说什么。

夏让了一步说:“不吃饭了,就到前面的咖啡厅坐一会。最多耽误你十分钟,你看怎么样?”

秦小溪看了一下手表,认为这样站在路边说话不是很妥当。不管怎样,造成今天的尴尬局面自己是有责任的,应该和他到咖啡厅坐一会,这样也好,今天就当面解释清楚,免得以后再节外生枝。

秦小溪这样想着,从包里拿出手机给春打电话:“喂!你现在在哪?”

“我在……”春看着马路对面和夏站在一起的秦小溪,“……在路上。”

“对不起,公司有点事情,我临时走不开,可能要晚一点过去。”

春的心里很不是滋味,却违心地说:“你如果确实脱不开身,我们明天再一起吃饭也行。”

春原以为秦小溪会坚持说还是今晚一起吃,可是远远地看到秦小溪好像是在征求夏的意见,接着听到她说:“也好,要不就明天吧。”

春看着秦小溪和夏如同恋人一样地走了,难以名状的痛苦袭上心头。

事实上是秦小溪听到春建议他们可以明晚再一起吃饭后,看了夏一眼,正好和他无辜的有点受伤的眼神相遇了,心里多少有些愧疚。是啊,以后她和春有很多的时间可以在一起,可是和夏过了今晚,也许就会比路人还要陌生了。也许今晚他们之间的谈话会很顺利,他能理解她,但愿如此,也许他们之间的谈话不顺利,不知要谈到几点,还不知会出现什么状况,不想让春等得太久,所以她应允明晚再聚。

夏和秦小溪坐在了咖啡厅里,自信重又回到夏的脸上,秦小溪推掉昨天就已约好的约会,说明自己对她来讲还是有分量的。夏关切地问秦小溪:"饿了吧? 先点一点甜点吧!"

秦小溪说:"我不太想吃什么。"

夏点了两杯蓝山咖啡,现在两人都沉默了,秦小溪只想对他说清楚,然后早点离开,但却不知该怎样开口。

夏说:"能告诉我究竟为什么吗?"

"不为什么,只是……"秦小溪无法说下去,只好停住。

"你至少应该告诉我,我究竟什么地方做错了……"夏还要说什么。

秦小溪打断他的话:"你没有错,是我错了! 我一直没有弄清楚自己的感情,我一直以为喜欢的是你,可是最近我发现,我是把你当成了别人的影子,是你唤醒了我,让我清楚地意识到,我真正喜欢的人是谁。我要谢谢你,真的对不起! 我要对自己的感情负责,这也是对你负责,希望你能理解。"

夏听到秦小溪一口气说了那么多,明白了在他们之间还存在着另外一个人。他没有急着追问,而是冷静地分析着,因为他实在是不愿意放弃她。现在他还不知道那个人究竟是一个怎样的人,倒是有一点可以判断出来:他和秦小溪以前就认识,也许是一个暗恋她已久的人,或者是让她心仪已久的人,也许是他们的条件有些悬殊,秦小溪不是一个情感麻木的人,他们一定有不能相爱的理由,否则她不会等时过境迁了才发现自己喜欢他。

夏想只要自己分析得正确,就还有机会,暗下决心,一定要想尽一切办法先说服她,以后再慢慢来。于是他很真诚地看着秦小溪的眼睛说:"你不觉得我们在一起的这段时间过得很愉快吗? 我们为什么不能继续呢?"

"我想我已经说得很清楚了。"

"可是,你刚才说你一直没有弄清楚自己的感情,也许到现在你还没有真正搞清楚究竟喜欢的是谁,我劝你还是认真地想清楚了再说,我有足够的时间和耐心等着你。"

秦小溪坚定地对夏说:“你真的没有必要为我浪费时间了。你条件很好,很轻易就可以找到一个很优秀的女孩,我希望你能幸福。”

夏仍然做最后的努力:“能告诉我,他是谁吗?是做什么工作的?比我在各方面都好很多吗?”

秦小溪不留余地地回答:“他是谁、做什么工作、优秀不优秀都不重要,重要的是我真心喜欢他。”

夏听了秦小溪的回答,心里踏实了,这证明了他刚才的分析是准确的。毫无疑问,那个人的工作等条件不是很好,于是他轻松地笑着问秦小溪:“如果他配不上你……”

“爱与这些无关。”

夏仍然不妥协:“你不要太浪漫了,还是应该现实一些,你不认为我们更般配吗?”

“我和他的感情与浪漫无关。”

他们从咖啡厅出来,夏问:“你要去哪里?我送你,是回家,还是……”

“谢谢,不用了。”

夏执着地说:“我不会找女朋友的,再说一遍,我有足够的时间和耐心等你回到我身边。”

夏和秦小溪分别走在各自回家的路上,夏很快就想到一个能在短时间内知道那个人是谁的办法。他们不是约好明晚一起吃饭吗?只需在明天下午秦小溪下班前赶到商务大厦附近跟踪秦小溪一次,就可以知道对方是谁了。也许还要简单,那个人兴许会去接秦小溪,如果是那样的话,连跟踪都省了,夏为自己聪明的想法笑了。

秦小溪走在路上想的是,明天和春吃晚饭时,应该好好地聊一聊,应该为他们的将来做打算。春总不能一直送外卖吧,他应该有一份体面的工作,即使近期做不到，也应该向这个方向努力，为了他们幸福的未来，她要帮助他，他们要共同努力。

第二天下午四点多，夏按计划来到商务大厦附近，他先观察了一下周围的环境，发现在商务大厦的对面有一个很不起眼的书店，这是以往从未注意到的。在书店里面隔着玻璃窗看马路对面的商务大厦非常清晰，还不会被外面的人发现，真是绝佳的位置。于是夏毫不犹豫地跨进了书店的大门，里面有三三两两的人在翻看着各类书籍，他选了个靠窗的位置，一边心不在焉地翻看着某本书，一边注意着窗外的情形。

过了一会，有一个年轻的男子走进来，夏突然感觉他似曾相识，却一时记不起在哪里见过。他也走到靠窗的位置，然后全神贯注地看着外面，像是在等人。夏急忙转过身，背朝着他走到一个书架的后面，继续看着前面的男子，思索着究竟在哪里见过他，终于想起来了，他是那个送外卖的大男孩，他该不会是秦小溪的男朋友吧，哈哈！哈哈！想到这里，夏几乎要笑出声来。

可是，接下来的一幕，让夏震惊了。他看到秦小溪出现在商务大厦的门前，而那个大男孩几乎是冲出了书店的大门，不顾来往飞驰的汽车，飞奔到秦小溪的面前，他们一起走在路上，边走边聊着，秦小溪不时地抬起她那曾经让夏着迷的笑脸，看着春，一副小鸟依人的姿态。夏的心里燃起了嫉妒的火焰，直烧得眼睛也冒火，一个新的计划在心里形成。

秦小溪和春找了一家干净的快餐厅，这是一家面向工薪阶层的快餐厅，来这里吃饭的人一般都是来去匆匆。他们坐下后点了两碗手擀面、一份酸辣土豆丝和一小盘咸菜，饭菜很快就上来了。他们吃完了也没法坐在那里聊天，餐桌边还站着等他们桌子空下来再吃饭的人们。走出餐厅，他们一边聊着一边向秦小溪的住处走去。

春几次想问她，昨天为什么对他撒谎，可是看到她那么高兴，怕说出口后扫兴。他只有强迫自己相信，也许是工作上有什么事情，需要他们一起去处理，或者是她托他办什么事情。

秦小溪问春："你认为这家餐厅怎么样啊？"

"可以吧，你别看饭菜的价格还算便宜，其实他们一点也不少挣钱，我们吃饭的空儿，吃得快的桌子其实能用三遍。"

秦小溪没有想到春那么容易就看到了问题的关键，开心地说："其实你看问题挺有头脑的。"

春不好意思起来："你净取笑我。"

秦小溪故意学着春的口气说："其实我没有取笑你的意思。"

春认真地说："我知道我说话不好听，爱说'其实'，就像口头语，如果你不喜欢，以后我会改的。"

秦小溪连忙说："你可千万别改，我特别爱听你说话的语气，尤其爱听你说'其实'。"

春半信半疑地看着秦小溪，"真的？"

"当然是真的了！对了，说点正事，你以后有什么打算？总不能一直这样送外卖吧？"

"我除了在餐厅里打工，没有干过别的工作。其实，我早就想开一家或者是先租一个像刚才我们去的饭店那样的小餐厅。可是，想有什么用，就是再小点的餐厅，租也需要很多的钱。"

秦小溪开心地说："我们想到一起了，一般你一个月能拿到多少薪水？"

"加上提成，没有特殊情况能拿到两千左右。"

"我一个月一般能拿到六千左右，如果晚上能接点设计活，还可以多挣点，我大概还有七八万元的存款，是去年的年终奖和今年的加班费，我们把钱合起来，节省着花，租一个小点的餐厅，先辛苦一点，白天你自己盯着，晚上我下班后去帮你，等我们挣了钱，慢慢会有属于我们自己的餐厅的，那时可以全部雇人，你就可以做老板了，你看好吗？”

“好是好，可是花你的钱，我总感觉……”

秦小溪打断春的话说：“我们之间到现在还要分彼此吗？”

春不再说什么了。

秦小溪接着说：“最好从明天开始，你就抽空到处去转转，看看有没有合适的小餐厅刚好要出租，有什么情况，我们随时电话联系吧。”

“好的，我会打电话给你的。”

夏第二天一上班就开始实施自己的计划了，看着对桌低头忙着的王晓文，东一句西一句地聊了起来。王晓文敷衍着，却始终忙着手里的活，没有抬头看夏。他想通过和王晓文闲聊，从她的话里套出有关秦小溪和春的情况，再想对策对付春。聊着聊着他改变了主意。王晓文既聪明又敏感，并且和秦小溪是无话不说的好朋友，如果让她发现了自己的动机，不仅什么也了解不到，还有可能什么都来不及做，就被秦小溪发现了。看来要想达到自己的目的，首先要稳住王晓文，不能让她产生丝毫的怀疑，这样才能不动声色地实施自己的计划。

快到中午了，夏以关心的口气对仍在忙着的王晓文说：“休息一会吧，别太累了。中午吃什么，想一想，我请客，干不完，下午我帮你。”

王晓文抬起头来问：“我没听错吧，有什么事需要我帮忙？就直说吧。”

“你看，你看，怎么总是怀疑我对你的真诚友谊呢？”

“那是因为我太了解你了。”

“别说没用的了，想吃什么，快说，过时不候啊。”

“那我可要好好想想，难得你请回客。”王晓文征求夏的意见接着说，“我们去必胜客吧，不过远了点。”

夏建议说："这样好不好，我出钱，你打车去买回来，我们在办公室吃，节约时间，我先帮你干着活，免得你还要加班。"

"我就知道你又在耍什么花招，弄了半天，是想让我跑腿呀！我请客，你去买，不用跑那么远，就到前面那条街上的家常水饺去买两份三鲜水饺吧！"

"我们都不跑腿，还是我请客，干脆要外卖好了。"

"这还差不多。"

"哎，上次我去秦小溪的单位，她请我吃饭就是要的外卖，你还别说，饭菜还挺好吃的，她说你们在学校里经常要那家的外卖。"

"哦，你说的是四季香快餐店。"王晓文说着，一边从手机里找春的电话号码一边问夏，"要不要约秦小溪一起吃？有段时间没看见她了。"

"中午时间太紧张了，下午还有一大堆工作等着，等哪天晚上有时间，我再请你们一起吃吧。"

王晓文打通春的电话要了外卖。

在等待送外卖的时间里，同事们陆续下班走了。过了大约五十分钟，王晓文接到春的电话，问他们在几楼的哪个房间，王晓文告诉了他。

这时，夏突然想起了什么，一拍脑门："天哪！我前天约了一个重要客人，说好今天一起吃午饭的，怎么忘得一干二净！"

夏从兜里掏出两张百元的钞票说："真对不起，你自己吃吧，今天算预请，改天我再请你吃顿好的。我得走了，要不玩大了。"

夏匆忙往门外跑着，身后传来王晓文的声音："到现在才想起来，莫名其妙。"

夏急急忙忙跑到单位大门外，不是为了什么所谓的重要约会，而是为了在王晓文看不见的地方等着送外卖出来的春。

春刚走出大门口，夏就迎了上去，冷冷地说："你该认识我吧！"

春当然认识夏，他不仅记得，夏曾经在秦小溪单位吃过他送的外卖，曾经在晚上送过秦小溪回家,而且前天下午还看见了夏。春听到夏以这样生硬的口气对自己说话,愣了一下,不过,他很快就反应过来,夏为什么要这样对待他。

夏和春走进一家很僻静的咖啡厅里,找了一个很不显眼的位置对面坐下来,开始了他们的谈话。这不是一场势均力敌的谈话,在谈话的整个过程中,夏一直占上风,春感觉这里的一切都和自己格格不入,倒是很适合夏。

夏瞪着春说:“你认识我,就该知道我是谁,我是秦小溪的男朋友,你呢?你和她算什么关系?”

春很讨厌夏盛气凌人的语气,冷冷地回答:“我也是她的男朋友。”

夏揶揄地说:“你也能说得出口!说说你都能给她什么?她喜欢你什么?”

春毫不示弱:“我为什么要对你说?我不想说。”

夏步步紧逼:“不是你不想说,是你没法说。那我说,刚才你去过我们单位了,我是那里的编辑。我可以给她安逸、浪漫的生活,我可以在北京买我们共同的房子,我可以帮助她实现梦想。她喜欢写诗,我也喜欢,如果她愿意,她的诗可以随时发表在我负责的刊物上。她有这个天分,你懂吗?这些都是你不能给她的。”

“我承认,我不如你有钱,也不如你浪漫,可是秦小溪并不贪图这些,她是真心地喜欢我这个人。”春虽然这样说,但明显感觉自己有点底气不足。

夏夸张地鼓了几下掌:“说!接着说。”

“我们准备开个小餐厅,白天我自己干,晚上她会帮我的,开始是辛苦点,可是慢慢会好起来的,我们会挣到钱的……”春看到夏一脸的疑惑,以为夏不相信他说的话,又小声地解释说,“我说的餐厅当然是很小的那种。”

夏不留余地地说:“一个能写出那么美的诗的女孩会不喜欢浪漫吗?钱

不是最重要的,可是没有钱是寸步难行的。你还想让她晚上到餐厅帮你,亏你想得出来,她能帮你做什么,端盘子,还是刷盘子?这是在糟蹋她,你知道吗?花三十元一个晚上,满大街都可以雇到这种干粗活的人,那些来北京找活干的民工,那些交不起学费到处打零工的穷大学生,雇这些人也算你做善事。如果我给她联系活,你知道她一个晚上可以做些什么吗?她可以设计一套装修方案,可以挣到三万元,三万元你懂吗?你自己算算,她要帮你干多久才能挣到三万元。"

春沉默了。

夏继续按照他的思维说着:"你喜欢她,那不是爱,是仰慕,是崇拜,因为她太完美了;她喜欢你,那也不是爱,是同情,是怜悯,因为她太善良了。"

夏的语气温和了许多:"好了,我说了不少了,大道理我也不讲了。如果她不喜欢我,我也不喜欢她,我没有必要浪费时间对你说这些。你好好想一想,是不是真的喜欢她,是不是真的爱她,如果回答是肯定的,你应该怎么办。"

春感到夏的语气越来越温和,甚至在他的脸上可以看到真诚了。春也不故作坚强了,他像在自言自语,又像是在问夏:"我该怎么办?"

夏的语气更加温和了,像个朋友一样地对春说:"如果你是真的喜欢她,就应该为她的幸福着想,永远离开她。"

春表情痛苦地看着夏:"可是……我怎么能够离开她呢?"

夏开导他说:"你只要不和她联系,不给她打电话,不接她的电话,不回她的信息,用不了多久,她会主动离开你的。"

春还想做最后的努力:"可是,我这样做,她会不高兴的。"

夏耐心地说:"你想过没有,她对你的感情也许是一时冲动,她太善良了,她只是同情你的遭遇。等到某一天,她平静下来就会发现自己的感情是多么幼稚和多么不现实,任何脱离现实的东西,都是空中楼阁,是无法存在的,到那时再分手，你付出了更多的感情，会更痛苦的，给她带来的伤害也比现在分手的伤害更大。”

经过夏的一番游说，春好像再也找不到不和秦小溪分手的理由了，他的内心痛苦极了。夏说的某些话虽然有些刺耳，但是有一点是正确的，那就是秦小溪和夏在一起一定会比和他在一起过得好。毫无疑问，自己是从心里真的喜欢她，可是夏也喜欢她，夏的各方面条件比他好很多。一切都应该为她的幸福着想，应该按夏说的那样离开她，也算是对以往她一直那么关照他的一种报答吧。

夏始终观察着春面部表情的变化，现在他可以判断自己胜利了。虽然这胜利是早已预料到的，可是真正面对胜利的时候，心里还是充满了无以言表的喜悦。

从小到大，夏处处争强好胜，只要是喜欢的东西，就一定要得到。养成这样的习惯，要归功于无比宠爱他的外婆，一个身材瘦小，却有着坚强性格的老太太。夏从小是跟外婆长大的，父母在外地工作，每个月才回来看他一次。有一次，夏的妈妈要带他到商店去买衣服，外婆也不放心地跟着去了。夏看到商店橱窗里摆着一个玩具汽车，就向妈妈要，妈妈看到玩具汽车的价格有点贵，而且家里已经有不少类似的玩具了，所以决定还是不买，可是他哭着坚持要买，妈妈生气了，说本来可以考虑买，他越哭越不买，他大哭大闹，甚至坐到地上，外婆以命令的口气让妈妈买给他，最后还是买了。回到家后，妈妈小声对爸爸说了这件事情，责怪外婆太惯孩子了。外婆听到了，反驳妈妈，说他们根本不懂教育，孩子想得到什么，只要他努力付出了，就应该让他得到。刚才他已经尽了最大的努力，如果他得不到想要的，会对自己的能力失去信心的，长大以后，稍微遇到挫折他就会放弃的。虽然这套歪理论是外婆宠爱他的借口，可真叫外婆说着了。他从上小学到上大学，学习成绩一直名列前茅，参加工作后，各个方面都表现得很好。现在好了，他终于轻松地解决了春的问题，可以和秦小溪继续做朋友了。外婆和爸妈有一天见到漂亮、聪明的秦小溪时，该是多么高兴啊！如果他们知道这么优秀的女孩是他和别人竞争才得到的，他们一定会夸自己有能力的！想到这里，夏十分惬意地笑了。

春有点相信秦小溪喜欢夏了，是的，她没有理由不喜欢夏。今天他们面对面坐着，他也观察了夏，他们长得的确有很多相似的地方：身材都是属于魁梧型的，肩膀宽宽的，皮肤稍偏黑了点，连五官都有相似之处，发型都是很短的直发，不同的是他的头发是很随意地剪短了，而夏的头发一看就是经过精心修剪的，显得周正的头型更有型了。他们穿着的衣服也是一类的，都是休闲的款式，只不过他穿的是廉价的运动服，而夏穿的是考究的品牌休闲服。夏的气质看起来要比他好，大概是因为夏更有文化的缘故吧，单从外形看，夏也比他优秀。如果再考虑经济条件、工作、家庭情况，他更没法和夏比了，聪明的秦小溪怎么可能喜欢他，而不喜欢夏呢？

春开始相信秦小溪喜欢夏了，而且认为也许正是因为他某些地方像夏，才会让她误以为是喜欢他，也许是因为她看到一个酷似夏的人，生活得如此艰辛，心里顿生怜悯之情，可能是她真的糊涂了，没有真正弄清楚自己的感情。

春已经确信秦小溪喜欢夏了，他想起了曾看见晚上十一点多了，夏才送秦小溪回家，她那么开心地笑着。还有那天晚上现在想起来都觉得脸红心跳，他们居然接吻了，那可是他的初吻呀！他激动得整整一夜都没有睡着，第二天仍然无法平静。可是秦小溪却平静得不可思议，好像什么都没有发生一样。那是她的初吻吗？难道她真的是一时冲动？更过分的是前天，她明明已经先和他约好了，可是看到夏以后，她就放下他跟夏走了，还对他撒谎说公司里有事走不开。如果她和夏之间没有什么，为什么要对他撒谎呢？他越想越感觉自己的判断有道理,这样的判断结果使他更加痛苦。他在心里对自己说:一定要忘了她,把她当作是曾经做过的一场梦,既然是梦,无论多么美好,总有醒的时候,现在就是梦醒的时候,虽然他很伤心,但他安慰自己,随着时间的推移会慢慢好起来的。

春回到宿舍里,趁着屋里没人,找出曾经写的日记,从头到尾又看了一遍,现在再读这些东西,有种恍如隔世的感觉,仿佛写的都是些和自己没有关系的故事。

要忘记这些故事,最好的办法是烧掉它。

属于春的幸福太短暂了,还没来得及回味,就不得不离开了。

在那个晚上,春烧掉了从他一来北京就陪伴他,曾经记载过他喜怒哀乐和初恋的日记本。

夏沉浸在胜利的喜悦里时,正是春决定结束一切的时候,只有秦小溪还蒙在鼓里。忙了一天,快下班了,也没有接到春的电话,这样想着,随手拿起桌子上的电话,拨了春的号码,正常响铃没有人接听。她想也许他在路上,没有听见,一会看见了就会回电话的,可是,直到下班也没有接到春的电话。她又拨了一遍春的电话,还是正常响铃没有人接听。秦小溪开始担心起来,会不会是他的手机丢了,或者是被人偷了包?不会的,如果是那样,手机应该关机才对,再拨一遍仍然没人接听。秦小溪心慌了,昨天晚上分手时还好好的,他可千万别出什么意外,她简直不敢想下去,宁愿他是故意不接电话,故意捉弄她,也不希望他有一点闪失。

秦小溪忙关闭电脑,走出办公室,她两眼茫然,漫无目的地走在大街上。前面一个公用电话亭引起了她的注意,她的心怦怦直跳,虽然现在找不到春不接电话的理由,还是试一下吧,只要他接陌生电话,就可以证明他没有出事。

她拨通了那个再熟悉不过的电话，心同时提到了嗓子眼，电话只响了两声，就传来了春熟悉的声音："你好，四季香快餐店……"

秦小溪大声地责问："你为什么要这样，知道你不接电话，我有多着急吗？我以为……"春没等秦小溪说完，就挂断了电话。

秦小溪委屈得满眼都是泪，冲出电话亭，她几乎要气疯了，已经证明了春是故意不接她的电话。在这之前，她关心的只是春是否安然无恙，无暇顾及自己的感受，现在已经知道了他一切都正常，她再也无法忍受他故意不接电话的行为。她一片真心对他，他为什么要这样？她百思不得其解，泪水在她的脸上肆意地淌着。路上的行人投来诧异的目光，她全然不顾，只是快速地走着，心里只有一个念头，再找一个公用电话，她要问清楚，他究竟怎么了，他想怎么样。

她来到了第二个公用电话亭门前，里面有一个年轻的女孩正在打电话。秦小溪只好等在门口，心里烦透了。可是女孩撒娇的声音直往秦小溪的耳朵里灌，好像是打给男朋友的，女孩在说她的手机一没电立刻会自动关机，一个电话也打不出去，只好用公用电话联系对方，仿佛打这个公用电话受了很大委屈一样。对方大概在承诺要给她换一个好一点的手机，两人你一句我一句地讨论应该买哪个牌子的手机，不知还要说多久才能说完。

秦小溪推开电话亭的门，不客气地催道："能不能快一点？"

女孩回头瞥了秦小溪一眼，转身对着话筒说："有等着用电话的，我就在星光大酒店对面的公用电话亭附近等着，你快点过来吧。"

对方又啰嗦了几句，女孩才恋恋不舍地挂断，带着一脸的甜蜜，走出电话亭。

秦小溪走进电话亭，回头看见女孩就站在刚才她站的位置，不知是不是要等她用完电话后接着再用。想到女孩也会听见她说什么，如果拨通了春的电话，他不接她会崩溃的；他若接了，她会大声地责问他，为什么下午他一直不接电话，让女孩听见了，一定会耻笑她的。任谁都明白，故意不接电话，意味着什么，这样犹豫着，加上她刚才等了那么久，心里多少平静了些。于是她走出电话亭，客气地对女孩说："对不起，你接着用吧。"

不等女孩反应过来，秦小溪就匆匆逃离了。她能感觉到身后的女孩是用怎样的目光盯着她，一定会怀疑她大脑有毛病。

回到家里，秦小溪愣了半天神，快八点了，感觉有点饿，才想起没有吃晚饭。在和夏认识以前，每当误了饭时，她总会打电话让春送外卖，这是从大四开始认识春以后就养成的习惯。此时，春也许仍然不接她的电话，她没有勇气再拨那个熟悉的号码，而是谨慎地发了一个信息：

"你忙吗？我还一直没有吃晚饭呢，可以麻烦你为我送份外卖吗？请回电话。"

信息发出后，她发现自己的语气客气了很多，突然感觉和春陌生了很多。以前要外卖时，从未用过"可以""麻烦"这样的字眼，好像只要打个电话说一下，春就应该无条件地送一样。今天才发现有个人能在你饿的时候及时为你送饭是件多么幸福的事情，而在这以前自己从没有感觉到。

秦小溪忐忑不安地等着，春既没有回电话，也没有回信息。秦小溪甚至幻想春也许会直接把饭送过来的，想到过去的一幕又一幕，他不可能不在乎她饿肚子的。

一个小时过去了，仍然什么也没有，秦小溪伤心至极，原来春根本就没把她当回事，一直就是自己在自作多情。秦小溪由伤心转为气愤，抹了一把挂在脸上的泪，发誓再也不理春了。

最近一段时间，夏一直频繁地约秦小溪，秦小溪一直拒绝着。在和夏说清楚了自己的感情后，因为春的缘故，秦小溪再也无法放任自己和夏独处，况且在真正明白了自己的感情所属后，夏和春的外形相似，不仅不会给她带来好的感觉，而且会勾起她对春的思念，她便更加痛苦。

夏多次约秦小溪未果，有些恼羞成怒，有次在电话里说秦小溪："我对你这么好，你不理我，你是不是受虐狂啊！人家不理你，你还一往情深的，我哪一点比不上他呀？真搞不懂，你究竟怎么想的！"

夏的这番话让秦小溪很惊讶，这表明他知道了她是因为春才拒绝他的。秦小溪第一直觉就是，夏可能见过春，并且和春谈过什么，他一定说了伤害春的话，或者说了对她很不利的事，也许就是因为这个原因，春误会了，才会突然不理她。

秦小溪想找春当面好好聊聊，明确地和他说，自己不可能和夏在一起，以消除一些不必要的误会。

从发誓再也不理春的那个晚上，到现在已经有九天了，秦小溪是一天一天数着过来的。原来以为是春的原因，她坚持要等到春主动找她，现在一想到春可能因为夏受到了伤害，心一下就软了。秦小溪拨了春的电话，没想到他仍然不接，她心里难受极了，已经过去九天了，他还这样。

秦小溪没有再拨电话，而是思索了一会，发了一个信息：

"最近好吗？能告诉我为什么不接电话吗？"

等了一会，春没有回任何信息。

秦小溪又发了一条信息：

"我想和你好好谈谈，也许有人对你说过什么，也许你有误会，我想当面和你解释清楚。"

春终于回了信息：

"别人说什么不重要，重要的是事实，事实上是我真的不配做你的男朋友，我不能给你你想要的一切，忘了我吧。"

春的信息证明了秦小溪的直觉完全正确，他是希望她能幸福才离开她的。

秦小溪想通过信息说服春：

“我什么都不需要，我只要你能永远陪着我，只要你在我身边，我就是世界上最幸福、最富有的人。”

春没回信息。

秦小溪又发了一条：

“最近我经常流泪，也许你看不到，可是你应该感应得到，因为我的泪是为你流的，它是想你的滋味。”

过了很长时间，春回信息：

“不要为我流泪了，很不值，我已经习惯了没有你的生活，真的。”

秦小溪看了信息几乎要哭出声了，春居然说他已经习惯了没有她的生活，才九天，难道他就可以忘记一切吗？

秦小溪近乎疯狂地拨着春的电话，不知道拨了多少遍，春大概也实在承受不了了，他终于接了。

在电话里，秦小溪很伤心地质问春：“你告诉我，你从未爱过我，你是在游戏，是我一直在自作多情，你说，你说呀！”

春在电话里沉默着，秦小溪继续哭着：“你从来没有想过我，是还是不是？你说呀……不要为难，你只要说是一个字，还是两个字。”

春无论如何都没有办法昧着良心说自己不爱她、不想她，只好不说话。

秦小溪冷静了一些说：“你只要亲口对我说，不见我时，你从来不想我，我永远都不会再给你打电话和发信息。”

春只要撒一个谎说自己不想她，也许他们就能真的结束这一切。这不正是他希望的吗？可是此时他却管不住自己的思想，好像从心底里害怕永远地失去秦小溪，甚至幻想，如果真的不能拥有秦小溪，哪怕能偶尔收到她的一个信息，知道她好好的，对自己也算是一个不小的安慰了。如果他要是真的违心撒了谎，他可能永远也收不到她的信息了，就会失去唯一能知道她很好的线索，况且那样做，也会极大地伤害到她。

权衡再三，他回避秦小溪的话说："忘了我吧，时间久了，就会好的，其实你身边就有很优秀的人，他比我强多了。只要你能幸福，比让我做什么都高兴，真的……我们老板喊我呢，我要挂电话了……"秦小溪再次证明了自己的猜测是正确的，春确实是为了她才选择离开的，这更让她看到了春的可贵之处。想着想着，她竟忘了挂电话，这时才发现春也没有挂断电话，他不是说老板喊他吗？她拿着电话仔细地听着，听到了他无可奈何的叹息声，然后他才恋恋不舍地挂断了电话。一切迹象再清楚不过了，那就是春也像她那样投入地爱着，只是他肤浅地以为他的爱不会给她带来幸福罢了。

过了几天，秦小溪仍然放不下对春的思念，她发了一个信息给他：

"当你不经意的一声叹息都会让我感到心痛时，才明白今生再也无法离开你。"

春没有回信息，可是秦小溪没有生气，因为她已经知道了他的心思，根本不需要他再回答什么，给他发信息只是告诉他，她此时的心情是怎样的。

秦小溪喜欢一个人静静地看书，书看完了，来不及买，就喜欢静静地思考。有时也经常回忆在大学里的一幕一幕，过去同宿舍的同学到现在只有她和王晓文、苏筱筱在北京。那时晚上在宿舍里闲聊，苏筱筱总会讲些搞笑的事，现在回忆起来还很幽默。她曾经说在上海读高中时，他们班上有个很浪漫，并且喜欢写点诗的女生，暗恋一个体育很好的男生，女生特别希望男生会送她一枝花或者是类似的小礼物，有时想，他就是舍不得买，用纸和笔画一个送她，她也会很开心的。可是男生却一点表现也没有，女生鼓足勇气写了一首很长的诗送给他，过后激动地问他看了感觉怎么样，男生说了一句话，女生扭头就走了，从此再也不理男生了。当时苏筱筱讲完后，让她们都猜猜男生说的是一句什么话，大家都猜不出来。苏筱筱才告诉大家，男生说的是："你不认为横着写更省纸吗?”她们听完后狂笑。

王晓文讲的故事都很凄美,也不知道她都是从哪里听来的,经常会引得她们流泪。有次她讲了一对热恋男女的不幸遭遇,男的为了满足自己的虚荣心,抛弃了挚爱的女友,娶了他上司的女儿,一个他不爱的女人。在他和女友分手时,女友伤心地哭着说她永远爱他,无论他做什么,如果有一天她死去了,她希望是死在他的怀里……如果可能,她会亲手杀了他……男人心狠地离去了。他如愿地举行了一个豪华的婚礼,洞房花烛夜,已经凌晨一点了,人们才陆续地散去,他接到了一个陌生号码打来的电话,是前女友打来的,她在电话里说:“我不会放过你的,每天这个时候,都会给你打电话的,你别想安宁了。”说完就挂断了电话。他以为她是在说气话,可是没有想到,每天凌晨一点都会有一个陌生的电话打进来,而且每次的号码都不同,应该是公用电话,真无法想象她要跑多远才能找到这么多的公用电话。每次他接起来,对方都不说话,他知道是前女友在搞鬼,妻子曾怀疑地问他,他解释说他也不知道是为什么,因为每次的号码都不一样,无法证明就是找他的电话,何况无论他们谁接,对方都不说话。每天晚上他都习惯地等电话响过以后,才去睡觉。这天晚上电话没有按时响,他坐立不安起来,怎么也睡不着,一种不祥的感觉涌上心头,再看表,已经凌晨两点了,电话仍然没响,他不顾一切地爬起来,穿上衣服就冲出了门,妻子怀疑地跟在后面,前女友就站在离他家不远的路边。他向她跑过去,一把抱住她,急忙问:“你没事吧?”前女友故意依在他的怀里笑着说:“我很好,你还在度蜜月呢,怎么撇下新娘一个人跑出来会前女友啊?瞧她正站在那边看着呢。”他回头一看,妻子真的站在不远的地方看着这一幕,他气愤地盯着怀里的前女友,她继续激怒他:“她不会原谅你的!”他失去了理智,狠狠地用双手掐她的脖子,她丝毫没有反抗,直到停止了呼吸,他才发现她是笑着的,猛然醒悟她真的如愿死在了他的怀里,她也亲手杀死了他……

故事里无情的男人最后爱的仍然是前女友，她也有把握他一直爱她，如果他已经不爱了，就不会在意没有按时响起的电话，不会担心她的安危，不会有那个凄惨的结局。

秦小溪在今天仍然会为这个故事流泪，同时突然产生了一个奇特的想法，她也想测试一下，春究竟爱不爱她。

秦小溪按时在每晚十点的时候给春发一个信息，一连发了九天。第一天发的信息是：

“和你相遇之前，我不知道爱是什么，因为我从未爱过任何人；和你相遇之后，我知道了爱是什么，所以我不会再爱任何人。”

第二天发的信息是：

“余生我将活在对你的思念里。”

第三天发的信息是：

“我会流着泪等着你的归来。当我在泪水中憔悴、凋零、了此一生时，请你用心挡住，让憔悴和凋零慢点，再慢点，因为我怕再见时你会惊讶我的面目全非。”

……

第八天发的信息是：

“如果到现在你仍然不能相信爱是永恒的，我会用一生的时间证明给你看。”

最后一天发的信息是：

“也许我们真的无缘再见了。”

第十天晚上，秦小溪在十点时故意没发信息，她把灯关了。过了不到半小时，她的手机响了，看了一下，是个陌生的固定电话号码，她想如果是春打的，她只要接，他也许连话都不用说，就能确定她没出事，所以她没有接。她在计算着他从快餐店赶到这里的时间，差不多过了有二十几分钟，她站在窗户的一边,在外边无法看到的地方,默默地看着窗外。不一会,她就看见了春熟悉的身影急匆匆向这边赶来,秦小溪笑了,她只耍了个小心眼就那么容易地把春骗了出来。她看着他由远而近快步走到楼对面的马路边,朝她的窗口凝望着,他一会在原地转来转去,一会又拿出手机来看,他大概担心刚才匆忙赶路没有听见信息声,此时的春就像热锅上的蚂蚁一样……

秦小溪笑不出来了,她泪流满面,再也无法看下去,她急忙拿起手机给春发了一个信息:

"不要在折磨自己的同时再折磨我了,真爱是任何力量都无法阻挡的,就在原地等着我吧。"

发完信息后,她目不转睛地注视着窗外的春。突然听到信息声,他像是被吓了一跳,慌忙两手捧起手机来看,看完了手机又仰起脸来看她的窗口。她打开了灯,相信现在春可以看到窗内的她。

秦小溪用最快的速度穿好衣服和鞋,可是等她跑到刚才春站的地方,春早已经不见踪影了。她在附近找了好一阵,终于失望地回去了。经过了这番折腾,秦小溪冷静了许多,春爱她是毫无疑问的,可是问题的关键是他太自卑,没有信心、没有勇气爱她,也无法接受她的爱。如果他躲她的主意已定,即使她再怎么纠缠下去也不会有什么结果的,看来无论她愿意与否,只能选择放弃这段真爱了……

第九章
你为什么不接我的电话

杜大海和苏筱筱的暧昧关系保持了一年多，他妻子李淑惠开始怀疑了。这丝毫怨不着李淑惠多疑，而是杜大海疏忽了。

其一，李淑惠发现近半年来，杜大海每周总是有两三天回家很晚，大概都在差一刻到十二点左右，前后不差五分钟，很有规律，而且每次都没喝多酒，让她很容易想到他是从某一个固定的地方回来的。这是杜大海最愚蠢的疏忽，以往他都是不定时地偶尔回去晚一次，晚的时间也很不同，有时甚至是凌晨两点以后才到家，往往是喝醉了酒。李淑惠从来没有怀疑过，理解这是正常的应酬。

其二，李淑惠发现杜大海突然对她温柔了很多，经常买礼物送给她，还能记着她的生日，以往她都是一而再地提醒他，也不一定能记着。现在还有几个月才到结婚纪念日，他已经主动承诺，今年一定陪她隆重地过一下。李淑惠想到同伴们说的一句话："男人突然对老婆好了很多，外面一定有了见不得光的女人。"她心里多少有些怀疑。

其三，夫妻之间的事情，她并不是很感兴趣，以往都是杜大海主动，每月会有两到三次，尽管她没有什么感觉，像做功课一样，可是最近一个月一次也没有，倒也觉得生活中好像少了什么一样。再看杜大海，身体并没有不好的迹象，相反，比以往还精神了不少，只是忘了他们之间的功课，她心里难免怀疑。这主要是因为，杜大海自从体验了和苏筱筱在一起的感觉后，就再也不愿碰李淑惠了。

杜大海和苏筱筱在一起，仿佛是两人之间的一场抗争，是一场棋逢对手的较量，他会竭尽全力拼到最后，体验一个征服者胜利的喜悦。在较量的过程中，不只是生理上得到满足，更有心理和精神上的极大满足。

杜大海和李淑惠在一起，完全是一场独角戏，自始至终没有对手，没有回应，一个人表演得索然无味。

自从李淑惠怀疑杜大海外边有女人开始，她就特别注意他的行踪，也更加关心他了，时不时地会给他打电话或者是发信息。

杜大海到美国去了半个月，原计划周六回国，和李淑惠、苏筱筱都是那么说的。临回国的前几天，苏筱筱每天都和他联系，因为对苏筱筱的思念让他归心似箭，他做出了一个决定，准备提前一天回国，好好陪陪苏筱筱。一直以来，她从未在物质上和工作上提过任何要求，只是要求他能陪她睡一个完整的夜晚，这么一个小小的愿望，他都从未满足她，想起她眷恋的眼神来就感觉自己欠了她太多。于是他给苏筱筱打电话告诉她，自己准备周五下午到北京，下飞机后直接到她住的地方，晚上不回家了。

天下的事就是那么巧，好像是命中注定他无法和苏筱筱同床共眠度良宵一样。不早不晚，李淑惠好像是有预感一样，在他去飞机场的路上打通了他的电话，问："你在忙什么，大海？"

杜大海来不及反应，直接回答："在路上。"

因为他不知道李淑惠为什么会这个时间打来电话，打电话的目的是什么，他快速地想着下一步该怎么撒谎，这不是他的强项。

电话里传来李淑惠兴奋的声音："你没有忘记明天是什么日子，对吗？你在去飞机场的路上，对吗？"

仿佛能看见他一样，李淑惠的话把他推到了绝路上，让他无法再撒谎。

他一边回答："当然不会忘记了。"一边看着手表上的日历飞速地思索，在这之前他确实忘得一干二净，明天是他们的结婚纪念日。他动了恻隐之心，在背叛李淑惠的路上他确实走得够远了。

李淑惠又问："你明天几点到飞机场？"

没有别的选择了，他只能如实回答。

应付完李淑惠，杜大海并没有感到轻松，更大的难题在等着他处理，怎样对苏筱筱解释，从她接电话的声音里就能感受到，她是怎样热切地期盼着与他团聚……

他想了N种对苏筱筱的解释，就有N种的不忍心。经过反复的权衡，他认为最不会伤害她的解释就是没有订到回国的机票，要过两天才能回国。

于是他小心翼翼地给苏筱筱打电话说："真对不起，没有买到今天的机票，明天赶不回去了。"

电话里一阵沉默，然后是很失落的声音："……这样啊。"

"我们回国再联系吧。"

电话那头是很无奈很关切的声音："好吧，多注意身体。"

杜大海挂断电话后便关机了，而且这一关机就是十几个小时，正好是从美国飞北京的时间。

万万没有想到的是，在这十几个小时里，苏筱筱打了N遍电话。第一次打，是在他刚刚关机时，因为刚才通话没有问他回来的准确时间，想问一下，没想到他关机了。她以为是他手机没有电了，过了一会又打，仍然是关机。

越打不通她越打，于是打了 N 遍。

杜大海走出机场，直接打车回家，在出租车上他开了手机，一看苏筱筱给他打了 N 遍电话，想回电话，一想不能回，因为一回电话，她就会听出他已经回国了。于是他把近期有关苏筱筱的电话和信息全部删除了，在给李淑惠打了一个电话告诉她一会就到家之后，怕苏筱筱打进电话来，又把手机关了。这才松了一口气，他突然感觉到自己很可怜，出国回来连公司的车也不敢派，就是怕公司的人知道他哪天回来，公司知道了，苏筱筱就会知道……自己从什么时候变得回家也要偷偷的了，真的好累啊。

回到家后，他发现家里的一切如他走的时候一样温馨与洁净。李淑惠变化不小，她化了淡淡的妆，涂了口红，穿着去年这个季节他从韩国捎回来的洋红色的套裙。记得当时，她一看到套裙就嫌颜色太艳、样式太新颖、领口太低，说穿出去像个老妖精，从未穿过。

今天她穿着这身衣服，化了淡妆站在他的眼前。看着她一脸的憔悴，他的心里突然泛起了酸酸的味道。这个一直无怨无悔为他操劳的女人，经过无情岁月的侵蚀，曾经他眼里的动人之处，已被消磨殆尽。可是她仍然在努力展现给他一个尽可能年轻一点的形象，尽管这一切都是徒劳的，有点欲盖弥彰的感觉，他的内心由此而感到深深的内疚……

以往，他坐飞机回家，第一件事情就是倒头大睡，可是今天却说什么也睡不着，脑子里胡思乱想……

同样的套裙，当时他买了两套，那一套送给了苏筱筱。那是在他办公室的休息室里，没有穿衣镜，她试穿给他看。衣服的材质很好，做工很精细，关键是穿在她身上非常合体，在低低的领口处隐隐露出丰满的胸部自然挤出的乳沟，纯正的洋红色把她的肤色衬托得更加白嫩，眼前的苏筱筱既娇艳又性感……

反正也是睡不着，他干脆起来了，对李淑惠说："我们早点出门吧，吃完饭，我陪你去购物。"

李淑惠说："你还是再睡一会吧，现在才四点半。"

"在飞机上睡得很好，早去早回来，晚上再睡吧。"

夫妻吃完饭后，到他们常去的购物广场买了许多物品，李淑惠还特意买了一套床上用品。他看到两人手里提着的大大小小的袋子，没有专门为李淑惠买的东西，便提议要给她买身衣服，她不要，最后决定去买护肤品，李淑惠答应了。鬼使神差地他把她领到了苏筱筱常用的一个国际著名品牌的化妆品专柜，服务员不厌其烦地向他们一件一件地介绍着产品的功效，反复地在她的手背上涂抹着，什么抗皱的、保湿的、祛斑的、防晒的，还分白天用的、晚上用的、眼睛专用的等等。结果花了很多时间，挑了一堆化妆品。

杜大海到收款台付款去了，李淑惠守着地上的一大堆物品。服务员一边继续耐心地解释着化妆品的使用方法，一边往一个精美的包装袋里放。

一切都完成后，李淑惠开始向收款台的方向张望。就是这一看，她看到侧面有一个年轻的女人站在离她不远的地方向这边看，她非常惊讶，因为那个年轻的像水蜜桃一样水灵的女人穿着和她完全一样的衣服。她看到那个女人直直地盯着自己，眼睛里有水样的东西在闪。再也没有比女人更了解女人的，当她与那个女人包含着嫉妒的眼神相遇时，那个女人转身走了，长到腰间的卷发在背后飘逸着……

李淑惠根据那个女人的衣服和眼神断定，她一定认识丈夫而且关系不一般，也许她就是丈夫外面的女人……

那个女人就是苏筱筱，晚上她一个人在房间里百无聊赖，也不知道杜大海究竟什么时候回来，又联系不上。想在见到他时给他一个惊喜，她看着衣橱里的衣服，打算再去买几件。一下看到了他送的那身洋红色的套裙，是国内没有的一个品牌,他最喜欢看她穿,于是,便拿出来穿上在穿衣镜前照着。为了更完美,她想买一支颜色和衣服很配的口红,最好再买一瓶香水、买一双高跟鞋,她一直非常重视鞋在整个穿戴中占的分量。事实就是如此,在有品位的男人的眼里,一双漂亮别致的高跟鞋的魅力,远远胜过一身衣服的魅力,苏筱筱的确是个很有审美观、女人味十足的女人。

有了这些打算,苏筱筱便直奔购物广场。她先买了一双鞋,又往她一直喜欢用的那个品牌的化妆品专柜走去。她无论如何也想不到,在就要走近柜台时,看见了杜大海夫妻:他们正在专注地挑选着,他是那么耐心地等着,地上堆着他们一同买的大包小包的物品。一幅动人的恩爱夫妻的画面,狠狠地刺激了苏筱筱……他回来了,却对她说没有买到机票,他撒谎……只是因为他要陪妻子购物……为什么他要欺骗她?他不知道她疯狂地想他吗?

一直以来,她为自己和杜大海的关系而感到不安。认为她自私的感情对另一个无辜的女人是种伤害,常常为此自责。不承想,那个女人有一天也会真真切切地刺伤她,正如此时。

苏筱筱的心刀绞般的痛,她就那样怔怔地看着眼前的一幕……

杜大海去付款了,没有看到背后心碎的苏筱筱,原来她在他心里是那么的微不足道,一切都是因为有妻子。

她用充满嫉妒与怨恨的眼神盯着他妻子,那个和她穿着同样衣服的瘦瘦的中年女人,她的胸部平平,脸上有着明显的黄褐斑。直到李淑惠发现了她,苏筱筱才不得不转身离开,因为她还不想把事情弄得不可收拾。

回到家里,苏筱筱整整地哭了一个晚上。

杜大海夫妻回家的路上,李淑惠沉默着,刚才看到的那个女人,一直在她眼前闪来闪去。她想问他,可是不知道该怎样开口,又怕真的说开了,丈夫会无所顾忌了,对自己更不利。就目前来看,自己在丈夫心里还是有分量的,至少他在美国还惦记着他们的结婚纪念日，匆匆赶回国是回家而不是去找那个女人。这说明他还是有理智的，没有到无法挽回的那一步。唉！但愿他是逢场作戏，是一时冲动，是偶尔的出轨……她说服自己用最宽容的心去包容他，他吃了那么多的苦才有今天的事业，家和万事兴啊。

秦小溪周末去看美术展览，巧遇了高中同学李浩明，他也是大学毕业留在北京工作的，他们礼节性地打了个招呼，互相留了电话号码。李浩明向秦小溪介绍他身边的表哥——冬，北京一个贸易公司的老总，年轻潇洒的成功男士。

时隔不久，李浩明打电话约秦小溪吃晚饭，刚好她也没有什么事情，便应约去了。到了饭店，才知道想请她吃饭的人是上次在美术馆遇见的冬。这次吃饭以后，经过李浩明的再三撮合，秦小溪开始和冬交往了，一是因为冬确实在各个方面都很优秀，年龄刚好比秦小溪大四岁。据李浩明说，条件这么好的冬以往从未对任何女孩动过心，而一见到秦小溪就从心里喜欢上了。二是因为秦小溪考虑到自己已经二十七周岁了，也到了谈婚论嫁的年龄，遇见冬这么好条件的再不考虑，也说不过去，再说还要给老同学一个面子。三是最关键的一点，最近夏仍然无休止地纠缠她，好像在她找到合适的男朋友之前，他终究会有机会一样，他的自信让他绝对不会轻易放弃。而自卑的春则像从地球上消失了一样，无论她怎么努力，他都没有勇气站出来，这让她痛苦不堪。想从这些无尽的烦恼中解脱出来，和冬谈朋友是再好不过的了。

一男一女如果一开始就认定了是谈婚论嫁的朋友，好像两人的关系也会因此而发展得比较迅速。冬几乎每天都来接秦小溪下班，同事们很快都知道了，都很看好他们，认为秦小溪就应该找个这么优秀的男士。尤其是“小灵通”羡慕到了极点，因为冬第一次来接秦小溪下班开的是沙漠金色的宝马轿车，第二天又换了海蓝色的奔驰吉普。这可不是冬故意地显摆，是因为第一天接秦小溪时，冬看到秦小溪走过来，连忙给她打开车门，这一幕刚好被下班的同事们看见了，不知道是谁说了一句："哇，宝马！真够牛的。"秦小溪上车后对冬说："以后能不能把车停得远一些？"

冬不解地问："为什么？"

"同事们看见了不好。"

"那有什么，我们是朋友关系，还怕他们看吗？"

"我不是这个意思，你有没有别的车？"

冬才恍然大悟："哦，原来因为这个呀！哎，你说人们真奇怪，怎么都这么仇恨宝马呢？"

秦小溪没有想到冬第二天开着奔驰来接她，同事们又看到了，真是让她哭笑不得。冬却一脸的无辜，像做错了事的孩子一样："奔驰也不能开啊？可我平时就开这两辆车，其他的车都是商务车，都有专职司机开着呢，公司再没有多余的车了。"

秦小溪只好说："你还是开宝马吧，吉普车又高又大，看着横行霸道的更不顺眼，不过下次最好停到停车场里面。"秦小溪顺手指了一下。

秦小溪和冬的恋情发展到了接吻的程度，冬的吻很热烈。他不是像春那样轻轻地吻她的唇，而是把舌头伸进了她的嘴里。她赶紧咬着牙，试图阻止他舌头的进入，可是他继续用舌头抵她的牙齿，不知道努力了多久，她不再坚持了……他们的舌头纠缠在一起……一种前所未有的快感传遍了她的全身……在此之前，秦小溪不知道正确的接吻究竟应该是什么样子的。她只和春接过一次吻，那种吻和冬热烈的吻比，就像是蜻蜓点水一样。虽然此时冬的吻让她的身体里有种从未体验过的销魂的感觉，可是同时让她心里感觉到自己很下流、很肮脏，仿佛这一吻就会使自己的灵魂堕落了一样。这让她那么容易地又想起了春，想起了春纯净的吻，并且从心里认定，她和春的吻才是正确的、健康的，一切不同于这种吻的方式都是不正常的，也是肮脏下流的。

后来，秦小溪在接吻这件事上总是很抵触。而冬却误以为她是因为过分的羞涩，才会有如此的表现，也没有太计较。

周六下午，也就是杜大海回国后的第二天下午。他对妻子说半个月没去公司了，要和几个副总聊一聊，了解一下公司最近的情况，晚上不回来吃饭了。

杜大海一出家门，就迫不及待地给苏筱筱打手机，正常响铃没有接。他又重拨了一遍，响了两声对方挂断了，再拨是已关机。他一边开车往苏筱筱住的地方赶，一边不停地拨，拨了 N 遍，仍然是关机。直到半个小时后，把车停到她住的楼前停车场里，才拨通了苏筱筱的手机。

杜大海着急地问："筱筱，你怎么了，为什么不接我的电话？为什么关机？"

苏筱筱不紧不慢地反问："你为什么不接我的电话？为什么关机？"

杜大海解释着："我不是在飞机上吗？当然要关机了。"

苏筱筱追问："你是昨天的飞机，还是前天的飞机？"

"当然是昨天的飞机。"

"那么，你前天为什么关机？"

"前天手机没电了。好了先不说我，你刚才为什么挂我电话，还关机？"

苏筱筱故意平静地说："我刚想接呢，手机没电了，只好换电池，可是换好电池，我又打开了电视，忘了开机，刚开机想给你回电话，你又打进来了。"

杜大海听出来她是生气他前天关机了，也可能是生气嫌他回来晚了，以为她是使小性，于是笑着说："很明显，你在撒谎。"

苏筱筱反击："明明知道对方在撒谎，还要听他说，是什么感觉？"

杜大海听出她的话里有话，他却没料到，苏筱筱昨天晚上看见了他，于是说:“好了,好了,别生气了,我也想早回来,不是没有买到票嘛。”

苏筱筱听到他继续撒谎,很伤心地说:“知道我最不能容忍的缺点是什么吗? 是撒谎,撒谎就是欺骗!”

杜大海心虚地说:“我又没有骗你,一会见面再说吧。”

“如果你准备继续撒谎,我们就没有必要见面了!”苏筱筱挂断了电话。

这时,杜大海才想到,她一定是知道他哪天回来的,现在也顾不了这些了,还是当她面再慢慢解释吧。

杜大海站在苏筱筱的门外敲门,里边没有声音,打电话关机。等了一会,他站在门外大声喊:“筱筱,开门好吗?”

门内仍然没有回应。

他只好诚实地说:“我承认我撒了谎,可是你得让我解释呀。”

门开了,杜大海看到苏筱筱红肿的眼睛。她没有理他,转身回到卧室里。

杜大海跟了进去,严肃地说:“你说你最不能容忍的缺点是撒谎,是的,我对你撒了谎,可是我背叛了我的妻子。我想问,你认为背叛和撒谎比起来哪个更严重?”

苏筱筱冷冷地回答:“在我的人生哲学里没有‘背叛’这个词,‘背叛’是什么? 是质的变化。如果两个人的感情已经变质了,什么都不复存在了,还存在容忍吗? 所以,对我来说最不能容忍的缺点就是撒谎。”

“我撒谎是迫不得已,是怕伤害你。”

“撒第一个谎往往是不想伤害对方,可是你想过没有,为了圆这个谎,你就要再撒无数个谎,结果是给对方的伤害更大。”

“真的对不起。”

“在美国,因你的电话,虽天各一方,我感受到天涯有多近;在此时,因你的谎言,你就在眼前,我感受到咫尺有多远。”

杜大海从头说起了这几天发生的一切,最后沉重地说:“希望你能理解我。”

苏筱筱看到他真诚的充满疲惫的眼神，想到他原来打算提前一天赶回来陪自己，却被他妻子一个电话给搅了，心里不由得对李淑惠升起一股怨气。虽然苏筱筱已经从心里原谅了他，可是表面上仍然冷冷的。她至少要让他明白，今后不能轻易地对她撒谎，否则他们有分手的可能。

这天晚上，他们没有上床。以后，杜大海又来过几次，苏筱筱还是冷冷的没有一点想亲昵的意思，他也像个君子一样地守规矩，好像他们原来的关系就是一直这样干净。他仍然按时来看她，这让苏筱筱感觉到作为男人的他是何等的珍贵，足以证明他爱她有更深一层的含义，远不只是情欲上的吸引……

体会到这一切，苏筱筱庆幸自己找到一个真正疼爱她的人，他再来时，她似水的柔情便不可阻挡地泛滥了……

很快彼此在床上又找到了久违的激情……

苏筱筱和杜大海因此变得更加如胶似漆，苏筱筱发给他一个信息：

木头笑着对火说 抱我
于是火紧紧地拥抱了它 木头幸福地消失了
火哭了 于是火也熄灭了
人们常问天堂在哪里
其实心爱的人陪在身边就是最美的天堂

杜大海回信息：

“谢谢你，让我一直幸福地生活在天堂里。”

苏筱筱甚至想一辈子就这样了，不求名分，只要能随时拥有挚爱的人，何拘形式？

第十章
秦小溪的第一次

在冬向秦小溪求婚的那个晚上，秦小溪第一次走进了冬的卧室。她看见冬的眼里闪着炙热的激情，这激情的眼神和卧室暧昧的灯光交织辉映。在宽大柔软舒适的床上，他为她褪去乳白色的透明小衫、浅紫色的吊带长裙。

她羞涩地看着他："有白色的浴巾吗？"

他会意地笑了笑，起身下床，从衣橱里拿出一条雪白的浴巾。

她接过浴巾，把浴巾对折一下，平铺在粉色的床上。

她刚躺下。

他魁梧的身子便迫不及待地压在了她的身上，她还要说什么，可他用嘴及时地吻住她的嘴。他抱住她纤细柔软的腰肢，然后用手温柔地抚摸她细腻柔软的乳房。同时，将有力的大腿置于她紧闭的双腿之间，用膝盖轻轻地顶开了她的双腿。她的全身因为紧张而战栗，她挣扎着想要再次并紧双腿，可是已经晚了，她感觉双腿之间一阵灼热的剧痛……剧痛沿着她最敏感的部位直蹿到她的心脏，她长长的睫毛因双眼的紧闭而轻轻地颤着，额头上湿湿地沁出了细密的汗。

一阵狂风暴雨后，他仍然紧紧地把她搂在怀里，从未有过的满足。

她完成了从女孩到女人的历程，不顾全身的酸疼，从他的怀里挣扎出来，她跪在床上看铺在身下的浴巾，浴巾白得刺眼，上面有几块乳白色的斑点，除此之外，一无所有。

她感到万分震惊，紧张地看着他，不知道该说什么。

他深情地注视着她，轻轻地把她拉进怀里，脸贴着她的脸，激动地说："你是处女，是货真价实的处女。宝贝，你不懂啊！"

秦小溪为冬的信任而感动。她不知道这份信任来自哪里，她做梦也想不到，作为情场高手的冬，经历了多少女人，这份信任来自以往的经验。

秦小溪准备起身穿衣服。

冬又把她按在床上，热烈地吻她。

"今晚别回去了，好好休息一下。"

"明天我还要加班呢。"

"明早睡醒后我送你。"

"有闹钟吗？可别睡过点。"

"你辞职好吗？"

"为什么？"

"我感觉你很辛苦，挣那点钱值吗？"

秦小溪沉默了。

冬立刻补充说："对不起，我没有别的意思，就是很疼你，不想看你这么辛苦，也不想让你再住出租房了。"

"我从来没有想过这个问题。"

"考虑一下，你可以临时先住在这里，不愿意辞职也行，等我忙过这阵子，我们一起去看房，买套像样点的。"

"再说吧。"

秦小溪转过脸去，留给冬一个光洁细腻的背。她的身体自然弯曲着，像只可爱的小猫，光滑富有弹性的臀部贴着他肌肉结实的腹部。他看到她背部和心脏对应偏下的地方有一颗浅褐色的痣，这颗痣只有半个大米粒那么大。他把手放在那颗痣上抚摸，发现那颗痣像其他地方的皮肤一样光滑，丝毫没有突出于皮肤。

如果把痣看成是皮肤的瑕疵，他非常感叹这颗痣长的位置，因为即使是在夏天穿低胸的吊带裙，别人也无法发现它的存在。

一想到他有可能是除了她的父母之外，第一个知道这颗痣的异性，他便感觉特别兴奋，那个部位也随之坚硬壮大了起来，而且正好对准了她的敏感部位，只需一个挺进，便可再次进入她的身体。

可是，看着秦小溪一动不动的背，他猜测她一定是睡着了。刚才她的确是承受了太大的疼痛，他不忍心再去碰她了。

久违的理智回来了，他的身体离她稍远了点。

其实，秦小溪没有睡着，她的思维异常活跃。

秦小溪看过很多很多的书，还是在少女时期，秦小溪就在很多的文学作品中看到过，关于女孩子第一次的描写。

那些描写都大同小异，一般都是写他们的激情怎样冲破了最后一道防线，他们的身体怎样纠缠在一起，开始是一阵轻微的疼痛，可是这疼痛很快就变成了莫名的快感。甚至还会写到这些快感如何让女孩们窒息，她们是怎样地呻吟，最后淌了很多血。

这些作品中往往还要写，几天后，她们渴望已久的情欲又爆发了，她们是怎样地期待，浑身像着了火一样，怎样地娇喘，怎样地呻吟。

现在想来，刚才的经历已经证明了这些描写纯属胡说八道。她除了感觉身体的剧烈疼痛和精神紧张外，没有体会到任何的快感。

这种疼痛不仅会在她脑海里留下深刻的印象，而且会在很长的时间里让她心有余悸。

更可恨的是一些生理常识书上也要写女人第一次会流血什么的。当然，个别生理常识书上会轻描淡写地提一下，因为剧烈运动会使处女膜破裂，这样第一次可能会不流血。

她感觉这是一种非常不负责任的态度，为什么不写清楚女人第一次的各种状况，比如她从小几乎不运动，就完全不是那种情形。

作为指导人们行为的一些工具书，却只写一般情形，而忽略一些特殊情形，这样写的后果，很可能误导人们，把流不流血当作鉴别是否是处女的唯一标准。

她想她很幸运，因为她遇上了冬，而冬信任她，让她感到很欣慰，否则，她真是跳进黄河也洗不清了。

记得很久以前，她就看过一本书，好像是西班牙的小说，已记不清作者的名字。看这本书时，她曾经猜测过，作者应该是男性。在书中，把不同的女人比喻成各种酒，对男人来讲，他们都是爱喝酒的，尤其是开了瓶的酒，每个男人都想喝一口，可是，当他们要买回家的时候，却一定要一瓶未开封的酒。

难怪一些美容整形医院，能突发奇想，开展起了修补处女膜的业务。

她想，和她有类似情形的别的女人，也会像她一样幸运吗？

想着想着就睡着了。

冬无法入眠。

在这个晚上以前，他的生活完全是另一番情形。曾几何时，他风流成性，在女人堆里可谓呼风唤雨，左右逢源。

还在读大学的时候，他的同学就幽默地说："你是一考试就蔫了，到了女人堆里就精神了！"

在和那些女人的交往中,冬偶尔也会遇到几个让他怦然心动的女人,可是在很短的时间内他就会恢复平静。

从来没有哪个女人让他动过结婚的念头,可是又总有那么些女人前仆后继地爱上他。

这也不能全怪他,他要感谢上帝对他的特别宠爱。长得英俊潇洒也就罢了,还偏偏又是一个钻石王老五,父亲身家过亿,作为独子的他大学毕业就有了自己的公司,不是开宝马轿车,就是开奔驰吉普,哪个现实一点的女人不眼晕啊?

大概这也是他不会轻易爱上那些女人的原因之一,他太怀疑她们爱的动机了。

他非常庆幸今天晚上,他把秦小溪带到了这套房子里,而不是另一套又大又豪华的房子。在那套房子里,他和无数个女人上过床。

这套房子是认识秦小溪不久后才买的,那时,他也不知道为什么,突然感觉自己的生活有点荒唐,想收敛一下,就自作主张买了这套房子。

这是一套一百平方米的套房,一室一厅一厨一卫,设计理念新颖,布局结构合理,近三十个平方米的卧室,四十多平方米的客厅,厨房和卫生间都有十几平方米,几乎没有浪费的空间,所以非常畅销。

一贯奢侈的他却不这么认为。

他住进来后,才发现自己的决定很莫名其妙。

其一,房子是开发商统一精装修的,虽然在别人眼里装修得够水准,但和他奢侈的生活习惯比,还是有差距的。

其二,卧室不够大,不足三十平方米,还要装上一个大壁橱。这和以往除了家具所占空间外,最小剩余面积也要四十平方米以上的卧室比,有点让他感觉透不过气来。

其三,客厅算是够大,可是装修上又少了一个时尚的吧台,习惯了睡前喝点洋酒的他感觉少了些什么。

其四，只有一个卫生间，如果是两个人住，会很不方便的。

他一想起这些不足来就后悔。他当然无法想象，有些房子一套也就只有三十平方米，而一家人照样可以吃喝拉撒，幸福地生活在里面。

认识秦小溪后，他再也没有和别的女人不正常地交往过。所以，他还没有机会带别的女人到过这套房子，所以说这房子也还算是干净点。

如果要是把秦小溪带到那套大房子里，他想他会后悔死，那简直是对秦小溪莫大的亵渎。

当今晚他和她在一起时，尽管没有血迹，以往的经验让他确信她的纯洁。她紧闭的双眼、紧锁的眉头、额头的细汗，还历历在目。还有他非常困难地进入，那种生生的被缩紧包围的热辣辣的感觉，都是前所未有的感觉。

得知秦小溪是处女时，他的心情从未有过的复杂。

冰雪聪明、美丽异常、已经二十七岁的秦小溪竟然是如此的纯洁。在现在这样物欲横流、处处充满诱惑的开放世界里，他无法想象她是怎样做到的。她也许真的是天使流落到人间，她的圣洁让他羞愧得无地自容。

想到那些陆续出现在他以往生活中的女人们，不由得为她们感到莫名的悲哀。

那些曾经模糊了的记忆碎片，毫无次序地出现在他的脑海中，让他无法安睡。

第二天早晨，秦小溪睁开眼一看，已经七点半了，床头柜上的闹钟还摆在原地，冬已经不在身边，秦小溪立刻起来了。

冬坐在客厅的沙发上看报纸，看见秦小溪从卧室里走出来，忙笑着迎上去问："起来了，我的天使，昨晚睡得还好吗？"

秦小溪想起昨晚的一切不由得羞红了脸，却答非所问："你的闹钟是不是坏了？七点一刻怎么没有响啊?”

“闹钟没坏,我把铃关了。”

秦小溪用幽怨的眼神看着冬:“我会迟到的。”在冬的眼里秦小溪就是这样,即使是埋怨他,她的眼神也充满了柔情。

冬抬起手温柔地摸着秦小溪的脸说:“你快去洗一下脸,早餐已经准备好了,吃完饭我送你,放心,不会晚的。”

十分钟后,秦小溪梳洗完毕,来到厨房,看到餐桌上放着两杯牛奶、一碗豆浆、几片烤好的面包、两个煎熟的鸡蛋、四个小笼蒸包,便深情地看着冬说:“准备那么多干吗？吃不了会浪费的。”

冬也同样满含深情地看着秦小溪:“快吃吧。”

这是秦小溪和冬认识以来第一次在一起吃早餐,看到冬精心为她准备的早餐秦小溪很感动。冬真是太细心了,会知道她爱喝豆浆,她从来没有和他说过她特别爱喝豆浆,每天都喝也喝不够。

冬也搞不清楚自己这是怎么了,一夜都睡不踏实,一早就爬起来去买豆浆和小笼蒸包,这可是前所未有的。

以往他和别的女人过夜时,无论对方怎样撒娇,他从未一大早跑出去为她们买过一次早餐,一般都是冰箱里有什么就吃什么,还多半是女人自己动手做。那些女人无一例外地起床后做的第一件事,就是跑到卫生间里去修饰那张脸,她们几乎要花费一个小时的时间去化妆。从卫生间出来后和进去时比,简直是判若两人。有时看着她们化妆后还算动人的脸,冬会想,再丑的女人经过这样的化妆后也有美丽动人之处,只是这样的美丽背后又有多少真实的成分呢?

每每想过之后,冬就暗下决心,他将来一定要娶一个不化妆也漂亮的女人。不记得是谁说过的一句话:“不化妆也漂亮的女人,才是真正漂亮的女人;不涂口红也动人的女人,才是真正诱人的女人。”而秦小溪就是这样的女人，她的漂亮是那种任何人看了都没有异议的漂亮，她从不涂口红的淡淡红润的嘴唇，非常像香港著名的性感明星舒淇的嘴唇。冬第一次遇见秦小溪时，他就发现了，可是他不敢对秦小溪说。因为秦小溪是那么的温柔和羞涩，舒淇可是全世界闻名的性感美女，他怕说了后秦小溪会害羞。

冬就这样目不转睛地看着秦小溪一口一口地喝着豆浆，吃着包子，好像看着秦小溪吃饭也是一种美的享受。

秦小溪只喝了豆浆和吃了一个蒸包，就不再吃了。

冬要求她再吃点："你应该再喝杯牛奶和吃个鸡蛋，这样才会营养平衡。"

秦小溪站起来说："我已经吃饱了，快走吧，不然真会迟到的。"

他们一边往外走着，一边聊着，冬问："你是不是特别不爱吃鸡蛋和喝牛奶啊？"

秦小溪反问："你怎么会知道？我从小就不爱吃这两样东西。"

冬得意地说："我当然会知道。因为我小时候也是最不爱吃这两样东西了，我妈妈就买了一副介绍营养的扑克牌给我看，越大的牌营养越高，结果我就慢慢地喜欢这两样东西了。"

秦小溪仰起脸问："为什么？"

冬开心地回答："因为在那副扑克牌里，'正司令'是鸡蛋，'副司令'是牛奶啊。"

秦小溪好奇地问："真的吗？"

冬沉浸在童年的幸福回忆里："那时，早晨起来，妈妈总要抱着我问：'宝贝儿子，你今天是吃正司令啊，还是吃副司令啊，还是正、副司令一起消灭啊？'有时想想，真不愿意长大啊。"

秦小溪感慨地说："你妈妈好伟大呀！"

今天是周六的早晨，马路上也不比平时好走多少，一直在堵车，车上冬一刻也不停地讲着笑话，引得秦小溪一个劲地笑。

冬也放开了："其实我是一个很幽默的人，我有一肚子的笑话呢，原来不好意思讲给你听，现在好了，我什么都可以讲了。"

秦小溪听出了冬的弦外之音，脸立刻红了。

冬说着："网上一个人发了个帖子：我有一百多万，想买一辆车，你们谁告诉我是应该买宝马呢，还是应该买奔驰啊？

"一网友回帖道：你应该买一百辆奥拓，雇一百名司机，你在前面开道，一会摆个'S'形，一会摆个'B'形，你最好挂一个性化车牌'SB250'。"

秦小溪笑了："还有这么无聊的人。"

冬讲完后和秦小溪一起笑了起来，冬问秦小溪："想听吗？还有更好的。"

不等秦小溪回答，冬又兴奋地讲了起来："一个卖古董的老头挣了不少钱，便和老婆商量，说现在咱们有钱了，年龄也大了，雇个保姆吧，老太婆也同意，他们就雇了一个农村来的姑娘。老头总是找机会调戏保姆，保姆不敢说，就尽量躲着老头。老太婆终于发现了，对保姆说：'你假装答应他，晚上咱俩换床。'到了晚上，老头偷偷摸摸地爬到保姆的床上，干劲十足地忙活了半天，老太婆一声不吭。完事后，老太婆骂：'你这个老不死的，亏你还是个卖古董的，这么件老古董你都看不出来，换了张床你就干劲那么大啊。'"

秦小溪虽然笑了，可还是红着脸责怪："你就不能讲点高雅的？"

冬放慢语速说："什么我也不讲了，我的天使，已经到了。"

秦小溪这才发现车子已经停在了商务大厦的停车场里，一看表已经是九点一刻了。对秦小溪来讲，这是从来没有过的事情，她竟然忘了时间，忘了上班。刚才堵了那么长时间的车，坐在车上赶路的她竟然会一点也不着急，一切都是因为有冬在身边吗？秦小溪侧过脸来，幽幽的眼神和冬炙热的眼神交织在一起。冬伸出双手轻轻地捧着秦小溪的脸，深情地凝视着，他又一次热烈地吻了她，她只挣扎了一会，竟也像他一样地陶醉在被她界定为所谓下流的吻里……

秦小溪走进办公室时，九点半了。同事们各忙各的，只有秋例外，他一动不动地站在北面的窗前。秦小溪走到自己的办公桌前，打开了电脑。

在等待电脑启动的时间里，秦小溪回头看见秋仍然站在原地，便想他也许正在构思吧，最近总感觉秋有点不正常。

这时手机的信息提示音响了，一看是小灵通发的：

“看到没有，秋从九点就站在那里，半个多小时了。”

秦小溪回信息：

“也许他在思考问题。”

秦小溪开始工作了，过了一段时间，手机又来信息了，这次是冬发来的：

“我爱你，我美丽的天使！下班后来接你，我们一起去吃西餐。”

秦小溪回信息：

“好吧，等你。”

秦小溪回完信息后，想去卫生间。路过刚才秋站的地方，秦小溪好奇地向外看了一眼，秦小溪从未发现这个位置能那么清晰地看到整个停车场，她担心秋会看到她和冬在车上的一幕。

从卫生间回来时，秦小溪不由自主地又仔细地向外看，这时才发现刚才的担心完全是多余的。因为停车场和他们的办公室的水平距离相距至少有五十米，而且办公室在十七层，从办公室的窗口望去，只能模糊地分辨出车的颜色，连车的大小都很难看清，更不要说看清车里面了。

十二点时，秦小溪收拾了一下办公桌，准备去吃午饭。手机来信息了，是冬发来的：

“我现在在停车场等你，快下来吧，我可爱的天使。”

秦小溪没有回信息，而是直奔停车场，她不想浪费时间，她比任何时候都渴望见到冬。走在停车场的路上，秦小溪离冬越来越近，她看见冬随意地站在车旁，一只手搭在敞开的车门上，一只手放进裤兜里，有一种说不出的风度和潇洒。秦小溪心里异常激动，她从来没有被一个男人如此地吸引，这种吸引比一年前春对她的吸引多了很多复杂的成分，她也奇怪此刻为什么她又想起了春，而且春荡漾着青春的笑脸，那么清晰地在她的眼前晃着。走到冬的面前时，秦小溪已经平息了刚才的激情，不知道是因为春，还是因为以往的矜持。秦小溪很平静地问冬：“你怎么现在来了？中午只有一小时的时间，怎么能来得及吃西餐呢？附近又没有西餐厅。”

冬回答：“我的天使，你好好看看信息吧，我可没有说是中午下班后，还是下午下班后来接你的。你可是答应等我的，可没有说中午不行的。”

秦小溪接着拿出手机来翻看，确实如此。

冬的信息是：

“我爱你，我美丽的天使，下班后来接你，我们一起去吃西餐。”

秦小溪回的信息是：

“好吧，等你。”

冬哈哈大笑：“逗你玩呢，你还认真了。我们当然要在晚上去吃西餐了。”说着像变戏法一样从车里拿出一个大大的包装盒：“我是来给你送比萨饼的，快拿上去趁热吃吧，怎么样？我比送外卖的还及时吧。”

“送外卖”三个字，像一把利箭一样深深地刺痛了她的心，她的脸顷刻变成苍白色，她几乎无法站稳。

冬看到了秦小溪的变化，关切地问：“你是不是病了，要不要上医院去看一下？”

“没什么，可能是有点累的缘故，休息一下就好了。”说着从冬的手里接过盒子，“谢谢你，我要回办公室了。”

如果，秦小溪把春和冬联系在一起比较，可以理解，因为毕竟秦小溪曾经在一年前的一个瞬间发现自己爱上了春，尽管她不相信也不愿意承认。而现在她发现自己慢慢地喜欢上了冬，她感觉前所未有的恐慌。不可思议的是冬为什么也把自己和春联系在一起比较，冬根本就无法知道，在秦小溪的生命里，曾经有个送外卖的春。难道冬在提醒她吗？提醒她不要忘了不该忘记的春吗？

秦小溪回到办公室，李文静和小灵通正在吃着盒饭，秋在他的办公桌前头也不抬地忙着，其余的人大概都吃饭去了。

看着秦小溪提着大盒子进来，小灵通惊喜地叫着：“哇！比萨！”放下饭盒便跑了过来，小灵通回头看李文静还站在那里，便喊，“文静，快过来，等什么呢你？”

李文静仍站在原地没有动，秦小溪招呼道：“文静，快过来，我们一起吃！”

李文静虽然走了过来，却一次又一次地回头看秋所在的方向。

秦小溪把比萨分成几份，取了一块最大的让李文静给秋送过去。

比萨很快被她们吃完了。

傍晚时分，冬和秦小溪已经坐在了一家著名的西餐厅里，这里的环境非常幽雅。在整个餐厅里，名贵的鲜花随处可见，清馨淡雅的花香弥漫在空气中，隐隐约约可以听到柔美的古典音乐声，灯光明暗适中，这里的一切一切都充满了浪漫的气息。

坐在这里，就是不吃饭，你的视觉、嗅觉、听觉都会感觉到一种满足。如果吃饭，那么毫无疑问还要加上味觉。

来这里吃饭的人，多半是情侣，因为这里的浪漫气氛非常适合谈情说爱。可是这里并不是普通情侣能进得来的，因为这里不仅饭菜价格相当昂贵，还要根据消费总金额收百分之十以上的服务费。

冬和秦小溪面对面地坐着，翻看着餐桌上的菜单本，商量着吃什么。冬推荐说："这里的招牌菜是日本的神户牛肉和澳大利亚的金牌牛肉，还有法式烧鹅肝，你喜欢吃什么，尽管点。"

秦小溪的脑海里浮现出韩笑的笑脸，于是说："我不喜欢吃烧鹅肝，其他的无所谓。"

冬叫过服务员点菜，一个非常恬静的女孩过来了，她手里拿着点菜器，一边听冬报着菜名，一边往里面输入，输完后微笑着对冬重复着："先生，您点的饮品是 XO 皇家礼炮 21，菜是五百克日本神户牛肉、一份红烧鱼翅、一份木瓜炖血燕、一份清炒西兰花。"女孩的声音非常悦耳。冬说："先上这些吧。"女孩转身走了。

秦小溪看着菜单本，上面的每一份菜都配有精美的图片、价格及文字介绍，她看到日本神户牛肉这道菜的图片上，一个椭圆形的纯白色瓷盘上，放着一片像手掌一样大，同样是椭圆形的有半厘米厚的粉红色的牛肉，牛肉上面均匀地分布着雪花状的白色，像一件艺术品一样精致。牛肉的价格是 680 元/100 克，真是价格也够艺术的，牛肉一般应该按公斤标价，而这里的牛肉竟然是按克标价。文字介绍说，此牛来自日本的神户，是从小每天按时听音乐，每天接受按摩长大的。

秦小溪笑着问冬："是不是有点故弄玄虚啊？"

冬回答："是真的。"

秦小溪接着笑道："听音乐也就罢了，还享受按摩，这牛是不是还喜欢做足疗啊?”

冬更幽默:“它要是再喜欢做足疗,价格就不是680元/100克了,至少要6800元/100克。”

秦小溪继续翻着菜单,她看见红烧鱼翅每份680元、木瓜炖血燕每份880元……

冬从秦小溪的手里拿过菜单说:“别看了,我们说说话吧。”

秦小溪看着冬的脸,这是一张把男人的魅力演绎得淋漓尽致的脸,是一张把自信、满足和成功那么协调地糅合到一起的脸。此刻,在柔和的光线下,这张脸比白天又平添了不少的生动,微微往里陷的眼睛,闪着无法抗拒的热情。他的声音充满了柔情:“秦小溪,你知道你的身上有痣吗?”

“应该没有吧。”秦小溪回避着冬的眼神,声音小得几乎听不见,这让秦小溪想起了昨天晚上,她曾一丝不挂地呈现在冬的面前。

冬又问:“你相信人有前世和来生吗?”

秦小溪回答:“我相信有,不是经常有人说前世的五百次回眸,才换来今生的一次擦肩而过吗?”

冬接着话题说:“我相信我是前世回眸回到扭断了脖子,才换来今生对你的拥有。”

秦小溪却说:“哎,网上可早把这句话改为:我愿用前世的一次擦肩而过,换来今生的五百次回眸。”

他们你一句我一句地聊着,菜和酒都陆续地上来了,随酒一起端上来的还有一小玻璃桶晶莹剔透的冰块。服务员把酒打开,分别把酒倒进两个很大的高脚杯里,酒刚漫过杯子的底部,然后问他们是否加冰,冬对服务员说不用服务了,服务员转身走了。

冬把酒杯拿在手里缓缓地转动,酒在酒杯里缓慢地旋转着,飘出怡人的香气,冬让秦小溪也试一下。秦小溪学着冬的做法,一边慢慢地晃动着酒杯,一边把鼻子凑近酒杯闻，她的确闻到一种奇特的香味，要不是听冬说“这样做，可以让酒氧化一下，喝起来味道会比较好”，秦小溪还以为只是为了闻味才那样做的。

冬向两个酒杯里各加了两块冰说：“你现在可以喝喝看，味道还不错。”

秦小溪喝了一小口，和别的酒比，没有刺鼻的冲劲和辣味，可是喝下去，嗓子和心都感觉热热的，秦小溪是第一次喝这种酒。

他们一杯接着一杯地喝着，吃着美味的牛肉。

冬又开始了刚才的话题：“也许在前世有一个深爱着你的情人，而你却毫无觉察。于是，在今生他化作你心上的一颗痣，也许他很羞涩，一直藏在你的心底；也许他很含蓄，长在你看不见的背部；也许他很坦诚，勇敢地展现在你的脸上，向世人昭示，前世他曾怎样飞蛾扑火般地爱上你，他是你前世义无反顾的情人。”

秦小溪听得入了神，认识冬以来，她从未听冬说过浪漫富有诗意的话，而现在他一口气说了这么一大段优美的词句。更让她震惊的是此时此刻她又一次想起了春，春荡漾着青春的笑脸，春左太阳穴边上那颗褐色的痣，越来越清晰地浮现在眼前……

就在今天中午到现在不满十二个小时里，她已经是第三次想起了春，她的眼睛越来越模糊了。可是，春脸上的痣越来越清晰，越来越大，渐渐地变成了一个圆形的舞台，而她穿着白色的纱裙，在舞台上一刻也不停地舞着、舞着……

冬以为秦小溪沉浸在美好的遐想里，继续忘情地对秦小溪说：“亲爱的，你知道吗？你的背上就有一颗痣啊，这颗痣就是我的前世，在前世我已经爱上了你，可是我没有机会表白，于是我痛苦地将整个生命凝聚成一颗痣，长在你的背上，好让我今生再一次遇见你。”

秦小溪继续在那个舞台上舞着、舞着，直到疲惫得再也舞不动了。她终于摔倒了，舞台消失了，痣也消失了，她的眼睛不再模糊了，泪水恣意地在她的脸上流着……她的面前是冬因为激动而微微发红的脸和聚满柔情的双眼。

冬以为秦小溪是因为感动而泪流满面，因为遐想而没有听见刚才他说的话，就继续重复坚定地对秦小溪说："你的背上真的有一颗痣。这颗痣就是我的前世，在前世我已经爱上了你，可是我没有机会表白，于是我痛苦地将整个生命凝聚成一颗痣，长在你的背上，好让我今生再一次遇见你。"

秦小溪瞪着疑惑的眼睛看着冬，冬含情脉脉地看着秦小溪："今天晚上我指给你看。"

十一点的时候，秦小溪看了一下手腕上的表说："我们是不是该回去了？"

冬意犹未尽地喊服务员结账。结完账后，秦小溪才知道 XO 皇家礼炮 21 在这高档的西餐厅里一瓶的价格是 3600 元，他们的晚餐共消费了 9458 元。而秦小溪感觉冬在刷银行卡结账时的神态，完全像是她在超市里买一个面包或者是买一瓶果汁结账时的样子。

在回家的车上，秦小溪的心情很沉重。冬还在喋喋不休地说着什么。他也纳闷，从今天早晨到现在，他一天说的话比以往一个月说的话还要多，而且居然能说出让他自己都陶醉的言语，仿佛真的有一种被诗人们常说的灵感在支配他。不然，他怎么可能想到他是她背上的那颗痣？他怎么可能把痣想成是前世的情人，还能从痣长的不同位置联想到情人不同的性格？他有生以来第一次体验了灵感的美妙，原来灵感就是突发奇想，就是情不自禁地出口成章。

冬侧脸看了一下秦小溪，秦小溪无精打采地靠在椅子背上，疲惫得连话也懒得说。冬想她应该很累了，昨天晚上是她的第一次，今天又加了一天的班，刚才还喝了那么多的酒，他无论如何都没想到她能喝半瓶 XO，这个酒量相当于半瓶40多度的白酒，或者是接近两瓶解百纳红葡萄酒的酒量。这对冬来言，无疑是个重大利好，他的脑海里立刻浮现出一幅画面，他西装革履挽着穿着华丽晚礼服的她，走在富丽堂皇的宴会大厅里，众人皆投来羡慕的目光，他们频频端着酒杯过来敬酒，她也端着酒杯礼貌地回应着……

秦小溪的脑海里满满的，一会是韩笑纯真的笑脸，如果当时韩笑家里能再有9000元钱，她就可以和自己上同样的学校。韩笑虽然没说，可是秦小溪完全能感觉到她做梦都想上的大学是哪一所……一会是春无助的眼神，如果春的家里当时能有5000元的手术费，他的母亲不会躺在家里一边忍受病痛的折磨，一边等着一家人跑遍全村去借钱，最后把唯一的一线希望寄托在送外卖的春身上。而当时春还只是个十六岁的孩子啊……仅仅是3000元，不值一瓶洋酒钱，春在北京最寒冷的冬天里整整为秦小溪送了三个多月的外卖啊……这些事情历历在目，一切如发生在昨天一样清晰。秦小溪不自觉地又看了一次手表，差一刻钟就是午夜十二点，她已经是第四次想起了春，眼泪夺眶而出。

回到冬的住处已经是零点十分了，冬让秦小溪先进卫生间洗浴，他半躺在沙发上又在感慨买这套房子是多么大的失误，如果有两个卫生间他还用连洗浴都要等吗？

秦小溪褪去身上的衣服，并没有马上入浴，而是赤身裸体地站在卫生间的落地镜子面前发呆。长这么大，她第一次观察自己一丝不挂的身体，曲线柔和优美，皮肤既白嫩又光滑细腻，胸前一对乳房如馒头一样隆起，既丰满又大小适度，乳头的颜色和嘴唇的颜色一样红中带着粉色……她缓缓地转过身去，然后回过头看镜子中自己的背部，很容易就看到了背上的那颗浅褐色的有半个大米粒那么大的痣。看着看着，她的眼睛模糊了，那颗痣一点一点地在放大，很快就演变成了春的脸。当泪水再一次流下来时，她的眼睛变得清晰了，春的脸也清晰了，可是那却是一张忧郁的脸，而不是以往早已熟悉的荡漾着青春的笑脸……她在寻找闪烁着孩子般纯真明亮的大眼睛，那双眼睛也不复存在了，取而代之的是忧郁的深不见底的眼神……今天已经是第五次想起了春。噢，不对，新的一天已经开始了，应该是在新的一天里第一次想起了春。

冬进来时，秦小溪浑然不觉，她还是保持着扭头看镜子里背部的那个姿势。冬只穿了一条内裤，他一步上前将秦小溪紧紧地抱住了，用右手的食指指着秦小溪背上的痣说："你看在这里呢，以前你没有发现吧？"

两个月以后，冬和秦小溪商量买房子的事。秦小溪的意思是先不买，现在住的房子就很好，他们两个人住，又不是住不开，离上班的地方也不是很远，交通、购物都很方便。最近单位比较忙，秋病了已经有半个多月没有上班了，同事们都忙得一塌糊涂，经常加班。现在她没有精力到处去选房子，然后再去忙装修这些琐事。实在想买，等以后有时间他们再仔细地买，到时她会亲自设计自己的房子。

可是冬却在这里一天也住不下去了，他说无法忍受只有一个卫生间，坚持必须马上买大房子。她只要陪他选好房子，一切都不用她管了，并且还说他开始买这套房子就是个重大失误，必须马上纠正。

可是秦小溪却说她就是连选房子的时间也没有，买房子又不是买件衣服，怎么能草草地决定呢？必须到处去看，反复地比较，当然需要大量的时间了。

买房子的事就这样放下了，可是冬的心里一直不痛快。

秋住进了医院，消息是从李文静那里得知的。那天早晨李文静迟到了，到办公室已经快中午十一点了。她一脸的疲倦，对同事们叙述昨天晚上发生的事情。晚饭时她像以往那样去看秋，在此以前，秋因为身体不好一直请假在家里休息，李文静经常过去看看送些吃的东西。敲了很长时间的门，秋才打开门，在转身向屋里走的时候，他晕倒在地上，她忙把他扶起来，才发现他正发着高烧。她急忙跑出去拦了一辆出租车，把秋送进了医院，她陪秋在急诊室里待了一夜。早晨医院一上班，医生就催她赶快交押金办住院手续。她跑回家拿了住院的一些必需品，又到银行取了钱再返回医院办理住院手续，一直忙到现在才告一段落。她还听医生说，接下来的几天要做好多项的检查，她要求张敬、王哲他们轮流过去帮帮忙，有什么情况她再随时和大家说。

第十一章
三人自驾游

李淑惠仍然无法证实自己的怀疑究竟是对还是错，她有时说服自己，是不是太多疑了，有时又想弄个水落石出，自欺欺人地想，也许是一场误会呢，弄明白就不会痛苦了。

李淑惠决定见一下她一直怀疑的那个女人。下午，她到杜大海公司对面的咖啡厅，找了一个靠窗的位置坐着，从那里隔着马路看公司大门口的情景一目了然。她清晰地看到苏筱筱出现在公司的大门口，尽管苏筱筱没有穿那身洋红色的套裙，可还是能认出来她就是在购物广场看到的那个年轻女人。

她迅速走出咖啡厅，横穿过马路快走几步，走到苏筱筱的面前对她说："你好，你是杜大海的同事吧？"

苏筱筱一怔，但很快也认出了她："你好！"

"不介意我请你喝杯咖啡吧？"

苏筱筱非常清楚她一定是有话要说，犹豫着。

李淑惠接着说："不会耽误你很多时间的。"

苏筱筱不好再拒绝，只好随她穿过马路，进了对面的咖啡厅。

她们相视而坐，李淑惠先开了口："我们应该不是第一次见面吧?"

苏筱筱没有回避："对，第一次是在购物广场。"

李淑惠隐约感到了这次谈话的艰难，服务员走过来，李淑惠把桌子上的印着各种咖啡名称的彩色目录单递给苏筱筱："喝点什么?"思索着接下来该怎么说。

苏筱筱说："卡布基诺吧。"

李淑惠对服务员说："两杯卡布基诺。"

服务员走了，李淑惠看着苏筱筱的眼睛说："不知道该怎样对你说，公司里有人谣传你和杜大海关系不正常，这对你们两人影响都不好。虽然是谣传，我希望你还是注意一下。"

苏筱筱眼睛也没有眨一下地看着李淑惠说："不是谣传，是事实，我真的喜欢他。"

李淑惠被她的话惹恼了，一股气从心底直冲脑门，愤怒地脱口而出的一句话是："没有想到你这么不要脸!"可是她没能完整地说出这句话来，只说了大半句："没有想到你这么……"服务员刚好端着咖啡来了，她没有说下去，不管怎样，她还是个有涵养的人。

等服务员走了以后，李淑惠在心里劝自己：不能让对方看到自己像个泼妇一样，千万不要冲动，冲动是魔鬼，只会把事情搞得更糟。

李淑惠努力使自己平静下来，仍然看着苏筱筱的眼睛："没有想到你这么诚实。"说完后很不自然地苦笑了。

苏筱筱原以为她会破口大骂，如果是那样，她没有必要再顾及什么，会毫不客气地对她说出一切，并直言不讳地告诉她，她随时准备嫁给杜大海。可是听到她如此说，看到她无能为力的表情，多少有些于心不忍。

苏筱筱歉意地看着她："真的很抱歉，我确实……"无法找到合适的词语说下去。

李淑惠简略地说了杜大海的经历，还有他们夫妻共同生活的点滴，以及他发展到今天是多么不容易。

她所说的一切，除了他们夫妻共同的生活以外，都是苏筱筱早已听过的，可是她仍然耐心地听她说完。

最后，李淑惠坚定地对苏筱筱说："我不会离婚的。"

再见到杜大海时，苏筱筱明显感觉他心事重重，少了以往的轻松愉快。每次分别时，他都紧紧地把她搂在怀里，久久不肯松手，仿佛一松手就会永远失去她一样。有一次，苏筱筱发现他竟然哭了，眼泪滴到她的脸上，这一切发生在她和李淑惠会面以后，不知道李淑惠回家是怎样对待杜大海的。

苏筱筱轻轻地为他抹去眼泪，明知故问："你最近怎么了？"

"她知道了我们的关系……"

苏筱筱等着他说下去。

"……她限时间让我与你分手……"他说了一句又停下了。

苏筱筱问："否则呢？"

"否则她会直接找你谈的，我不知道她还要做什么。"

"我不会离开你的！"苏筱筱坚定地说。

苏筱筱没有说李淑惠已经找过她，从心里佩服那个女人的心计。她瞒着丈夫先找了苏筱筱，如果能说服苏筱筱自动退出，她便会装作什么都没发生样，丈夫还蒙在鼓里，认为是苏筱筱自己离开了他，丝毫不会埋怨她，他们会一如既往地过日子。

当她和苏筱筱谈过发现她不可能自动退出时，便回家向丈夫施加压力。如果他会自动放弃苏筱筱，苏筱筱也会认为是他变心了。可没有想到丈夫会把她说的话传给苏筱筱，这说明她确实低估了他对苏筱筱的感情。

他苦不堪言："我也无法想象离开你，生活还有什么意义。可是有很多原因我不能离婚。”

“我从未想过要逼你离婚。”

“一直这样对你很不公平,唉！如果有来世,我娶的一定是你。”

“我不在乎未来,不在乎别人怎么说,只要我们现在能在一起。”

“你想得太天真了,以前是她不知道,现在她知道了,她能让我们随心所欲地在一起吗?”

苏筱筱原以为他是杞人忧天,她领教过李淑惠,只是不想离婚,还能怎样,她也低估了这个女人的韧性与耐心。

杜大海明显减少了来的次数,而且每次都是来去匆匆。尽管如此,李淑惠还要至少打三个以上的电话问他现在在哪里,几点回家。有时他们刚充满激情地拥抱在一起,他的手机响了,电话里传来李淑惠的声音,让身边的苏筱筱也听得清清楚楚:“你现在在哪里呀?”

杜大海含糊着说:“在外面。”

“外面是哪里呀?”李淑惠不紧不慢地问。

“和几个朋友在一起。”

“吃饭了没有?”

杜大海不耐烦地回答:“一会就吃。”

“不要吃得太饱了,最近你的身体有点虚,我给你煲了海参牛尾汤,早点回来喝好吗?”

李淑惠每次来电话都是大同小异,所谓的不同,只不过是煲的汤不同罢了,有时是人参乌鸡汤,有时是老鸭汤,有时是冬虫夏草猪骨汤……都是些滋补汤。

苏筱筱判断,李淑惠知道杜大海在她这里,打电话完全是故意说给她听。每当这时,莫名的烦恼就从四面八方向她袭来,情绪也在瞬间坠入谷底,他的激情也跟着一落千丈……

面对一个在家细心煲汤等丈夫回家的女人，任何一个男人都无法抵挡。任何一个偷情的男人，哪怕他正在偷情，接到妻子这样的电话后，只要他稍有点良心，都无法继续他的行为。

如果一个男人真的能接到这样的电话后，还能偷完情后回家喝老婆煲的汤，那他确实是罕见的没心没肺，杜大海当然不属此列。

李淑惠非常了解杜大海的脾气性格，发生了这样的事情，她如果打骂哭闹，寻死觅活只会适得其反，只能耐心地以柔克刚。

有人曾说，要留住一个男人的心，最有效的办法就是哄住他的胃。苏筱筱认为这一定是哪个怨妇的经验所得。

自此，苏筱筱才发现，并不是她不要婚姻，不要名分，只要躲在某个小小的角落里默默地爱着就可以了。原以为他们的恋情只要不公开，不影响他的婚姻和家庭，就会相安无事，李淑惠远不只她想得那样简单。

自此，苏筱筱才醒悟，就现在而言，要么是完整地拥有杜大海，要么是永远失去杜大海，根本就没有中间地带。

她想紧紧地抓牢杜大海，于是毫不犹豫地向他提出，要么一起回上海见父母，要么分手。他迟迟不表态，既不去上海，也不同意分手。

秦小溪最近一直忙于工作，和冬不像以往那样每天都联系了。所有的恋人大概都是这个样子，发展到一定程度，而且关系也比较稳定了，彼此就会失去最初的新鲜感，不再有一日不见如隔三秋的感觉。况且秦小溪对冬的感情一开始就是属于比较理智的那种，这种感情区别于她和春的那种发自灵魂深处的相互吸引。

这天，工作之余，秦小溪给冬打了个电话。冬在组织开会，刚好正在讲话，手机设置在静音状态，他看了一眼没有接电话。秦小溪又拨了一遍，冬按了一下手机的拒绝接听键,秦小溪从电话里听到的回音是:“对方暂时不方便接听电话。”

冬开完会后,给秦小溪回电话,问她打电话有什么事,没想到秦小溪在电话里不依不饶,甚至哭了,非让冬解释为什么故意不接电话。

冬忙道歉,并解释刚才自己正在开会。本来这是一件再普通不过的小事,可是秦小溪竟然不可理喻地大吵大闹,强调就是开会也应该接起来告诉她正在开会。

冬只好再耐心地解释刚才正好在会上讲着话,所以无法接电话……秦小溪不等他解释完就挂断了电话。他再打过去,秦小溪不接了,他又打了两遍,她竟然关了手机。

认识秦小溪以来,他第一次感受到她不温柔的一面,岂止是不温柔,完全是毫不讲理,他心里非常不爽,以往认识的女人从没有一个像秦小溪这样对他大喊大叫,看来对女人确实不能没有原则地一味宠着,这就是例子。

冬永远不可能理解秦小溪的心思,她至今仍然不能忘记春,在她的生活里,无论何时何地何故,她都只能容忍春可以不接她的电话。只有她能真正体会到,他不接电话所承受的痛苦比接电话还要大,她只能把理解加在这痛苦之上,希望可以减轻他的痛苦,她从心里默认了不接电话是春所享有的特权。心底有了这样的秘密,她当然无法容忍任何人也包括冬,有半点侵权行为。而冬竟然也想不接电话,这深深地刺激了她,所以才会表现得让冬觉得不通情理。

电话风波后,有一段时间他们没有联系,彼此都在怄气。

杜大海和苏筱筱仍然纠缠在一起……

苏筱筱决定不能再这样痛苦下去了,应该有一个了断,或者是杜大海离婚,或者是她离开杜大海,离开公司。她当然希望结局是前者,因为一想到要离开杜大海,她就会痛彻心扉,她无法想象,真的有离开他的那一天,她的生命能否承受得起……

她冷静地想了一个办法,要求杜大海休半个月的假,同时带上她和他妻子一起去自驾游。离开工作,离开家,离开熟悉的环境,离开繁杂的人际关系,离开亲属的干扰,离开影响正常思维的一切,只有他们三个人冷静地去面对……在陌生的环境里,半个月的时间,她认为足够了。也许会平平淡淡,也许会经历什么,她要和他妻子同时呈现在他的面前,让他比较,让他思考,让他选择……

苏筱筱没有想到杜大海答应了她的要求,并对她说他会说服李淑惠跟他们一起去的,谁也不带,只有他们三个人。

杜大海已经不能再承受三个人都痛苦的局面了,一个是贤惠、善良、无辜的妻子,一个是他铭心刻骨爱着的恋人,两个人都是他最不忍心伤害的,然而,他却都伤害了。他万分痛苦,在痛苦中他曾试过选择离开,离开筱筱……他感觉生命好像被抽空了灵魂的躯壳一样没有意义,离开妻子……他感觉仿佛要锯掉身体的一部分一样不舍。有时他甚至渴望这痛苦能把自己撕成两半,一个是理智的他,陪在妻子的身边做一个称职的丈夫;一个是情感的他,守在筱筱的身边呵护她的一生。他想在这次自驾游中,让情感和理智来一个较量,看看究竟谁能战胜谁,他真的需要抉择了……

李淑惠听到他要带自己和苏筱筱同时去自驾游时,心里非常痛苦,可是她答应了,尽管这种安排对她是不公平的,因为她没有任何过错,他是她的合法丈夫,他身心的背叛,已经给她带来了很大的伤害,却还要让她面对如此尴尬的局面……

她是一直爱他的,她不甘心放弃。当她知道了他们的私情后,曾一度选择把痛苦深深地埋在心底,装作什么也没有发生。她希望丈夫是一时冲动,是逢场作戏,她要耐心地等待他的回心转意……

不承想,她等来的是苏筱筱的坦白和丈夫的无法自拔,她竟然连选择委曲求全的权力也没有……

她要做最后的努力来挽留丈夫,所以她答应他跟他们一起去。半个月的时间足够了,如果丈夫真的能不念二十年的夫妻情分离开她,她会选择离开的,因为再勉强地挽留已经没有任何意义了,她希望他能幸福,这就是最后她所能为他做的……

早晨,杜大海开着奔驰越野,带着李淑惠一起到苏筱筱住的地方接她。苏筱筱从楼道里出来,她穿着紫色紧身齐腰的小毛衫,丰满的胸部呼之欲出,网球裙样式的黑色毛织短裙,黑色的紧身毛裤,紫红色的漆皮靴子,背着一个紫红色的漆皮的大包,这身打扮让她更添几分活泼可爱。她走到车旁,习惯性地拉开了副驾驶座边的门,可是李淑惠已经坐在了那里,苏筱筱尴尬地关上门,打开后车门,坐到了后排的座位上。车子发动了,他们沉默着,苏筱筱有意识地解释说因为有点晕车,所以不管坐什么车都喜欢往前坐。她话音刚落,李淑惠要求杜大海停车,以便和她换一下座位,说自己从来不晕车。苏筱筱立刻补充说:“没那么严重,不用换了,谢谢你。”

李淑惠回答:“还是换一下吧,晕车可不是好滋味。”

他犹豫了一下,还是把车缓缓地停到了路边,她们换了座位。

他们各自揣着自己的心事上路了,沿途,他们从车上下来休息时,苏筱筱才发现他们夫妻穿的都是藏蓝色的运动服和白色的休闲鞋,完全是情侣装的打扮,不难想到他们的衣服和鞋子一定都是同时买的,心里有些酸酸的……

昨天晚上她准备的也是运动服装,可是穿在身上,在穿衣镜面前一照,发现整个人都胖了一圈,她不能忍受镜子里的形象,反复试了几身衣服,选择了现在穿的这一身。而此时和他们站在一起显得不是很协调。

前三天很平淡，白天他们沿途看风景，聊着无关紧要的话题。中午、晚上在饭店里吃饭，晚上住在宾馆里。连续三个晚上，在不同的地区住宿，杜大海都是在白天就预定好晚上的房间，每次定的都是三个单人间。这让苏筱筱很感动，至少此时，在他的眼里她和李淑惠是平等的。他在乎她的感受并尊重她，他一直就是这样细心，总能体会到她内心世界的一些微妙的情愫。

对妻子，他也是这样细心。记得自己和他热恋时彼此发过很多甜蜜暧昧的短信，有一天晚上，她问他怕不怕被老婆看见，他很认真地回答，每天回家以前，他都会检查一遍手机，把有关她的信息全部删除，因为他怕李淑惠无意中看到后，会受到伤害……

那个晚上听到他这样说，她很伤感，因为她从不舍得删除他的信息，除非等信息满了，无法再保存时……可是，第二天，他把她叫到他的办公室里，打开电脑，在“我的文档”里有一篇加了密的文件。他让她自己打开看，密码是她的生日加他们第一次在一起的日子。当她看到那些记录他们爱的文字时的感动，直到今天仍记忆犹新。从他们彼此认识开始，她发给他的每一个信息都完整地保存在里面，并注明了发短信的时间，也包括他们彼此互发的短信。他是一个既爱得深沉，又懂得浪漫的人，这也是她离不开他的原因之一。

第四天中午，他们在一片青草地上准备午餐。车上带的东西很全，用的有一个很小的煤气罐、一个煮饭的小锅、水果刀、一塑料桶自来水，吃的有切片面包、鱼罐头、西红柿、黄瓜……还有用塑料袋盛的一点豆面和一点小米面。李淑惠做了小豆腐，杜大海在开启鱼罐头，苏筱筱帮不上任何忙，站在李淑惠身边看她做饭。她先把水倒进锅里点上火，一手拿着洗好的西红柿，一手拿着水果刀，直接把西红柿削进锅里。等锅里的水开了，再把碗里已经用水搅匀的豆面下在锅里，放了一点盐，开锅后点了些香油，就全部完成了。她一边娴熟地做着这一切，一边和身边的苏筱筱聊着，说他只要不出差，每天早晨不是喝小豆腐，就是喝小米面稀饭，说他真是中国人的肠胃，一点也喝不惯牛奶。还说他从来不吃火腿肠和午餐肉，这两样东西他一看见就恶心，她家里从来不买……苏筱筱听到这里一阵脸红，因为她好像是在向自己交代他的生活习惯。

他们把一个很大的塑料布铺在草地上，坐在上面开始用餐。李淑惠盛好第一碗小豆腐先递给了苏筱筱，第二碗递给杜大海，第三碗才是自己的，他们边喝边吃着面包片、鱼罐头、榨菜、咸菜。他们夫妻还吃生的大蒜瓣，这应该是山东人的习惯，苏筱筱不能忍受，因为上海人从不吃生葱和生蒜。可是苏筱筱非常喜欢喝小豆腐，自然的酸酸的香香的味道好极了。她还是第一次看到用西红柿做小豆腐，很多大酒店里也做不出这样的味道，在酒店里吃到的小豆腐，多是用青菜叶做的，有的干脆直接用成品豆腐搞碎了代替。

杜大海已经在喝第二碗了，李淑惠看见苏筱筱的碗里也没有了，又为她盛了一碗，还剩下一碗，她没有给自己盛，而是等到杜大海喝完后，又盛到他的碗里。他边喝边说："今天做得特别好喝。"

李淑惠像对孩子一样说："三天没有喝，就馋成这样了，没出息。"

苏筱筱也说："是真的好喝，你怎么会想到用西红柿做小豆腐的？"

李淑惠说："用青菜叶做时，要点一些醋，才会成脑，才会有小豆腐特有的酸味，可是点醋后的味道有点涩，我就想到了用西红柿做，它有自然的酸味，既可以满足口感又少了点醋后的涩味。在家里做时，还会切点发好的海参，既增加营养，又会使它有好的颜色，红、黑、黄看起来就想喝。"

苏筱筱想起了一次聊天时，杜大海对李淑惠的评价：她全部的精力都在钻研菜谱上。果然如此，她不只是考虑菜的营养，还考虑色、香、味俱全。联想到自己煎个鸡蛋有时还煎得不成样子，心里有种说不出的惆怅。不得不承认，在做饭这方面，她远不如李淑惠。

吃完饭后,李淑惠又洗了黄瓜和苹果,说:"来,补充点维生素吧。"

晚上,他们没有赶到市区,准备在外面露宿。杜大海从车上搬下两个简易帐篷,一个双人的,一个单人的,这是他们一家三口原来出去郊游时用过的。他把它们都撑好了,三个人都站在那里。现在是最尴尬的时刻了,苏筱筱看了一眼沉默的杜大海,走进了单人帐篷……杜大海没有别的选择,这是他们三个人之间仅剩的一点虚伪了。尽管他和李淑惠走进了双人帐篷,可是他明白此刻受到伤害的绝对不仅仅是苏筱筱,还有李淑惠……

苏筱筱独自躺在帐篷里,反思自己为什么没有想到这些细节。如果不是杜大海的心细,第一天晚上,她就会面临这样的局面,不是吗?在酒店里住宿,他们完全可以只定两间房……他们是夫妻呀,本来就是同居一室的,这是她早已默认的事实。况且在以往的那些日子里,即使在最缠绵的夜晚,杜大海也从未留在她的住所里过夜,他总是在晚上十一点以前离开,他要保证十二点以前到家。因为他不回家,李淑惠会一直等着的……那时,她只是有点失落感,从未像今天晚上这样伤心……这时她听到了轻轻的脚步声,是他吗?她几乎要屏住呼吸了,可是没有人进来,一会儿是离开的脚步声……

早晨起来,苏筱筱做的第一件事情就是拿出小镜子来反复地照,眼睛有点轻微的肿,是昨晚哭过的痕迹。她没有走出帐篷去洗漱,而是用矿泉水瓶子里的水把毛巾浸湿,敷在眼上……过了一会,再照镜子,眼睛不肿了,可还是感觉和平时不一样,她在上眼皮上画了紫色和灰色混合的眼影。

外面,李淑惠在准备早饭,杜大海在忙着收拾帐篷,苏筱筱也开始拆帐篷。一会,他走过来让她把帐篷交给自己来收,看着她的眼睛,用小到几乎听不见的声音对她说:"我真的很抱歉。"

他就是这样细心,不管她的容貌或者是心里有多么细微的变化都无法逃过他的眼睛。

第五天的晚上，他们到了一个比较繁华的城市。他登记住宿时，服务员告诉他只剩两个房间了。他回头问她们要不要换一家宾馆，李淑惠没有说话，苏筱筱言不由衷地说："两间够了，你们还需要分开住吗？"

服务员说："现在是旅游旺季，住宿很紧张，别的宾馆也不一定有空房。"

他们便住下了。

晚上十点，杜大海来到了苏筱筱的房间里，他对她说李淑惠在洗澡，一般要半小时以上。他的眼神仍是一往情深，可是里面却多了很多复杂的成分。他仍然那么激情地拥抱她，热切地亲吻她，可是她却感觉这拥抱和亲吻里多了一些凝重。她轻轻地把他推开，注视着他的脸，此刻他的脸上有一种不堪重负的表情，眼里闪烁着茫然，她的心里顷刻涌起了一阵心痛，然而，她轻轻地对他说："回去吧，回到她的房间里，我理解你。"

说完这句话，她看到的是他如释重负地离开了，听到他走后的关门声，她闭上了眼睛，泪水流了下来……

尽管她是那样说的，可是她心里却是渴望他留下的。女人总是这样，爱的时候总是心口不一，当她们说要的时候，不一定非要，但当她们说不要的时候，却一定是要的。

第六天上午，他们开车路过一座小山的底下，苏筱筱提议爬到山顶上看一下风景。

半个小时后，他们来到山顶上，坐在山顶的一个边缘上，一边休息，一边看风景。李淑惠站起来，要走到另一边去看一下，杜大海的眼睛一直跟着李淑惠的背影，并嘱咐李淑惠要小心。苏筱筱看见眼前的一幕，心里很不是滋味……

下山的时候，苏筱筱和李淑惠走在前面，杜大海跟在后面。苏筱筱想考验一下他是不是像在乎李淑惠一样在乎她。于是她放慢了脚步，等他靠近她时，她突然大叫一声，故意摔倒，装作要跌下山的样子。他一个箭步冲上去，牢牢地抓住她的胳膊。由于他的保护，她安然无恙，他可能因为动作太剧烈，重重地扭伤了左脚。李淑惠闻声立刻跑了回来，看到他已经肿了的左脚，非常心疼地说：“很疼吧，坚持一会，我扶你慢慢下山，车上有药，涂上会减轻的。”

说是扶着，其实他的左脚几乎不敢落地，他身体的重量大部分都压在了李淑惠身上，最后李淑惠几乎是背着他下山的。

苏筱筱的心里很自责，她没有想到会出现这样的状况，她想替换一下李淑惠，可是又感觉那样做不合适。

李淑惠把他扶进车的后排坐上躺下，从后备厢里拿出一个长方形的塑料盒，里面放了一些常用药，一瓶专治跌打扭伤的棕色液体油状的药，还有创可贴、药棉什么的。李淑惠为他脱下袜子，用药棉沾着液体油状的药，小心翼翼地反复涂抹……他幽默地说：“幸亏伤的是左脚，还可以开车，伤了右脚就麻烦了。”

苏筱筱说：“我开吧，咱们不玩了，该回去了。”

杜大海从后面坐起来说：“没有那么严重，我能开的。还是安全第一。”

苏筱筱说：“这段路车不是很多，等到了不好走的路，你再开，你先好好休息一下。”

苏筱筱开着车上路了，开了不到一个小时，汽车的后右轮胎不知道轧了什么东西突然爆胎了。真是祸不单行，他们只好把车子靠边停下，三人都下了车。

李淑惠忙着向外搬后备厢里的东西，以便拿出备用轮胎，杜大海站在李淑惠身边帮忙。

苏筱筱站在路边，想拦一辆过路车，让司机帮忙换一下轮胎。她认为凭自己的魅力，拦一辆车是很容易的事情，可是没想到，过路的大多是货车，卡车司机一看是奔驰车干脆不停,幸灾乐祸地笑着扬长而去。有的看见她放慢速度想停,可是一看见杜大海站在那里又不停了。

杜大海只好带着伤准备自己换轮胎,可是李淑惠坚持不让他动,怕会伤得更厉害。结果是李淑惠在他的口述指导下换了轮胎。用长柄扳手拧轮胎上的螺丝时,她的手劲不够大,只好一次一次地全身站在扳手长柄上,用全身的重量来上螺丝……她用这种让苏筱筱震撼的办法换好了轮胎。

他们的车子开在回家的路上,苏筱筱现在唯一能做的是她还可以开车。一想到李淑惠一个不会开车的瘦弱女人,因为心疼丈夫,竟能换轮胎,如果她会开车,自己就完全是一个多余的人了。

杜大海对李淑惠说:"别看你那么瘦,关键时候还很有劲呢,竟然能背动我。"

"人在危难的时候,只要咬紧牙关就可以挺过去的。"李淑惠淡淡地说。

可是,杜大海和苏筱筱却都感觉她的话里有话,随后,是一阵尴尬的沉默。

不知李淑惠是不是注意到了这句话的效果,她接着说了一段和这句话相关的故事。

一对夫妻非常喜欢爬山,丈夫把一根绳子绑在腰间,妻子累了有时会拽着绳子走几步。一天他们站在悬崖边看风景,丈夫失足掉了下去,在下落的那一瞬间,他双手牢牢扒住悬崖侧边的石头。可是他支持不了多久,妻子手里还拽着绳子,她拼出全身的力气拽着绳子。可是她知道当他松手时,她的力量是不够的,悬崖边上刚好有一棵小树,她立刻把绳子绕树一圈,然后她趴在悬崖边上的小树后面,用牙齿紧紧地咬着绳子。此时他的体重都落在这根绳子上,她只有咬紧牙关,她无法呼喊,不知道坚持了多久,他终于被路过的人们发现救了上来。所有的人都无法置信,因为他长得高大健壮,体重近 180 斤,而她长得小巧玲珑,体重不足 100 斤。

杜大海相信李淑惠讲的是真的,因为如果是她遇上类似的事情,她也能做到。

苏筱筱也相信她讲的是真的,面对她,突然感觉自己对杜大海的爱是那么的苍白无力与空洞。

第十二章 太多的想不到

这段时间里，冬那颗不安分的心又开始躁动起来，真应了那句老话："江山易改，本性难移。"他从抽屉里翻出了已经很久没有用过的电话号码本，在上面翻找着此刻对他有用的电话。某些电话号码原来都储存在手机里，认识秦小溪以后，他把那些女人的电话号码都从手机里删除了，怕产生不必要的麻烦。

现在他仔细地搜索着这些号码，它们的主人依次出现在了他的脑海里。他首先想起的是陈露露，一个长相如同名字一样水灵的女孩。他是在朋友的生日聚会上认识的她。那天晚上，她把头发梳成两条小辫，非常自然地垂在脸颊的两旁，使她原本就姣好的小脸显得更加妩媚，小巧玲珑的身材穿着布满了蕾丝花边的白色连衣裙。她安静地、羞答答地坐在那里，楚楚动人，像一朵含苞待放的白玫瑰。冬见过不少漂亮的女孩，可从未见过如此清纯可人的女孩，尤其是她的羞涩，有着任何男人都无法抵御的魅力。

当天晚上他就把她领回了家，回家的路上，他一直盘算着怎么做，才能骗她上床。他甚至担心回家以后，面对如此清纯的女孩，即使她愿意，他能否下得去手。他是不是应该先向她求婚,才会使那件事情做起来能自然一些,想着想着,他居然真的动了想娶她的心思。

到家以后发生的事情,让他震惊了,同时他发现事前的所有担心和猜测都是杞人忧天。

进门后,他为了缓解尴尬的气氛,先领她到客厅一角的吧台坐下,拿了两个很大的玻璃杯,各倒了一点XO洋酒,一杯递给她,一杯自己端着对她说:“来,为相识而干杯!”说完一饮而尽。

可是干杯后她没有马上喝,而是很风情地举着酒杯,歪着头色眯眯地看着他说:“酒里不会掺什么东西吧?”她的言谈举止和眼神与这之前判若两人。

他不失时机地调情:“有这个必要吗?”

她淫荡地笑着,从吧台边的高椅子上轻巧地跳下来,很熟练地脱去了白色的连衣裙,随手很轻浮地把它扔在不远的沙发上。现在她仅穿着米色的内衣站在他的面前,上身是几乎包不住乳房的乳罩,下身是露着肚脐的短到了极限的内裤,她的皮肤看起来既有光泽又有弹性……

刚才在路上,他还绞尽脑汁地想,需要在什么时机帮她脱衣服才合适。现在看来多虑了,她就那么自然地穿着内衣站在那儿挑逗地看着他,一脸的暗示。不需要再等待什么了,他感觉血在身体里快速地流动着,整个人就要燃烧起来了,他把她抱起来走进卧室,放在床上。他迫不及待地脱着衣服,一会他就一丝不挂了,她也在最短的时间内,脱去了仅剩的那点内衣。两人很快地纠缠着融为一体,既像一对分别已久刚刚重逢的情人一样,如饥似渴地从对方的身上索取着自己的需求,又像两个杀红了眼的对手一样,疯狂地想征服对方……

他正亢奋的时候,她突然用力把他从身上推下来。不等他反应过来是怎么回事,她已经骑在了他的身上,她不由自主地扭动着身体,像只发情的母猫一样叫着，她的脸也变得扭曲了，原来绑在两条辫子上的皮筋早已不知去向，头发杂乱地披在脸上，整个人好像完全失去了控制，现在唯一能支配她的大概只有情欲了……

他还未享受够她的激情，她又做出了让他无论如何都无法想到的事情。她竟然用嘴含住了他的关键部位，这让他大为震惊。她就像含着一支美味的冰糕一样津津有味，她所做的一切，完全像黄片里的那些动作，且是有过之而无不及。任他怎么努力也无法把她和那个羞涩的、扎着两条小辫子的、含苞待放的白玫瑰联系到一起。

尽管他在性方面是开放的，但是他仍然认为人的器官还是应该各司其职，如果真的是想寻求刺激，至少应该在洗得很干净的情况下才能勉强接受。他突然感觉胃部有点恶心，可是在她如痴如醉的运动下，胃部的不适很快被一阵强似一阵的快感取而代之，他终于坚持不住了，一泻千里……

完事后他们躺在床上连说话的力气都没有了，昏昏沉沉地一直睡到第二天上午九点多。卧室的门敞着，他睁开眼看见的是穿着白色连衣裙的、扎着两个小辫的、羞涩的白玫瑰，她坐在客厅的沙发上，在看一本书，很淑女的样子。他怀疑昨天晚上发生的一切是否是真的，是不是在做梦。再看自己仍然是一丝不挂地躺在床上，枕边还有一根很长的头发，证实了昨晚他们确实在这里战斗过。他忙穿好衣服走出卧室，想和她打招呼，却不知道该怎么称呼，这才想起来他连她的名字都不知道，有点不好意思地问："真对不起，昨晚我是不是喝多了？"

她抬起眼皮看着他问："怎么，后悔了？"

他感觉这个开场白差极了，太小家子气了，还不如女孩大方，一定不能让她瞧不起他，于是说："我求之不得呢，怎么会后悔？这应该算一夜情吧，你怎么看？"

她莞尔一笑，说："很简单，就像渴了需要喝水一样，只不过喝的是美味的果汁。”

他不解地问:“什么意思?”

她的表情像是问他是真不明白还是装不明白,他一脸的认真证实了他是真不明白,她解释说:“老婆是白开水,情人是味道不同的果汁,渴了只喝白开水就能解决生理需要。可是如果能喝到果汁,很少有人不喝,不管是苹果汁、橙汁还是西瓜汁。”

他认为她的比喻太形象了,他想说自己是单身没有老婆,没敢说。也不知道不说的原因是不是担心将来她会缠着他,像她这样的女孩玩玩还行,真要娶回家,可要慎之再慎,所以他调侃地问:“你属于哪种果汁?”

“这当然需要你来判断了。”

“我属于哪种?”

“西瓜汁,既好喝又解渴。”

他想说:“其实人在最渴的时候,还是喝白开水最管用。”可是没有说,因为说了有点太不解风情了。

他想问她的名字:“你一定有个很动听的名字,对吗?”

她一眼就识破了他的计谋:“动听谈不上,不过可以告诉你,陈露露,还需要电话号码吗?”

他感觉她不只是漂亮,而且很聪明,这不是他所希望的。绝大多数男人都喜欢只漂亮不聪明的女孩,这样才好把握。可是他却很想知道她的联系方法,很怕今天她走出门后,再也见不到她了。他用很诚实的眼睛看着她:“你如果愿意告诉我,我会感到很荣幸的。”

她很大方地把手机号码给了他,却没有要他的号码,也没有问他的名字,这让他很失望,现在想来刚才担心她会缠着他是多么荒唐。

后来他曾经试图联系她,可是一想到她连他的电话号码都不知道,也许打过电话去，她也听不出来他是谁，这可是他无法承受的伤自尊的事情。

现在他突然特别想和她联系，便试探着发了个信息："请你喝西瓜汁，有时间吗？"

她很快回过信息来："你是谁？从哪里知道我的号码？陪吃三百元，陪聊每小时二百元，过夜最低一千元。"

他的心里莫名地酸起来，没有想到她竟然是个妓女，他怎么也不愿意承认这样的事实，幻想着她也许是在开玩笑。可是她不知道自己是谁，怎么可能开这么大的玩笑呢？他还想努力使她能够回忆起那个美好的夜晚，希望她能够记起他，他又发了个信息："有没有不收费的情况？"

这是在提醒她，因为那个晚上她没要钱。

"当然有了。如果碰上我喜欢的人，我会付费的。"

她回的信息让他彻底绝望了，这说明她不仅没有想起他是谁，还说明她在那个晚上把他当成了和她同样职业的人，大概还在庆幸没有付费给他。

这对他来讲不是伤自尊的问题，而是受到了莫大的侮辱。做梦也没有想到自诩为情场高手的他，那天会栽在一个稚气未脱的女孩之手。

他继续翻着号码本，唐玉玲，一个让他动过恻隐之心的女人，她身高一米六八，身材匀称，长着一张典型的贤妻良母脸，脾气也很好，说话慢声细语的。无论是身高长相，还是脾气性格，诸方面的条件都表明她是做妻子最好的选择。

他记得和她第一次上床时的情景，她要了白色的浴巾铺在身下。完事后，浴巾上面留下了大量鲜红的血迹，向他展示着她的清白。可是他却很疑惑，刚刚他们在一起时，他毫不费力就闯过了她的封锁线，里面是一片广阔的土地，松松垮垮的，毫无刺激可言……要不是她及时默契地配合，他很难完成。

这次以后，他之所以继续和她来往，完全是因为她的温柔。她比他大两岁，习惯以他为中心，习惯无微不至地照顾他，有点像他的母亲，可是又少了母亲的絮叨，这点让他很受用。他们同居在一起，她从不主动要求那件事，可是他有要求时，她总会无条件地满足他。最可贵的是偶尔有女孩打来电话，她从不过问，俨然一副宽容大度的姿态，让他感觉在她身边生活可以为所欲为，很轻松，很愉快。

同居一段时间后，她怯怯地对他说怀孕了，他想也没想就说："打掉，我可不想那么早就当爸爸。"

她顺从地说："好吧，明天我就去医院做流产。"

听到她这样说，他突然动了恻隐之心。她怀孕是他的责任，她丝毫没有责备他，还要受皮肉之苦，他有点可怜她，安慰她说："明天我陪你去医院，以后我会注意的。"

"你忙你的工作吧，我自己能行。"

第二天早晨，他一到办公室就像往常一样先上网浏览一遍新闻。他又看到了香港某著名男星的绯闻报道，此男星自出道以来绯闻不断，最让人佩服的是他娶了一个识大体的老婆，无论每次绯闻的对象是多么难缠，都没有动摇过他的婚姻，他仍然能谈笑风生地面对媒体。大概很多有钱、有名气的男人都渴望能娶到这样的老婆，他也不例外。此时他突然意识到唐玉玲就是一个这样的女人，他真的应该珍惜她。和她在一起，她从未要求过他为她做任何事情，她总是一味地付出，一味地逆来顺受。虽然在性上他感觉有些不尽意，可是到哪里去找十全十美的人呢？再说，她从来都不管他和别的女孩来往，如果和她结婚，以后，他完全可以随心所欲地在外面拈花惹草，而且不必担心她会闹离婚。如果将来娶不到那么贤惠的女人，想再像以往那样潇洒可就比登天还难了，除非他一直不结婚。这样想着，他甚至考虑应该要那个孩子了，毕竟是他的骨肉啊，他三十岁，她三十二岁了，应该给她一个家了。现在赶到医院应该还来得及,他没有给她打电话,而是直奔市立医院的妇产科,昨天晚上他特别关照她要上市立医院的妇产科去做手术。他赶到妇产科门前,门没有关严,从门缝里看到了她的背影,对面坐着的医生正在询问她:“你流过几次产了?”

“三次。”

他惊呆了,站在那里简直不能相信自己的耳朵。

医生严肃地说:“你不能再做流产手术了,你的子宫壁已经很薄了,如果这次再流产,即使手术做得很好,以后也很难怀孕,就是怀上孕也很难保住胎,你懂吗?”

她没有说话。

医生建议说:“你还是回去和你爱人商量一下再说吧。”

唐玉玲走出妇产科的门,看见他就站在门前不远的地方像不认识她一样地看着她,她感到很意外,同时也明白了事情的严重性。她像是对他说,又像是自言自语:“我就知道你在乎这个,我才那么做的。”

她是在解释她买了廉价的处女膜贴冒充处女的事,其实她想不到他在乎的是她骗他这件事,实际上这两件事也没有多大的区别。他没有必要再对她说自己在乎的究竟是什么,他只说:“你明天到公司的财务部门去一下,我会给你补偿的。我还有事,先走了。”说完头也不回地转身走了。

他回到公司就安排财务开了一张十万元的现金支票,准备明天唐玉玲去时给她。

两天后财务部的出纳小林拿着现金支票到他的办公室说:“她一直没来拿。”

他找了一张纸,把唐玉玲的电话号码和地址写下来,递给小林,安排说:“办张十五万元的银行卡送给她。”

和唐玉玲分手快一年了，从来没有再联系。现在冬只想找个临时伴侣，解决生理问题，再联系她显然没有多大意思，再说和她在一起也不解渴。

冬已经从头至尾地看了一遍电话号码本，平时不爱看书学习的人常感叹"书到用时方恨少"，现在看来女朋友也像书一样，平时应该多积累一些才不会到用时方恨少。百无聊赖的他又重新翻了一遍电话本，只能利用这些有限的资源了。他的目光定格在采儿的电话上，他们是在游泳馆里一见钟情的，当然在那样的环境里能一见钟情，除了彼此容貌、体形的相互吸引，不应该还有别的直接原因。

相处以后，他才知道她是北京B大学文学系毕业的高才生。她坦率地告诉他，她一直和她的老总许垒同居着。她对爱情与婚姻的看法很有独到之处，她说："哪里有没有爱的婚姻，哪里就有没有婚姻的爱。"

听她这样说，他曾问她："是哪个名人说的名言？这么深刻呀。"

她回答："是名言，但不是名人说的，是我说的。"

他很喜欢她的真诚，他们经常利用许垒到美国谈生意的机会幽会。有多久没有和她联系了？应该是认识秦小溪以后就再也没有联系过。他立即拨了她的电话："最近忙什么呢？多久没联系了？也不想我。"

采儿在电话那边抱怨说："我都闲死了，是你忙！今天刮什么风想起我来了？"

他解释说："不是今天想起了你，而是从来就没有忘记你。"

"别花言巧语了，赶紧过来，我在家等你。"

他一下就兴奋起来了，却故意问："他不在家呀？"

"你弱智啊？"

他憋不住在电话里笑出了声。

连续一周，他一有时间就和采儿黏在一起，床上、地下、客厅的沙发上、卧室窗前的吊椅上、卫生间里、健身房里一切能够想到的地方，到处都成了他们寻欢的场所。

命运真是爱捉弄人，当他们沉浸在无限的欢乐之中时，他没有想到这套房子如此异想天开的整套设计方案竟是出自秦小溪的手。他曾问过她，房子是找哪里的设计师设计的，这么有创意，她回答说："他哥们介绍的一个女孩设计的。哼，那女孩挺清高的，一副不食人间烟火的样子，大概是那哥们的女朋友。"采儿也没有想到，那个女孩就是冬现在的女朋友秦小溪。

如果冬能追加一句："我女朋友也是搞室内设计的。"采儿也许会问他的女朋友是个什么样子的人，也许就能对上号。可是冬既没有说女朋友，也没有再仔细地问一下设计师的情况。所以，他们俩都无从知道设计师就是他现在的女朋友，这造成了不久以后尴尬的一幕。

在做爱以前，她没有忘记问他有没有不采取措施和别的女人上床。他知道她不是在意他乱来，而是担心会传染脏病。

他开玩笑地反问她最近有没有乱来。她说有时不是不想，而是实在怕传染脏病。她非常不喜欢男人用安全套，觉得那样做和自慰没有什么两样。

他们第一次在一起时，他曾打算用安全套，可是她不同意，她说她讨厌那玩意，一点真实感也没有，他当然更不喜欢用……完事后，她对他说了很多，在他之前她只和一个男人上过床，就是现在同居的许垒。有时她很痛苦，觉得命运对她很不公平，许垒很少有时间陪她，她经常独守空房。她除了有花不尽的钱，什么都没有。自从遇见他，她才觉得生命真正地有意义起来，直觉让她相信他的灵魂、他的身体都是干净的。她不能奢望他会娶她，不敢要求他能专心地爱她，更无法阻止他去爱别的女人，她只恳求他能在和别的女人在一起时注意身体安全，就算是为了她，为了他们今后能快乐长久地在一起。

他当时听了这段话，很惭愧，因为他的灵魂、他的身体都没有她想的那样干净。可是有一点是值得庆幸的，在和随便的女人上床时他都用了安全套。

有一次，她躺在他的怀里问："你说世界上最浪漫的事是什么？"

他不假思索地回答："最浪漫的事，就是和你一起慢慢变老。"

她轻轻地摇头："不，不对。"

"怎么不对？有歌为证。"他陶醉地唱了起来，"我能想到最浪漫的事，就是和你一起慢慢变老，一路上收藏点点滴滴的欢笑，留到以后坐着摇椅慢慢聊……"

"这有什么好浪漫的？一般夫妻很容易做到，只要他们不离异，能健康地活着，无论经历怎样的甜酸苦辣，都会随着岁月的流逝一起慢慢变老，不是他们愿意不愿意的问题，是不可抗拒的自然规律。等到老得哪儿也去不了，只能坐着摇椅慢慢聊了。"

"那你说什么是最浪漫的事？"

"对男人来讲，最浪漫的事就是一辈子只和一个女人上过床。"

他不解地看着她："你怎么会有这样的怪想法？"

"因为，即使是一个很优秀的男人，也很难做到一辈子只和一个女人上床。"

"男人绝大多数不像你想的那么随便，真的，比如……"他实在说不出口，比如他就不随便，因为他确实和很多女人上过床，只好说，"你应该知道'柳下惠坐怀不乱'的故事吧？"

"我怀疑柳下惠是性无能，或者是同性恋。"

他哈哈大笑："你太尖刻了，历史上可是真有其人，那时可没有时髦的同性恋。"

"我宁愿相信'柳下惠坐怀不乱'的'怀'，是槐树的'槐'，不是怀抱的'怀'。"

“差别很大吗?”

“当然了,一个男人坐在槐树下,没有对庙内躲雨的女人产生非分之想是可信的。可把一个女人抱在怀里,同坐一夜而没有发生任何事情,是绝对不可能的。”

“我服了你了,你的想法总是怪怪的。”

“我的好朋友找了一个男朋友,她很满意,总想和他亲近一些,可是他总是很羞涩,一点也不配合。知道我朋友怎么说她男朋友吗?”

“怎么说?”

“你以为你是柳下惠呀!”

“哈哈! 哈哈! 我怎么遇不上这么开放的女孩呀?”

“你这一辈子是感受不到只和一个女人上过床的浪漫了。”

冬和采儿这次重温旧梦,他清晰地感觉到,她动了真情,因为她问了他好几遍:“如果某一天,你结婚了,我们可不可以永远保持这样的关系?”

他尽量地回避这个问题说:“我还没结婚,怎么可能知道?”

她则一遍又一遍地央求着:“我保证绝对不破坏你的家庭,你只要在有时间的时候,偶尔地能来看看我,我就心满意足了,我不会要求太多的,好吗?”

女人一旦爱上是最可怜的事了,可惜没有哪个女人在爱上之前能认识到这个问题。

冬看到采儿的现状,最直接的反应就是一定要尽快地离开她,否则后患无穷。虽然他很喜欢她,可他不想娶她,因为现在和她同居的许垒,在北京也是小有名气的。完全可以想象出来,如果娶了她,某天和她在公共场所,一定会有人在背后议论:“瞧,他老婆,原来是许垒的情妇。”这是任何男人都无法承受的痛苦。

这次从采儿家里走时,他没有忘记告诉她早已编好的谎言:明天他要出差了，大概要过一段时间才能回来。

度假回公司上班的第一天上午，苏筱筱到杜大海的办公室里，向他递交了辞职信。他感到万分震惊，劝她再慎重考虑一下。

苏筱筱苦笑着说："这就是慎重考虑的结果，希望你能理解。"

杜大海仍然挽留她："你不要钻牛角尖，即使我们不能在一起，这里还有你的工作。"

"不要自欺欺人了。"苏筱筱说完转身要走。

杜大海上前挡住她的去路："无论如何，今天晚上我们一起吃饭再谈好吗？"

苏筱筱强忍着眼泪低着头："还是算了吧，你也很忙。"

杜大海的声音都颤抖了："求你了，也许这是我们最后一次在一起吃饭。"

"好吧。"苏筱筱用最快的速度离开了他的办公室，可是这速度仍然不如眼泪的速度快。

杜大海下午没有打电话向李淑惠请假，因为在电话里说不清楚，而是按时回家要当面向她请假，没有必要再撒谎了，因为苏筱筱就要离开他了。

一进家门，就看见餐桌上已摆满了热气腾腾的饭菜，他们之间有约定，只要在做饭的时间以前他不打电话，就视同他回家吃饭，这是近二十年的习惯了，而他却把这茬忘了。妻子热情地招呼他洗手吃饭，他很忧伤地说："今天晚上我不在家吃饭，苏筱筱要辞职走了，我要好好劝劝她。她真的对我们公司很重要，对我们公司的业务也很重要，她有很强的工作能力，很会喝酒，也很会唱歌，很适合谈国际业务。"

他们面对面坐在第一次他约她吃饭的那家西餐厅里，也像第一次一样一直沉默着，不同的是，这次是苏筱筱先打破了沉默："房子的钥匙我走时交给你。"

"你就是离开公司，房子也是属于你的。我早就说过那是你一年的工作报酬。"

"我不会要的。"

"噢，如果你确实不喜欢，我可以再变成现款，打到你的银行卡上。"

"随便你。"

"我们真的必须要分手吗？"

"差一点忘了，还有戒指。"苏筱筱说着从左手中指上摘下钻石戒指放到他的面前。

"我要它有什么用？不喜欢戴，随你怎么处置。"

"这个戒指，无论是款式还是尺寸对我都不合适，如果可以戴在无名指上，我会留下的。"

苏筱筱恰到好处地一语双关，就是希望杜大海能有所悟。如果他能想到她这是给他最后一次机会，只要他能把戒指戴在她的无名指上，意味着他可以娶她，那么她就会留下的。如果他听不懂，而单纯地理解成戒指尺寸的问题，或者是听懂了装不懂，她也不会因此而尴尬，说明他们之间的缘分已尽。

戒指应该是浪漫女人和多愁善感的女人最喜欢的礼物了，女人最希望她爱的男人送给她一枚戒指。最好是他亲自为她戴在无名指上，而不是其他的手指上，这表示她爱着的男人渴望娶她。哪怕直到最后这个男人也未娶她，至少他当时给了她希望，对女人而言没有比这更重要的了。

杜大海仍然不甘心地问："你真的这么狠心离开我吗？难道我就没有让你值得留恋的地方吗？"

“当我迷失在沙漠里时，突然发现前方有一片绿洲，我不顾一切地狂奔过去，走近了，才发现是海市蜃楼。”

杜大海不再说什么了，尽管苏筱筱的比喻有点过分，因为他们毕竟实实在在地爱过彼此，他们的感情不是虚幻的，可他无法给她婚姻也是事实，他还有什么可说的？

……

这顿饭因为彼此的心情吃得没滋没味的。

饭后，苏筱筱提议他们去唱歌，说他们对彼此的好感是从唱歌开始的，就让他们的爱在歌声中结束吧。女人总是这样，既然要分手了，还拖泥带水地恋恋不舍……

杜大海当然没有不同意的理由，更何况他也想多一些时间和她在一起。

在 KTV 包房里，杜大海先唱了一首《晚秋》：

在这个陪着枫叶飘零的晚秋
才知道你不是我一生的所有
……
怎么说相爱却又注定要分手
怎么能让我相信那是一场梦
情缘去难留
我抬头望天空
想起你说爱我到永久
……

苏筱筱深深地被歌声感染了，她选了一首最能表达她此刻心情的《哭砂》：

你是我最苦涩的等待
让我欢喜又害怕未来
……
宁愿我哭泣不让我爱你
你就真的像尘埃消失在风里
你是我最痛苦的选择
……
难得来看我却又离开我
让那手中泻落的砂像泪水流

唱到这里，苏筱筱已是泪流满面了，杜大海轻轻地把她揽在怀里……她继续如泣如诉地唱着：

风吹来的砂落在悲伤的眼里
谁都看出我在等你
风吹来的砂堆积在心里
是谁也擦不去的痕迹
风吹来的砂穿过所有的记忆
谁都知道我在想你
风吹来的砂冥冥在哭泣
难道早就预言了分离
……

歌唱完了，可是他们都沉浸在悲伤中久久不语，他们在细细品味歌词的同时，追忆着他们在一起的美好时光。想到分手后有可能再也见不到对方了，他们彼此默默无语地依偎在一起，既像一对初恋的情人一样含蓄，又像一对相濡以沫的夫妻一样默契……仿佛要把这一刻变成永恒。而时间是最公正的，永远恪守着自己的速度一秒一秒地走过，丝毫不会因为任何人的珍惜与否而改变速度……

屏幕上滚动着一首接着一首的歌曲，天亮了，正好播放到陈坤的《月半弯》，他们都没有拿话筒，跟着唱了起来：

那夜真的好浪漫
我带你去看月半弯
有点害羞却很幸福
这种感觉我很喜欢
让我温柔靠近你身边
你也紧紧陷入我臂弯
感觉爱情悄悄来临
纷纷扰扰与我无关
夜色中两人用渴望
眼神交换
原来恋爱现场感觉
不像想的那样主观
月半弯好浪漫
月光下的你显得特别地好看
月半弯我喜欢
有情有义有你还有甜
……

在第一段向第二段过渡的音乐声里，杜大海一手拿着话筒，一手仍然揽着苏筱筱说："让我为你唱一首只属于你的《月半弯》……"随着第二段音乐的响起，他动情地唱了起来：

今夜真的很伤感
你含泪双眼月半弯
虽然在笑却很痛苦
这种感觉让我心颤
让我最后靠近你身边
你也紧紧依偎我臂弯
感觉爱情渐渐离去
今生今世与我无关
夜色初凉人又渴望
眼神交换
只恨我们相遇太晚
爱的历程如此艰难
月半弯你的眼
曾经的一切只能烙印心里边
月半弯好凄惨
思念不因分离而冲淡

歌词是杜大海今天下午写的，如果苏筱筱不提议去 KTV 唱歌，他也会在送她回家的路上唱给她，他要告诉她，失去她对他来讲是件多么痛苦的事情。

苏筱筱不知道《月半弯》的词、曲作者是谁，也不知道是先有词后谱的曲,还是先有曲后填的词。不只是苏筱筱,恐怕这首歌的曲作者也不会想到,这么优美浪漫的旋律配上充满别离伤感的词,竟别有一番滋味和效果。

他们走出KTV包房,已经是早晨七点多了,杜大海认真地问苏筱筱:“我要怎么做,你才不会离开公司?”

杜大海原来想说:“我要怎么做,你才不会离开我。”话到嘴边,他认为不妥,才把“我”改成了“公司”。

苏筱筱反问:“你说呢?”

“只要你不离开公司,我什么都可以为你做,除了……”

苏筱筱毫不客气地接他的话说:“除了离婚。”

苏筱筱说这句话时面部表情冷得让杜大海感到陌生,不等他再说什么,苏筱筱便转身走了……

杜大海感到头昏沉沉的,没有心思去公司,准备回家先睡一觉再说。他一迈进家门,看见李淑惠坐在沙发上,便问:“上班还没走啊?”

李淑惠像没听见一样:“彻夜不归,你玩得开心吗?”

“你说什么呀?”

“我应该说什么?”

杜大海这才发现气氛不对,于是心平气和地对她说:“你听我解释……”

“有必要吗?我都明白,你还解释什么?”李淑惠一反常态,声音也高了八度,“你不是去劝她了吗?在床上劝,比在哪劝力度都大,对吧?你说的她对我们公司很重要,能不重要吗?她一个人等于好几个副总,你和她聊聊,就等于和好几个副总聊了,多省事呀。她不是对我们公司的业务很重要,是对你很重要,什么她有很强的工作能力,我看她是有很强的床上能力。还很会喝酒,也很会唱歌,根本就是很会卖弄风情,也很会勾引男人。还有什么很适合谈国际业务,我看是很适合和你上床。”

杜大海真佩服她的记忆力，昨天晚上，他很随便地一说，她都记住了，今天针对那些话再来攻击他。就连他从美国回来第二天撒谎说找几个副总聊聊，实际去了苏筱筱那里，她也记得一清二楚。原来不是她不知道，而是都记着，等到某天和他算总账，杜大海不得不佩服她的忍耐力，他无言以对。

李淑惠没有就此罢休，她越说越气愤："你每次和她在一起我都知道。为什么给你打电话？想唤回你的良心！你太过分了，竟然能想到带她和我一起去自驾游，把我当傻子一样看。你们算什么东西！吃着我做的饭，在我的眼皮底下眉来眼去的，连我洗澡的时间都不放过，这是人办的事吗？是畜生！"

杜大海想劝她消消气，又怕火上浇油，心想，她发泄完了，一切都会好起来，日子还是要过的，苏筱筱已经离开了，以后不存在令她气愤的事了。

李淑惠继续罗列着杜大海的所作所为："以前你还知道用心骗骗我，证明你多少还有点脸皮，有点良心，我还以为你有药可救。现在你连骗我都懒得骗了，你明确地告诉我你去找她，你整夜不归。"

李淑惠的声音几乎变成了尖叫："杜大海，我告诉你，我瞧不起你！为什么你不明说想和我离婚？如果你明说，我佩服你，证明你敢作敢当，你无耻到逼我提离婚。告诉你，我成全你，我们今天就去办离婚手续。"

杜大海没好气地说："我从来就没有想过要离婚，我和她以后不会有什么了，我们分手了。"

"你骗鬼去吧，如果你再想耍什么花招不离婚，我会到法院起诉离婚。你只要能丢得起人，我们就法院见。"

杜大海感到很意外，没有想到李淑惠会主动要求离婚，而且态度很坚定，根本无法挽回。他原想告诉她，苏筱筱已经离开了公司，他们以后连面都见不到。可是杜大海没有说，她对他和苏筱筱以往的感情了如指掌，而且有过之而无不及，夫妻到了这一步，确实很难再在一起过了。

下午杜大海和李淑惠办了协议离婚手续，李淑惠只要了她名下的存款、基金和股票，有两三千万，对公司几百个亿的净资产，以及他们在上海、深圳等地的房地产不屑一顾。并不是她不了解他们拥有这些财产，当杜大海要再分给她部分存款和一半的房地产时，她毫不计较地对他说："钱再多有什么用？花不了等于废纸。我将来也不可能到别的城市去生活，那些房子对我没有意义。"

几个月以前，他因撒谎，差一点失去了苏筱筱，因为苏筱筱口口声声说："最不能容忍的缺点是撒谎。"可是今天早晨他没有撒谎，苏筱筱果断地离开了他。试想，如果他对苏筱筱说，他会离婚的，让她再等一段时间，也许她会留下的。女人真的好复杂，最不能容忍撒谎的，关键时候想听的是谎言。

李淑惠更让他费解，一直知道他在骗她，却能承受，等到一切都过去了，不设防地对她说实话时，却再也无法忍受了。

因为实话实说，杜大海在不到十二个小时的时间里，失去了两个女人，一个是妻子李淑惠，一个是情人苏筱筱。

第二天早晨，杜大海刚刚坐到办公室的老板椅上，秘书敲门进来了，手里拿着一个封了口的牛皮纸信封："杜总，苏筱筱昨天下午走的时候，托我转交给你的。"

杜大海等到秘书出去后，他撕开了信封，一张 A4 纸，包着三个钥匙，纸上写着：

"原想把房门钥匙直接交给你，我乘今天晚上的飞机，现在看来时间不允许了，只好托秘书转交，我没有对秘书说是什么东西。"

杜大海看着手里的纸，一个连称呼和落款都没有的便条，闭上了眼睛，两大滴泪水淌了下来……现在他和苏筱筱至少是在两个城市里，甚至可能是在两个国家里……

人生中确实有太多的出乎意料，杜大海想不到他会离婚。昨天下午离完婚如果他能给苏筱筱打个电话告诉她,也许一切都可以挽回。如果他能去公司一趟,即使见不到苏筱筱,他也能看到那个便条,他能知道苏筱筱是晚上的飞机,他可以到飞机场送她,也可以到飞机场挽留她,一切都来得及说和做,现在一切都晚了……

晚上,杜大海回到苏筱筱的家里,看到房间内没有任何变化。他急忙打开衣橱门,她穿过的那些衣服都挂在衣架上,和衣服搭配的一些饰品也放在原处,内衣整齐地叠在一边……

关上了衣橱门,环顾四周,梳妆台上仍然摆放着她常用的化妆品和香水……一切如她在时的样子,她没有带走任何东西。他幻想着,也许她根本没有走,只是因为心情不好,出去散心了,不久就会回来的。

梳妆台上的香水瓶下面压着一张 A4 纸,上面的留言让他的幻想彻底破灭了。

"这里的一切都有你的印记,我无法带走它们,如果你想卖掉房子,就把钱打到建行的银行卡上吧,卡号是……"

杜大海决定留下房子,包括里面的一切物品,这里到处是她的影子,余生他只能靠回忆来释放自己对她的思念了,他会尽快把相当于房款的现金打到银行卡上。

杜大海向苏筱筱留的银行卡号上打款时,才发现那张银行卡正是一年前他用自己的名字为苏筱筱办的。想到她分手后还习惯用着那张卡,他的心里暖暖的。

以后的日子,独身的杜大海经常到这里来回味和苏筱筱在一起的那些日子。某天,他躺在床上以往常躺的那个位置,恍惚之间,好像闻到苏筱筱身上所特有的一股自然的香气。于是他把苏筱筱用的枕头抱在了怀里,这时他看见枕头的下面压着一个白色的信封,上面写着:杜大海收。

他立刻放下枕头,拿起了信封,信是封了口的,里面是一张建行的银行卡和一封信，一看银行卡的卡号，正是前几天他才打过款的那张。

他展开了信：

我和自己打了个赌，就是赌你会第一个读到这封信，而且看到这封信的时候，你没有打算卖房子，可已经把房款打到了这张银行卡上。我赢了，对吗？

和你认识以来，你让我有太多的想不到，虽然结局是我早已经想到的，可我仍然幻想着结局也是我想不到的……

因为和你在一起的那些日子里，你曾经带给我许多想不到的惊喜和感动……

最重要的想不到是我情不自禁地爱上了你，一直幸福地沉浸在你所制造的众多的想不到之中，却从未制造过哪怕是一次的想不到给你。呈现在你面前的一直是最真实和自然的我，一个丝毫不会掩饰自己的情感，又不能受一点委屈的平淡无奇的女孩，让你失望了吧？现在我们分手了，我还有一次机会为你的妻子做点什么，拜托你把这张银行卡送给她，算是我曾经伤害过她的一个补偿吧，祝你们白头偕老。

如果这封信，是别人转交给你的，我断定那也一定是一个与我不相干的人，因为你不可能委托朋友或者是你我的同事去处理房子的事情。一个我不相识的人，看到这封信后，能知道我是怎样无奈地爱着你，我输也输得欣慰。不知道在这最后的时刻，我是不是制造了一个小小的想不到给你？

杜大海看完了信，体会到了苏筱筱的良苦用心，原以为她会收下他打的那笔款，如果是那样，他多少心安一些。而她却直接把银行卡留下了，并且让他转交给妻子。

她是一个怎样的女孩，其实他早就应该想到的。爱的时候可以接受一切，钻戒、房子。可是，她不是因为这些才爱的，不爱的时候，她当然什么都不会要的。

此刻，杜大海最想做的是给苏筱筱打电话，他习惯地按在“9”的快捷键上，虽然他明白这是徒劳的，这个号码早在他向银行卡上打款的那一天就停机了。

他重又拿起信来，试图从这封信里找到可以联系到苏筱筱的办法，没能如愿，却发现了信的背面有几行字：

世人笑我痴
飞蛾扑火般爱上你
你笑我痴
无怨无悔地爱上你
我笑你痴
注定无缘却要等来世

不难想象苏筱筱写这封信时的心情，杜大海真切地感觉到，他永远失去了她。

冬平静了几天自己的情绪，没有忘记和秦小溪联系，因为秦小溪才是他真正想娶的人。

某天，秦小溪到冬公司的办公室里去找他商量事情，她没有敲门，随着他们关系的逐渐密切，近来她已经省去了敲门的程序。开门的一瞬间，秦小溪简直不敢相信自己的眼睛。一个女人背对着门，坐在冬的办公桌上，手还搭在他的肩上，很亲密地说着什么。大概是听见开门声，她立即从桌子上下来，转身看进来的人，这一看不要紧，她们同时认出了对方是谁。

秦小溪想不到冬竟然和采儿这样品位的女人搅在一起，而且关系还很暧昧。

采儿以为秦小溪也是冬随便的女人之一，没有想到秦小溪现在是冬的未婚妻，他们已经开始商量结婚的细节了。她只想到冬最近一直躲着她，原来是因为这个曾经伤害过她自尊心的女人，新仇旧恨一起涌上心头。她挑衅地看着秦小溪说："以前，我真是高看你了，以为你有多清高，现在才发现，你比我干净不了多少……"

秦小溪呆呆地站在那里，冬立即站起来阻止采儿说下去。虽然他不知道她们为什么会认识，可她们之间以往有过节是一定的了，他也不敢解释说秦小溪是他的未婚妻，怕刺激到采儿会说出更过分的话来，只好让采儿先回去。可是采儿不罢休，她认为冬不公平，为什么不让秦小溪先回去呢？冬以命令的口气说："你给我立即出去！"此时，他要做的最关键的事情是向秦小溪表明他对采儿的态度，以证明他和采儿不是秦小溪想的那种关系，来挽回他和秦小溪的关系。至于采儿那边，可以以后再慢慢解释。

采儿很恼火地向门走去，越想越气愤，冬为了秦小溪竟然这样对待自己。她要报复秦小溪，她回过头来大声说："冬，你告诉她，在吊椅上做的感觉好极了！"然后是一阵哈哈大笑。

冬脸上的表情尴尬极了。

这一切都看在秦小溪的眼里，采儿和冬的关系再明了不过了。不知道为什么，她没有感到痛苦，好像这一切都在意料之中。她平静地对笑着的采儿说："你不必走了，是我走错了门，我怎么可能认识他？他是一个认为有钱可以买到一切的人，他需要找一个为了钱可以出卖一切的人。"秦小溪说完头也不回地走了，冬撇下站在那里发呆的采儿，不顾一切地追出门去，拉住秦小溪想解释:“其实不是你想的那样……”

秦小溪连看都不看他一眼地继续向前走。

冬仍然努力着:“你听我解释……”

秦小溪打断他的话:“我应该相信我的眼睛和耳朵,还是应该相信你的嘴巴?”

冬只好放秦小溪走了。

冬回到办公室,看到采儿还不知所措地站在那里,用手指着她愤怒地说:“都是你干的好事！这下你满意了!”

采儿不屑一顾地说:“不就是一个女人吗？至于发那么大脾气？就这样的,赶明我给你介绍一打。”

“你知道什么呀！我和她近期就要结婚了。”

“哈哈！哈哈！没想到歪打正着,该她倒霉,早知会有今天,当初她就不该惹我。”

冬这才想起来问:“你们怎么会认识的?”

“告诉你,我现在住的房子就是她设计的,巧吧?”

“啊!”

采儿还说了那次不愉快的饭局,为了感谢秦小溪的设计,特意让许垒安排了个场合,请他哥们和秦小溪吃饭。她主要是想通过吃饭认识一下这么有才气的设计师是一个什么样子的女孩,交个朋友,以后空虚时也好有个闲聊的对象。没想到秦小溪很不给面子,他哥们先是说秦小溪没有时间。后来,来是来了,却很别扭,好像他们都该了她什么似的。尤其是秦小溪看她的眼神,完全是鄙视的、不尊重的,好像她是一个肮脏的除了陪男人睡觉什么都不会的妓女一样,说话的语气也充满了敌意。这大大地伤害了她的自尊心,要知道她也是B大学文学系毕业的高才生,论知识、论容貌她都不比秦小溪逊色。秦小溪凭什么瞧不起她,何况她还特意多给了她一万元的设计费,她不仅不感激还这么过分，让她心里很窝火。

那次吃完饭，夏和秦小溪走出酒店的门，隐约听见从后面传来采儿不满的声音："她以为她是谁呀，有什么了不起的。"

夏说秦小溪刚才对采儿有些过分，弄得他在朋友面前挺没面子的，毕竟采儿还多给了一万元的设计费，笑话秦小溪为什么和钱结仇。秦小溪当时很不满地对夏说："本来不想来，是你硬拖我来的。从骨子里我就瞧不起她这样的人，看她那轻浮的样子，不就是傍一大款吗？庸俗不堪。"

冬绞尽脑汁地在想，怎么向秦小溪解释，无论如何他都要编一个很符合情理的谎言来说明自己是清白的。对了，就说是某一天采儿请他去家里吃饭，不行，她为什么会请自己吃饭，要有理由。那就说是她过生日，也不行，他为什么要为她过生日，说明他们以前就认识，必须得找一个他去她家能说得过去的理由。冬叹了口气，最糟糕的是那天采儿说的那句话："冬，你告诉她，在吊椅上做的感觉好极了！"然后是她的哈哈大笑。谢天谢地她好歹没说出是"做爱"而只是说的"做"，还给他稍微地留了点余地。不过现在解释在吊椅上做什么，也是件有难度的事情，何况当时采儿的表情已经很清楚地说明了一切。冬很希望秦小溪当时没有听懂，最好也没有看懂采儿的表情，如果她能把"做"理解为"坐"该多好啊。不过秦小溪再笨，也不可能相信冬去采儿那里，只是为了坐在吊椅上荡秋千，就会感觉好极了，他又不是三岁的孩子。现在看来解释清楚了上她家去的理由还不行，还要解释清楚吊椅是怎么回事。冬从心里感到，靠撒谎瞒过一个事实是多么不容易的一件事情。

冬想来想去，决定向秦小溪承认他和采儿有过关系，不过只有一次，最好说成是采儿设计勾引的他，他是无辜的。如果秦小溪相信了，也许秦小溪会原谅他的。

第十三章
秋的日记

秋已经病得很重了，医院要求二十四小时有人陪床，主任和他们商量如何安排。李文静建议说大家都挺忙的，白天由她陪，晚上几个男同事轮流陪。除了她，白天大家都可以正常工作，这样不会耽误太多的工作。秦小溪和乔丽丽都说可以和李文静轮班护理，李文静却说，不用了，需要的时候再说。主任说临时先这样，秦小溪和乔丽丽正常上班，陪床的男同事第二天休息半天，其余时间都正常工作。

几天后的上午，秦小溪和乔丽丽买了一束康乃馨，还有水果和一大包营养品，一起去了医院。可是她们连病房的楼都没能进去，就被看门的人挡在病房楼的门外，并被告知：现在不是探视时间。

可她们明明看见，身边就有人进去了，乔丽丽质问："为什么他们可以进去？"

看门的人不耐烦地说："人家是陪床护理的，下午三点到四点是探视时间，其余时间一律不行。"

乔丽丽不服地说："我们也是护理的。"

那人更加不耐烦地撵她们了："快走吧，别捣乱，下午再来。"

她们只好回去了，回办公室的路上，乔丽丽说："他怎么知道我们是来探视的？"

秦小溪说："这还不简单？因为我们拿着鲜花呢。"

于是她们决定下午再去。

下午去医院之前，秦小溪接到了冬的电话。那是冬经过几天的冥思苦想终于编好了的故事，他一刻也没敢耽误，就拨了秦小溪的手机。电话响了很长时间，秦小溪接了起来，冬说："我们好好谈谈，行吗？"

秦小溪冷冷地回答："没有必要了。你哪天有时间，我去把放你那里的衣服拿回来。"

"你应该听完我的解释，再做决定也不晚。"

"我不想听，分手吧。"

"你必须要听，至于听完后你怎么决定，我都认了。这样吧，我开车过去接你，我们回家再说。"

秦小溪同意了，她一天也不想拖，必须马上把自己的衣服拿回来，再也不想和冬有任何的来往了。况且她也想让冬明白，她要果断地、不留任何余地地和他分手。如果她不去，冬一定还会再找她，她可不想在这件事情上再耽误时间了。

秦小溪对乔丽丽说："我正好有点事情，你先去医院吧，和秋说一下，我临时有点事没能和你一起去，等哪天下午我再去。"

回到家后，冬按照他事先准备的讲了起来："我和采儿的男朋友是很好的朋友，她男朋友去美国出差了，我不知道。那天晚上她给我打电话，说家里有点活让我过去帮忙，我想也没想就去了。去了后，她说先不急着干活，给我冲了一杯咖啡。我不知道咖啡里下了药，一口喝了下去，不一会我就迷糊了。我听见你在她的卧室里叫我，走进卧室一看，你就坐在吊椅上一丝不挂，冲着我笑，真的，我看见的就是你，所以我和她……可是就那么一次。我真该死，为什么要喝那杯咖啡呢？否则无论她怎么勾引我，我都不会上钩的。真的，我敢发毒誓，如果我骗你，让我马上变成一只狗，让我下辈子还做狗，你能原谅我吗？”

真是难为冬了，连毒誓都发了，不过，他没敢发毒誓说：“如果我骗你，让我出门被汽车撞死。”因为他就是骗她了，他怕真的被汽车撞死了。他当然不怕会变成一只狗，因为那是绝对不可能的事情。至于下辈子，谁还管那么远啊？

真是“宁可相信白日有鬼，也不要相信男人那张破嘴”。

可以说，故事听起来有一定的可信度，但是秦小溪的心里明白她和冬分手主要并不是因为这个，这件事情只是在一定的时机为她提供了一个分手的借口。真正分手的原因，是她的心里一直放不下春，尤其是在面临结婚的时候，春在她的心里更加清晰了。那天到冬的办公室里，就是想和他谈谈推迟结婚的事。

秦小溪听完了冬精心编的故事，没有说什么，而是很平静地走到衣橱边，打开衣橱门，把自己的衣服装进随身带来的大布包里，又转身到卫生间的洗面台上去拿洗漱、护肤品。冬一直跟在她的后面，看着她做这一切，仍然不放弃地说：“我要怎么说，你才能相信我？”

“信与不信都不重要了，分手吧，真的。”

“你不能这样对我，我也是无辜的，我不同意分手！”

“我已经听完了你的解释，至于听完后我怎么决定，你都会认的，这是你说的。”

“可是……”

冬还想解释什么，被秦小溪打断了话，秦小溪说："我们不合适，不全是因为这个，真的，我们根本就不是一类人。"

冬无话可说了，没想到一段恋情的结束比撒一个谎还要简单。从上高中开始到现在，他经历了无数次恋情，除了那次一夜情，这是唯一的一次由对方先提出了分手。

乔丽丽从医院回来，事无巨细地和秦小溪说了她去看秋的全部过程。她说一进门，秋原来是躺在病床上的，李文静坐在床边的凳子上，秋突然地从床上坐起来看她，同时很紧张地向她的身后张望。过了一会他才平静地躺下来，好像他已经没有坐着的力气了。他的脸瘦了很多，颧骨很明显地突出来，眼里是那种空洞洞的茫然，原来的帅气一点也没有了。

她说看到秋的现状，她感觉心里酸酸的，都不知道该说什么安慰他。李文静关心地问起了最近单位的情况，问最近有没有接到大量的设计活，说她盼着秋赶快好起来，好出院，说好久没有到办公室去了，挺怀念那些加班的日子了呢。她还笑着问秋她说得对不对，他是不是也想工作了。其实她觉得李文静是在有意转移话题、放松气氛。

她简单地和李文静说了几句，又对秋说了她和秦小溪今天早晨来过一趟，可硬是被看门的挡在外面没能进来，下午秦小溪临来时有点事没能来，还告诉秋那束康乃馨和两铁桶进口奶粉是秦小溪买的，过两天秦小溪再来看他。不知道为什么，在听她说话的过程中，他突然又坐了起来，并且很紧张地看着她，好像她讲的是很可怕的事情一样。她很纳闷他的情绪变化，不知道自己究竟说错了什么。

她陪李文静又坐了一会，她几乎不敢说话了。刚好医生过来做例行检查，检查完后把李文静叫了出去，她只好等李文静回来再走。

李文静出来送她时，她问了秋的病情，李文静很忧伤地说："医生说他的病情很严重,该通知他的亲人了。另外注意不要刺激他,他刚才的情绪很不稳定,希望尽量不要常来人探视,尤其是他不想见的人来探视,对病情很不利。”

乔丽丽说完后,仍然有些不解地问秦小溪:“我仔细地想过,我没有乱说话。就是说了我们上午去了一趟,没进去,下午你有点事没能去,以后你再去看他,他为什么会紧张呢?”

秦小溪有些不相信快言快语的乔丽丽:“你确定没说别的话?”

乔丽丽想了一下又说:“我还说了那束康乃馨和两铁桶进口奶粉是你买的,除此之外我真的什么都没说。”

秦小溪从乔丽丽的叙述里不难分析出,秋的紧张是因为她。据乔丽丽说他的紧张,第一次是紧张地向她身后张望,大概应该是看她有没有去,她没去,所以他平静下来了。第二次是听到乔丽丽说她下午临来时有点事没能来,过两天再来看他,他应该还是担心见到她。

秦小溪百思不得其解,他究竟为什么不愿见到自己。可能是因为他翻她的抽屉被她看见了,除此之外再也没有别的可以解释过去。可是她从来就没有怀疑过他翻她抽屉有什么不可告人的秘密,这件事也从未对任何人提起过。他为什么一直那么在意这件事情?好像是一件很耻辱的事情,难道他当时真的是在找她的设计方案吗?他怕看见她再勾起那段不光彩的记忆吗?

秦小溪想,既然秋那么怕看见她,不管是因为什么原因,最近她都不应该去医院。还好,东西已经由乔丽丽带去,心意她也表示了,等他身体好一些再去吧,也许不久他就康复出院了。

几天后,乔丽丽又去了一次医院,回来时说秋已经处于昏迷状态,他的妻子也陪在那里。乔丽丽哭了,她说到现在才知道秋是肺癌晚期。他一直不让医生对任何人说,李文静也是医生要求她尽快通知家属来处理后事时才知道的。

秦小溪有些坐立不安,她无法相信秋会是肺癌晚期。她一直很相信自己的直觉,她曾经以为根本不需要去医院看他,他只是因为高烧引起的肺炎住院,这是一种很常见的病,他很快就能康复出院,很快就能像以前一样地工作。而且她还想到了大家一起聚会庆祝他出院的一些细节,她一定会出几个他猜不出的谜语,让他多喝几杯,这次生病他耽误了不少酒……她还想到了关于他的许多许多……

眼前的现实和秦小溪以往的直觉相差甚远,秦小溪决定,无论秋怎么不愿意见她,明天她都要去医院看他。

秦小溪和同事们赶到秋的病床前,秋已经离开了人世,他的手还攥在他妻子的手里,他妻子跪在床前,泣不成声地哭着,李文静流着泪站在秋的床边。秦小溪怔怔地站在那里,眼泪是情不自禁流下来的,她至今也不相信人的生命怎么会如此脆弱,一个月以前还在上班的秋,现在居然永远地离开他们了。

秦小溪不断地擦去流在脸上的泪水,她的目光一直停留在秋的脸上,她突然看见秋睁开了眼睛,满眼都是泪水地看着她。她不顾一切地喊:“你们看,秋没有走,他睁开眼睛了。”

大家忙看,他们谁都没有看到秋睁开眼睛。站在一边的王哲过来安慰秦小溪说:“你可能太伤心了,是幻觉。”

秦小溪不相信王哲说的话,刚才她明明看见了,为什么他们都看不见!

李文静帮秋的妻子整理了秋的遗物,在整理过程中她发现了放在抽屉里的一本日记和两封信。当时他妻子正在低头整理衣服,李文静把信和日记都藏进了自己随身带的小皮包里。因为她看到那两封信的收信人分别是她和秦小溪,她猜测日记本应该与信有关。

当天，李文静就把属于秦小溪的信给了她。信是封了口的，秦小溪忙打开信封，里面只有两页纸，写的是两首诗和一小段文字：

春风

你带来一个复苏的三月
让燕莺在红枝绿柳上飞过
我不再寂寞
意匠别具给湖水一个惊喜的闪动
乱花飞絮放逐思念在海天间奔波
情愿只是幻觉
迷惑水天一色
莫负如此春色
离愁灰飞烟灭
去染红雪色苍白的角落

等待

我走过秋天
等着一片雪落
你匆匆走过
从不顾季节的萧瑟
现实不是梦想的生活
在我的世界里
开始了梦与爱的交错
始于梦的边缘
到达爱的沙漠

永恒是星星的誓言
远远地挂在天边
你天真地笑说
何必停泊
　时间没有颜色
　　才会让你记不起我
　明天还会有雪
白了执着

我不明白为什么我是冬天出生的,爱我的母亲给我取“秋”的名字,你知道“秋”加上“心”就是“愁”吗?直到现在才明白,到了生命的尽头,永远不会再有烦恼,远远地母亲在召唤我。

秦小溪匆匆地看了一遍,纳闷秋为什么会写两首诗和那段话给她。她又从头至尾地仔细看了一遍,她发现第二首诗的最后五行是错开的,而且每行的第一个字呈对称排列,她突然发现五个字是“何时才明白”,她终于明白了秋原来写的是两首藏头诗。

《春风》写的是:“你让我意乱情迷,莫离去。”

《等待》写的是:“我等你从现在开始到永远,你何时才明白?”

同样道理,那段话写的是:“我爱你直到永远。”

看懂了秋留下的信,秦小溪同时明白了一个她无法承受的事实。那就是秋一直暗恋着她,而她毫无感觉,最过分的是他躺在医院里直到离开人世近一个月的时间,她没能去看他一眼。她无法想象他是以怎样的心情离开的,她更想不到不久以后,她看到了秋的日记……

日记是李文静给她的,她说:“我考虑了很长时间,认为还是应该让你明白一些事情,还是应该把属于你的东西还给你。这本日记是秋写给你的,在给你之前只有我读过,我曾经想毁掉它,让它成为永久的秘密,我也曾经想把它珍藏起来,成为我心底的秘密。我真的好想他,我怕他的愿望实现不了,他的在天之灵得不到安息。无论我有多么痛苦,只要他能安息,我就愿意为他做一切。你会明白这本日记对我来说意味着什么,你能理解我为什么不愿意给你,而又不得不给你。”

李文静伤心地讲了秋离开人世前的一些情景……最后她无法控制自己的情绪,哭了起来:“我真傻,真的,那时他总盯着铁桶奶粉看,我竟然以为他的身体好转了,他想喝奶粉……想不到他是因为……”

秦小溪打开了秋的日记:

我在这家设计公司工作一年了,从大一开始打工到现在省吃俭用也有了一定的积蓄。这点钱对于城里的人来讲也许太少,可是对于到现在连火车都没见过的玉兰姐来说将是个很大的惊喜。

我把手头上完成的设计方案交给主任,并向主任请好假,准备回老家和玉兰姐结婚。

“结婚”这个词语,在我的脑海里一直很模糊,甚至模糊到我不想面对,我害怕面对。可是我知道有一天我必须面对,这是五年前我对玉兰姐的承诺。尽管玉兰姐的容貌在我的脑海里已不是很清晰,也无法想象她现在是个什么样子,我二十三岁,还不知道爱情的滋味,真的不想那么早就结婚。可是,我知道我对她来讲意味着什么,我知道一个二十六岁的未婚女人在农村意味着什么,我知道人要有良心,人要讲信用。

火车慢吞吞地前进着,要一天一夜的时间才能到离我们村还有二百多公里的县城,从县城到我们村现在也不知道要再倒几次车。我手里拿着一本书,许久没有翻页。从离开家乡到北京上大学至今已经五年了,我一次也没有回去过,大学四年是因为路费太贵,放假还要到处打零工挣学费。毕业以后,工作很忙,也没有空暇回去,不过工作以后,我给玉兰姐汇过一次钱,也写过一次信。玉兰姐很快回信说以后不用汇钱了,现在家里比以前好过多了,父母都很想我,希望我能回去一趟。

我想玉兰姐在写回信时,一定掉了很多的眼泪,因为信纸上到处是湿了又干的痕迹……

想到玉兰姐,我就心酸,立刻又写了一封信,告诉她,近期安排好工作,我就回去和她结婚。

这次回信快一个月了才收到,我还以为是邮局耽误了。接到信后,我发现这封信只有一页纸,内容很短:

“家里一切都好,勿念,以工作为重,我可以等。”

不算标点符号,连二十个字也不到,字比以往潦草许多,正常的写字速度连一分钟也用不了,可是我不知道她究竟用了多长时间,因为信纸上到处都是泪迹斑斑……我看了信下面的日期,信确实是最近才写的。

我从未见过我的父亲,记得我曾经一再问过母亲这个问题,母亲总说父亲去了很远的地方。母亲在我六岁的时候因突发心脏病永远离开了我,邻居也就是玉兰姐的父母收养了我,后来我才知道母亲有先天性心脏病,她在健康的时候就把我托付给了邻居。

我和比我大三岁的玉兰姐一起上了学,上小学的时候,上学放学的路上她总是牵着我的手。

上初中的时候,学校离家比较远,都是早晨就带好了午饭,中午在学校吃饭，她总是把她的那一份再分出一部分给我吃，偶尔每人能分到一个鸡蛋，她总说自己不爱吃，让我吃两个。说我正是长身体的时候，需要。有一天午饭时，我感觉特别饿，她把她的那份几乎全给了我。下午，我看见她趴在学校院子里的自来水管上喝了很长时间的凉水。那时，我们仍然一起上学放学，多是我在前面走，她在后面跟着。

上高中的时候，我们开始各走各的了。我们的成绩不分上下，都明白学习是我们唯一的出路。开学第一天看到的情景，我永远也不会忘记，教室后面的黑板上，白色的粉笔重重地写着：

知识改变命运！

不要忘记你是农民的孩子！

黑板边，一张陈旧的桌子上赫然放着一只皮鞋、一只草鞋，那时值日生的值日内容包括擦亮那只皮鞋，两只鞋随时警示着我们。

三年的高中时光，在一千多个早出晚归、挑灯夜读的勤奋中流走了，决定命运的高考即将来临。

就在去考试的那天，玉兰姐发生了一个近乎荒唐的意外。在我们上学的必经之路有一段山坡，山坡的边缘是用石头堆砌的，离山坡边的山沟有近两米的高度，这段山坡的路并不窄，足够四个人并排走。而她从山坡的边缘失足掉了下去，左脚腕摔成骨裂。她没有参加高考，并拒绝上医院治疗，而是找了本村的老中医贴了几次膏药。

事发之后，我不知道该怎样面对她，我感觉她是故意跳下去的。因为前几天我无意中听到父母在低声商量，说只能供一个人上大学，如果都考上该让谁去。那天放学回来时，我远远地看见她站在石头的边缘往下看了很久。

这一直是我心里最痛的秘密，接到北京C大学入学通知书的那一天，我拉着她的手，深情地看着她："等着我，我会回来的。"

她回避着我的眼神，羞涩地低下了头。那时我就在心里发誓，我要用生命和一生的时间来报答她。

离开村子的那一天，她一直把我送到汽车站，在半个多小时的等车时间里，她的眼里始终闪着泪花，却什么也不说。车就要开过来时，我坚定地对她说："等着我……"

她使劲地点着头……

车已经开出去很远了，我仍然回头看着她，她站在那里一动也不动……直到我什么都看不见了……

在大学里，我同宿舍的同学，讲了一个发生在他们家乡的真实故事：兄弟两人年龄只差一岁，他们同年一起考上了大学。而他们家很穷，只能供一个人上大学，哥哥的身体弱一些，弟弟的身体好。母亲全面考虑，觉得应该让哥哥上学，弟弟也同意。可是哥哥提议抓阄比较公平，哥哥做了阄，母亲做证人，哥哥先拿了一个，弟弟拿了剩下的一个，展开一看是"去"，与此同时，哥哥说他抓的是"不去"，并拿着阄走了。母亲不放心，偷偷地跟在后面，看见哥哥在抹眼泪，并把一个小纸团扔到了干草垛边上，母亲悄悄地走过去，捡起来展开一看，也是"去"……

听完故事，我泪流满面……同宿舍的人说我像女生一样多愁善感。他们哪里知道，就在前不久，我亲历了比这凄惨十倍的事件，我的眼泪是积欠玉兰姐的，那个为了我能上大学不惜自残的人……

许多次，面对她我强忍着……把眼泪咽回去……我终于可以哭出来……而不必担心被她看见……

一个月的婚假过去了，上班第一天我给大家分了喜糖，给主任送喜糖时，顺便问了一下我走时设计的方案客户是否满意。主任告诉我客户用了你的方案。我没有感到意外，因为本来我就没有花费太大精力，这时我才知道我又多了一个新同事。

第一次见到你，我的心狂跳不已，从来没见过如此美丽的女人，不，准确地说是美丽的女孩。你的皮肤白皙如煮熟的蛋清，眼睛很大，又黑又亮，眉毛细长却不弯，和眼睛很协调，嘴唇是自然的淡红色，唇线很柔和，这是一张完美的没有经过任何人工修饰的脸。你的手在键盘上敲打着，手白嫩得像葱白一样，十指纤细，让人感觉你不是在打字，而是在弹钢琴。

我走过去，你站了起来，你的身材娇小，凹凸有致，穿着浅粉色碎花及膝的连衣裙。这一刻我的大脑出现了空白，我已不记得当时我说了什么，是怎样语无伦次，只记得你的声音也令我陶醉，我以最快的速度逃离了。

在以后的日子里，无论晚上加班睡得晚，还是因为想你而失眠，早晨，都会在你之前赶到公司，只为能够看见长发飘飘的你从我的面前轻盈地划过，每天的这一刻，我都会激动不已。

你是上帝送到人间的天使，而这个天使又在瞬间扎根在我的心底，溶进我的血液，并随着血液遍布全身。我无可救药地爱上了你，不知道这是上帝对我的恩赐还是惩罚。

但理智告诉我：我没有权利也没有资格爱你，可是我又不能控制自己不去爱你。

在因为思念而无眠的深夜里，我也曾想过，如果没有结婚，我会不顾一切地追求你吗？如果你早来公司一个月，我会结婚吗？

然而现实毕竟是现实，现实中没有如果，我也只能默默地无望地爱着。

庆幸的是你一点也没有觉察到,这丝毫也不能怨你。世上有哪个女孩能想到一个才度完蜜月回来的新郎会在瞬间爱上自己?未免太离谱了吧。又有哪个女孩会相信和接受这样的爱情?

在工作不忙,无须加班的双休日,我度日如年,魂不守舍。有时会到你租的房子附近去溜达,渴望能够见到你,哪怕只是看一下你的背影也很满足。

你的住址是下班后跟踪你的收获。有时,在晚上我会情不自禁地走到能看到你窗户的角落里,静静地注视着属于你的窗口。想象着你在忙什么;想象着白天衣饰的颜色和款式永远都是那么合体与协调的你,此时会穿什么样式的衣服;想象着你是在喝茶还是喝咖啡;想象着你是在看什么书;想象着你的长发散发出的味道。

上班的时候,有时正面相遇,我却不敢看你的眼睛,而错过之后又后悔刚才为什么没有好好看看。

对你的思念是一种无奈的隐隐的痛,可是我知道这是一种一辈子都忘不了的痛,是一种像呼吸一样不能停止的习惯。

在因思念而泪流满面的夜晚,仿佛我已将心贴足邮票写清地址寄给了你,邮票是思念,足够多;地址是心痛,足够烈。

我常想,你怎么能收不到呢?

有时我会想,也许是前世已注定,今生能够遇见你。

也许对你的这种刻骨铭心的思念也是命运的安排。

我不明白为什么我是冬天出生的,我母亲给我取“秋”这个名字,她不知道“秋”加上“心”就是“愁”,长大以后我会是没有心的人吗?

我突然想到了两个字:“等”和“痴”。

何为等?等是寺庙后山上的竹子,心是空的,还要耐得住寂寞,也许要付出一生的时间来诠释等。

何为痴？痴是“病”字旁加个“知”，明知自己有病还要那样做。

有时感觉思念是一件有益于长寿的事情，不是吗？当你思念而又无法见到某一个人的时候，你会感觉度日如年，你会感到生命是那么没有意义的冗长。

每当这时，我会感到我的身体轻轻地就要飘起来。

有时拨通你的电话，忽然不知道说什么好，原来只是想听听你悦耳的声音，我明白，其实最想拨通的是自己心底通向你的爱。

很久没有见到那个送外卖的阳光男孩了，我相信他再也不会出现了。他最后一次送外卖时，也是我最伤心的那一天，那个有事没事总找借口来的夏，那天提了一大兜橙子来看你。你们开心地说笑着，午餐时间到了，夏也没有要走的意思，你留他吃饭，并要了外卖。

同事们都去吃饭了，我却坐在办公桌旁没有动，在电脑上整理设计方案，实际上我根本无法工作，我在全神贯注地倾听你和夏究竟说什么……

你关心地问我：“你还忙啊？不去吃饭了？”

“我不饿！”

不知过了多久，送外卖的男孩来了，你和夏开心说笑的场面呈现在男孩的面前。我看见灿烂的笑容僵在他的脸上，男孩的眼神由疑惑转为惊讶。而你没有发现这一切细微的变化，把他和夏领到接待室里，并客气地邀请我一起吃。我说自己现在不饿，忙完后到楼下餐厅吃。

我以最快的速度离开了办公室，我无法承受坐在办公室里想象着你和夏怎样愉快地边用午餐边聊天的痛苦。走到楼下，我没有去餐厅，而是走出了商务大厦的大门,我脑海里突然闪过一个念头,我很想等那个男孩出来,也许还可以和他吃个饭,此刻我特别想安慰他……

只有我能读懂他每次送外卖来时看你的眼神……

尽管那眼神只是匆匆的一瞥……

尽管那匆匆的一瞥是如此短暂……

尽管你从不曾觉察……

他终于出来了,站在我的身边,看着马路上来来往往的车辆发呆。我没有看他,而是对他说:“要不要一起吃个饭?”我能想象到他此刻的心情。

“不用。”他继续沉默着。

我抬头看着天空,因为是阴天,天空是灰色的,没有太阳,更不可能有星星和月亮,因为现在不是夜晚。

我看着天空莫名其妙地说:“月亮是温柔的,星星是多情的,可是它们都在天上,我们永远只能远远地看着、看着……”

他沉默了片刻,转身头也不回地走了……

你和夏一直在交往着,是同事们都认可的恋爱关系。

与此同时,我则一直在单恋的痛苦中煎熬着。

已经有几天了,坐在办公桌前,我精神恍惚,无法投入设计,看到同事都在专心设计,我感到了事情的严重性。

那天,我在报纸上看到一则广告,是一个心理医生做的广告,大致内容是:私人心理医生侧重婚恋情感的治疗,服务于白领,提供心理咨询、婚姻情感咨询、催眠心理治疗。

我决定请假明天就去看医生,这对我来说也许是唯一的出路了。

第二天,下大雨,我撑着伞在人行道上边走边找广告上的地址,马路上疾驰而过的汽车不断地溅起泥水,打湿了我的裤腿。

终于找到了那个地址,找到了那位心理医生。跨进门时,她从宽大舒适的椅子上站起来迎接我,丝毫没有在意我沾满泥点的衣服,把我让到办公桌对面的沙发上,并转身去为我倒水,我趁此机会仔细地观察了一下她。

她是一个看起来非常和蔼的女人,年龄在五十岁左右,偏胖了些,皮肤较白,眼睛不大,戴了副银丝框的眼镜。

她把纸杯放在我面前,坐在了离我最近的另一个沙发上。

她很亲切地说:"我姓秦,你可以叫我秦老师,也可以叫秦姨。"

她的确是让人一见就感觉很亲切很信任的那种人,这可能和她的职业有关,她说话也很注意措辞,实际上对她最准确的称呼应该是"秦医生"。很感谢她用心刻意地回避"医生"这个词,这其实是在暗示你不是病人。她和蔼真诚的笑容,在很短的时间内就能缩短你和她的距离,让你有一种想倾诉的欲望。

我的心里很乱,不知该从何说起。

看着她鼓励的眼神,我开始讲我的故事……我和玉兰姐的婚姻……我怎样不能自拔地爱上了秦小溪……

她说:"一个人有时很难界定自己的感情究竟是爱情还是友情,有时你往往会把喜欢或者是欣赏错当成爱。比如秦小溪是一个漂亮的女孩,不只你会喜欢或者是欣赏她,别的男人也会喜欢或者是欣赏她,这都是正常的心理反应,就像你走在街上看见漂亮的女孩擦肩而过,你会情不自禁地回头再看一眼一样正常。"

"可是我感觉我是爱秦小溪的。"

"喜欢和爱是不同的,喜欢是感觉上的,而爱是心与心的沟通,爱是心甘情愿地付出，是情不自禁地流泪，就像你的妻子对你；爱更是一种责任，不是随便给的，就像你对你的妻子一样。”

“我对妻子的感情，有很大一部分是报恩，并没有激情和浪漫。”

“可是，如果你的妻子身体不好，你会担心吗？如果她的心情不好，你会牵挂吗？”

“当然会，我希望她健康、愉快地生活。”

“这就是爱，是升华的爱，是抽离了激情和浪漫后，你依然牵挂着那个人。”

“可是，面对秦小溪我会心跳加速，我无法直视她的眼睛，有时无意碰上她，想说话，哪怕是简单地寒暄几句，却说不出任何的语言。我虽脸上装出一副毫不在乎的表情，却不能自然愉快地和她打声招呼，而在擦肩而过时我感觉身边的空气都是颤动的，我感到自己热血沸腾，难道这些不是爱的迹象吗？”

“曾经有一个男子，一见钟情地爱上一个女孩子，他们恋爱了。可他家里坚决不同意他们来往，因为两家的家庭条件相差太大。男子见不到女孩很痛苦，天天魂不守舍，发誓一生非这个女孩不娶。父母没有办法，只好把他送到美国去，美国有他们家的产业。到美国初期，虽然生活节奏快、工作压力大，他仍念念不忘那个女孩。后来，他不得不面对现实，娶妻生子。可是，他的脑海里经常浮现女孩的音容笑貌，渴望有一天能再见到她，重温旧梦……”

秦医生喝了一口水，继续讲：“他七十多岁的时候，回了国，这大概就是人们常说的故土难离吧。一天，他坐在车里，看着外面的风景，外面是城市中心的休闲广场，几个顽皮的小孩跑来跑去，其中一个小男孩向这边跑来，一个体态臃肿的老太太，步履蹒跚地跟在后面。他让司机放慢了车速，他震惊地发现，这就是那个让他魂牵梦绕的女孩，她曾经年轻的脸,现在像核桃皮一样,她穿着宽松肥大的衣裤,和任何一个六十岁以上的老太太没有什么不一样的。毫无疑问,她是在看孙子或者是外孙子……后来他才发现,当时他竟然连车都没有停,他才醒悟年轻时自己究竟有多么荒唐,原来他只是喜欢朝气蓬勃、荡漾着青春气息的女孩……"

"我和他完全不一样,记得有人说'爱上一个人可能需要一天,忘记一个人却需要一辈子'。而我爱上秦小溪是一瞬间,忘记她却是永远闭上眼……"

"如果真像你说的那样痛苦,就不要回避了,勇敢地面对吧!有一点,请你相信,每一个人都是有缺点的,包括秦小溪。你可以和她正常地交往,慢慢地你会发现,她并不像你想象的那样完美。你会找到不爱她的理由,因为不爱的理由有很多。"

从秦医生的诊所出来,天已经晴了,我的心情轻松了许多。是的,我要勇敢地面对你,要和你正常地交往,相信我会找到理由的,找到不爱你的理由。想着……想着……我发现已经找到了两个理由:第一,我已经结婚了。第二,有一个爱我胜过爱自己生命的妻子。我为自己的发现而欣慰……我要开始新的生活了……

在单位遇见你,我试着主动和你打招呼,就像对其他同事一样自然,我试着坦然地面对你,可是我仍做不到,我不能直视你的眼睛,我不敢将目光停滞在你的脸上,尽管它是那么吸引我……我仍然习惯在你毫无觉察的时候凝视你迷人的背影……

我已经努力了,可是,我发现我更加痛苦……我不知道还能不能找到你的缺点,能不能找到不爱你的理由……

我曾幻想,你总有些什么是我不知道的……

比如不好的习惯……

不良的嗜好……

你的字写得不够漂亮……

你的文章写得不够美……

虽然这些都是无伤大雅的琐事,可是,我还是想努力找到一个理由,找到一个你不够完美的理由,来说服自己不要再爱你……

这个周末不需要加班,办公室里不会有人,我来到办公室。坐在你的办公椅上,翻看放在你桌子上的纸张,它们整齐地摞在桌子的一个角上,多是些设计草图。虽然是草稿,可是每张都线条流畅、清晰,画面干净,草图的边上都用阿拉伯数字注明了精确到分的时间,任谁看到这样的草图,都能想象出它们出自一个多么精致的女孩之手。

拉开桌子下面中间的抽屉,里面有一个淡绿色的没有盖子的长方形塑料铅笔盒,整齐地放着几支削好的铅笔和一支“PARKER”牌的黑色钢笔,边上是两块很白的橡皮、一个转笔刀、一瓶蓝黑色的“PARKER”钢笔专用墨水,还有一个木质的小镜子和一支牙膏形状的护手霜,所有物品都静静地躺在铺着纯白色纸的抽屉里,一切井然有序。干我们这一行的,无论是男性还是女性,拉开抽屉一般都是堆得乱七八糟的废纸和半截拉块的铅笔,很少有钢笔的,因为画草图总需要改来改去的。不知道你用钢笔干什么,该不会像我一样喜欢用钢笔写字吧?现在很少有人喜欢用钢笔了,因为钢笔用起来比较麻烦,还要灌墨水。在不能用铅笔的情况下,绝大多数人喜欢用圆珠笔和签字笔。抽屉里的摆设足以证明你是一个多么整洁的女孩。

我又依次拉开侧面的抽屉,第一个抽屉里面放着一些和设计专业有关的专业书、几本色彩艳丽的时尚杂志,还有几本时装杂志。

第二个抽屉里全是文学书，有三本纸张已经泛黄的诗集，作者分别是泰戈尔、普希金和海涅，还有几本名著，夏洛蒂·勃郎特的《简·爱》、艾米莉·勃郎特的《呼啸山庄》、安妮·勃郎特的《艾格妮斯·格雷》。

《简·爱》和《呼啸山庄》这两本书，在上大学的时候我都看过，大学四年，在学习之外那些找不到零工做的闲暇时间里，都是从图书馆里借到的那些书陪伴我度过的。那时，我没有钱像同学们那样经常出去吃饭或者到处去消费，常常一个人躲在宿舍里看书。看《简·爱》是因为一直看到班上一个很漂亮的女生捧着看，我不知道这本书究竟有什么好看的那么吸引她，出于好奇才看的，没想到我也被吸引了。看《呼啸山庄》是在我得知该书的作者和《简·爱》的作者是亲姐妹的情况下看的，当时我好像特别想通过不同的渠道了解夏洛蒂·勃郎特是个怎样的女孩。

此时我猜测着你为什么也喜欢看这两本书，是不是和我一样的原因，看到《艾格妮斯·格雷》时，突然我怔住了，它的作者是安妮·勃郎特，也是英国人，难道她和艾米莉·勃郎特一样也是夏洛蒂·勃郎特的妹妹或者是姐姐吗？我忙拿起书来翻看着，我终于在书里找到了对作者的简介，她真的是夏洛蒂·勃郎特的妹妹。太不可思议了，十九世纪的英国文坛上竟然有这么神奇的三姐妹。你一定知道这三本书作者的关系，不知道你是因为喜欢姐姐还是更喜欢妹妹中的某一人，或者是其他的原因才看这三本书的。不管你是因为什么，都使我感觉你很神秘，我更被你吸引了。

一本环线的日记本引起了我的注意，我打开看了起来。日记本只写了一页，是用蓝黑色墨水的钢笔写的，字体是很标准的行楷，漂亮到无以复加的地步，和它漂亮主人的容貌比一点也不逊色，我终于明白了那支钢笔的用处。

我看到了你写的文字：

我喜欢的一句话:“世上每个人都是上帝咬过一口的苹果,都是有缺陷的,有的人缺陷比较大,因为上帝特别喜欢他的芬芳。”

他应该就是上帝特别喜欢的那个男孩子,好想对他说。

爱是一个人最神圣的隐私,《梁祝》是神话,《西厢》是传说,《红楼》是梦,我希望属于我的感情不是神话、不是传说、不是梦,而是实实在在的生活,是一份与浪漫无关的平平淡淡的生活。

我不知道你所指的男孩子是送外卖的,还是夏。

有几张照片随意地夹在日记本里,大概是你和同学们出去玩时随意拍的照片。一张是在远处,背影朝着镜头的回眸一笑,可能是某个人叫你,一回头被及时地拍了下来。看着照片上你迷人的笑靥,我的脑海里马上就涌现出“回眸一笑百媚生”“倾城倾国”这样的词。一张是你随意地坐在草地上,迎着阳光,你有些睁不开眼,脸上是发自内心的笑容,可以想象当时你一定玩得很开心。其他几张是和同学们的合影,都是很随意的照片,每一张照片上的你都特别出众。

我认为你就是没有一点缺陷的苹果,你曾被上帝捧在手里,你的完美令上帝爱不释手,上帝怎么也不忍心咬一口,于是你被上帝送到人间后,成为这个世界上唯一没有缺陷的人……

我不仅没有找到不爱你的理由,反而更加为你痴迷。

昨天晚上下了一夜的雨,我几乎一夜没有睡着,早晨五点我就起来了,天仍然下着雨。想起了上周三也是下大雨,我去看了心理医生,可是已经一周了,我仍然找不到不爱你的理由,今天再去找找看,也许能发现什么。我匆匆忙忙赶到办公室,在你的办公桌上、抽屉里,甚至是电脑里继续翻找着我需要的东西,没想到你就站在我的身后,看到我不可理喻的行为,你竟然能不发火,还能用微笑的表情看着我说:“你是不是看错桌子了?”

我明白,你这样说是给我最好的台阶了。

可我很诚实地告诉你:“没有。”

你又问:“你在找什么?”

我竟然毫不避讳地告诉你:“我在找理由,我在找理由。”你没有再追问,事后你像什么都没有发生一样对我,你的宽容、你的涵养都表明了你是一个很不一般的女孩。

最近听李文静说,不知道什么原因,你和夏分手了,我好像是一个被医生诊断为永久性失明的人,突然看到了一丝亮光一样欣喜若狂。大概我的表情太直白了,以至于李文静很疑惑地问:“你高兴什么呀?”我才发现自己的失态。

不久,你交了新的男朋友,一个开着宝马车并长得很帅的男人,据说是某贸易公司的老总,我想这次你该很满意了。我又重新陷入一片黑暗,终于明白原来医生的诊断是正确的,我将要永久地在黑暗中痛苦着。

今天,你迟到了,这是从未有过的事情,我很担忧地站在窗前看着外面,希望能在第一时间看到你的身影。已经是九点一刻了,我才看见那辆沙漠金色的宝马缓缓地驶进停车场里,车子停在那里足足有一刻钟的时间,你没有下车。能想象出来,你们一定在车上很亲密,你竟然忘了时间,忘了上班,对你来讲,这是从来没有过的事情。已经九点半了,你才从车上下来，匆匆忙忙地向办公室跑来，同事们各忙各的，我仍然一动不动地站在北面的窗前，我要让你知道我在看你，我看到了刚才的一切。

已经有一段时间了，我经常有胸闷的感觉。上医院去看了一次医生，他竟然小题大做地让我住院全面检查。我没有听，工作很忙，我怎么有时间住院？再说我也没那闲钱，我每月都按时给妻子汇钱，这是唯一能为妻子做的事情了。

最近胸闷的感觉越来越明显，还经常伴着发烧。我向主任请了几天病假，回家休息。李文静经常过来看我，她是一个非常善良的女孩，以前我没有病的时候，她也常过来帮我打扫卫生、洗洗衣服什么的，这几天她来得更勤了。有时我真想把自己的痛苦全部告诉她，希望她听后能理解我，能带着我朝思暮想的你来看看我。可是我知道对她来讲这是一件多么残酷的事情，我早就明白她的心思，也许她能忍受我无法接受她的感情而默默地爱着我。我这样做，她可以理解为我是一个负责任的好男人，因为我已经结婚了，但她绝对不可能接受我爱别的女孩子。因为我太理解单恋的痛苦了，所以我一直很善待李文静的默默付出。

这几天我总是做梦，梦见我的母亲，在梦里，她很温柔、很年轻、很漂亮的脸，完全是我六岁时的模样，原来在记忆里已经很模糊了，现在突然变得很清晰了，有时她很亲切地向我招手，有时她轻轻地抚摸我的脸……

还有一次，我梦见母亲问我知道不知道我的名字是什么意思。我说不知道，她笑着说："傻孩子，好好想想就明白了。"在梦里我就使劲地想，可是怎么想也不明白。她就把我抱在怀里，很温柔地说："我有先天性心脏病，医生说会遗传的，我特别怕遗传给你，我就愁啊愁啊，我突然想到把'愁'字的'心'去掉，就不是'愁'字了，而且还有去掉心脏病的含义，所以我给你取名叫‘秋’。”我说：“娘，我好喜欢这个名字。”她笑着用很白很细的食指指着我的脑门说：“小笨蛋，这么简单都想不出来。”

今天我一直持续高烧，我有种预感，就是我可能真的就要在不远的将来见到我的母亲了，我不知道还有没有机会再见到你。我有个很强烈的愿望，想见你一面，让你知道我心底的秘密，亲口告诉你，我是一个身体、大脑、思维都正常的人，只是因为爱你爱得太苦了，才做出那么多的在所有人眼里和你眼里都不正常的事情，我不在乎所有的人把我看成是疯子，我只要你一个人明白我是因为爱你而疯狂的。我的生命是因为爱你而存在的，我的灵魂也是因为爱你而存在的，所以无论在人间，还是在天上，我永远都是爱你的，上帝急着要带我走了，可是走之前我不会忘记最后再向你大声呼喊：“我爱你！我爱你！我爱你！”

不知道你能不能听得见，我挚爱的小溪。

秦小溪看完秋的日记，李文静讲述的情景像电影一样浮现在眼前……

医生对李文静谈了秋的病情，说秋一直要求他们不要把病情告诉他的同事们。没有想到病情恶化得比想象的还要快，现在医生唯一能做的是加大药的剂量，尽可能地延长秋的生命。医生强调了药的副作用很大，多数病人会出现恶心、呕吐等症状，用药剂量越大，各种不适症状越严重，病人会很受罪，让李文静尽快通知病人的单位和家人，准备后事。

秋已经什么东西都吃不进去了，有时喝水都要吐，李文静一直悉心地守候在床前，她的心里很痛苦，却还要在秋的面前装出一副轻松的样子。那天，她看到秋两眼直直地盯着那两桶奶粉看，以为秋想喝，他已经有几天没有吃东西了，靠打葡萄糖维持着。现在有想吃东西的感觉，也许他的病真的没有医生说得那么严重，她心里一阵激动，忙问秋是不是想喝，他点了一下头，她忙不迭地用开水冲了奶粉,并把冲好的奶用两个杯子倒来倒去,想尽快使它降低温度,以便让秋可以早一会喝掉。

李文静眼看着秋一口一口艰难地把一杯奶喝了下去,几天来她一直提着的心终于放下了,她仍然幻想着他的病不像医生说得那么严重,会慢慢地一点一点好起来。她还幻想着等他真正康复出院的那一天,她一定要勇敢地向他表白自己的感情,相信他经过这次大病的折磨一定会对生命、对生活、对感情有新的认识,也许他会接受她的感情……

李文静还没有来得及从幻想中醒来,还没来得及接过秋手中的杯子,他已经把刚刚喝下的奶全部吐了出来。同样的情形以后又发生过几次,每次看到秋盯着奶粉看,李文静都以为他想喝奶,可是喝过以后,每次都毫不例外地原样吐了出来。她终于相信了医生的诊断,秋已经到了最后的时刻,他即使想吃什么,也吃不进去了……

李文静证实了一件事情,秋离开人世那一天,秦小溪曾经看见秋睁开了眼睛,满眼都是泪水地看着她,她不顾一切地喊:“你们看,秋没有走,他睁开眼睛了。”

秋的确睁开了眼睛,而且满眼都是泪水,当时李文静就站在离秋最近的床边,忙用手轻轻地合上了秋的双眼。尽管她不知道是什么让他闭不上眼,可是她不忍心让她深爱的人这样不安心地离开人世,她不希望任何人包括秋的妻子看到这一幕,谁都明白死不瞑目是一件多么沉重的事情。

大家在秦小溪的惊叫下看秋时已经晚了一拍,他们谁都没有看到秋睁开眼睛,他们都以为是秦小溪的幻觉。

秦小溪想起秋在她的办公桌上神情专注地翻找着,她就站在他的身后他都浑然不觉,他原来是在找不爱的理由。

秋那些反常的言谈举止、那些刻意的回避、那些接通的没有说话的电话、酒后的失态、几次的欲言又止、所谓的忧郁症……以往秋种种的不可理喻现在终于有了答案，所有的疑惑与不解在此时都化为乌有。正如秋在日记里写的，他是一个身体、大脑、思维都正常的人，只是因为近乎疯狂地爱上了秦小溪，一个他不该爱的人，才做出那么多在秦小溪和所有人眼里都不正常的事情。

秋一直苦苦地暗恋着她，而她却一无所知，现在她完全可以想象他是以怎样绝望的心情离开人世的，可以想象他两眼直直地盯着那两桶奶粉看时，是怎样地痛苦，他多么渴望能在最后的时刻见她一面。他完全可以对李文静说出来，他可以要求她让秦小溪来看他，可是他没有那么做，他太善良了，对于暗恋他的女人，即使他不爱，也不忍心伤害她，他宁可自己承受所有的痛苦，宁可自己带着遗憾离开人世。

秦小溪对春的情感，很容易让她体会到秋的痛苦，在秦小溪和春完全明白彼此感情的情况下，因为暂时不能见到对方，尽管以后还有可能再见，尚且如此痛苦。更何况秋是在秦小溪完全不知情的情况下暗恋她，而且他很清楚今生也许再也没有机会相见了，他所承受的痛苦是可想而知的，秋的善良与不忍给秦小溪留下了今生无法弥补的遗憾。

第十四章
两个梦

六年以后，在上海一个高档的商务酒会上，孑然一身的杜大海，和珠光宝气的苏筱筱不期而遇。苏筱筱身边站着她的法国丈夫。苏筱筱先是一惊，但很快就恢复了平静，非常礼貌地打招呼，并客气地问："怎么没有带夫人来呀？她还好吧？"

"应该还好吧。"

苏筱筱怔了一下，然后转身用法语对丈夫说了一句话，她丈夫朝杜大海礼貌地笑笑，告辞了。

杜大海风趣地说："不简单，都会说法语了。"

"没有办法，他一句中文也不会说。你怎么知道是法语？"

"因为我听不懂啊。"

苏筱筱又感受到了他特有的幽默。

"你一点也没变。"

"一看就知道你过得很幸福，人比以前还漂亮，也更有气质了。为何把人家支走啊？"

苏筱筱的脸红了:“他在这里也没有关系,一句也听不懂,真的!”

“看到你过得很好,我就安心了。”

苏筱筱一脸的幸福,问:“你怎么样?”

“我……还行吧!”

苏筱筱看见她丈夫一个人坐在那边的沙发上,于是说:“我该去陪他了,以后有时间我们再聊。”

“好,再见!”杜大海心里很失落,整整六年,多少个日夜的魂牵梦绕,多少次梦中的相遇,重逢竟是如此平淡,甚至连电话号码都未留下,时间真的可以冲淡一切,可以改变一切。

一个月以后的某天,苏筱筱在上海一家国际品牌的皮鞋专卖店里,遇见了在北京工作时,同在公关部工作,又住过一个宿舍的吴丽娜,两人相见甚欢。

苏筱筱惊喜地问:“怎么会在这里遇见你?”

“我陪一个重要客户的家属来上海购物,先转一转浏览一遍……”吴丽娜说着,看到了苏筱筱右手无名指上,足足超过三克拉的钻石戒指,接着问,“你结婚了吧? 还嫁了个钻石王老五……”

苏筱筱笑着打断了她的话:“走,到隔壁的冰激凌店,我请你吃冰激凌,边吃边聊,想买什么,我告诉你到哪儿去买。”

在隔壁的冰激凌店里,她们聊了起来。

“遇见你真幸运,省时省力,吃着冰激凌,一切都完成了。”

“说吧,都想买什么?”

“我们部长说了,‘不求最好,但求最贵’。”

“到‘LV’专卖店啊,背包、提包、钱包各一个,五六万不费事就花了。”

“嗨! 人家提的包就是‘LV’的,北京有‘LV’专卖店。”

苏筱筱又一一介绍了意大利的皮鞋专卖店、法国的时装和化妆品专卖店等等。

她们聊起了以往的工作,聊到了杜大海,吴丽娜说:“他自从离婚后变化很大,经常发脾气,尤其是对韩部长,所以韩部长辞职了。”

苏筱筱吃了一惊,问:“他什么时候离的婚?”

吴丽娜奇怪地问:“你不知道吗?”

“为什么?”苏筱筱如此问,不知道是问离婚的原因,还是解释自己不应该知道离婚这件事。

“应该是你走之前吧。你不是因为这个原因才走的吗?”

“绝对不可能,怎么会这样?”

看到苏筱筱一脸的茫然,不像是装出来的,吴丽娜也纳闷了:“公司里的同事都说……”欲言又止。

苏筱筱急切地问:“说什么?”

“说你看上杜大海,是利用他,谁知道他认真了,还离了婚,可你不想嫁给他,所以只好走了。”

苏筱筱气愤地说:“真是颠倒黑白,我是因为……”

苏筱筱无法说下去,她当然不能告诉吴丽娜自己是因为杜大海不肯离婚才走的。

“可事实是他离婚了。”

苏筱筱悠悠地说:“上个月,我遇见了他,可是他没有告诉我他离婚的事。”

“我想应该是他不愿打扰你平静幸福的生活,他一直很在意你的。”

“那么他现在……”

“离婚后,他再也没有结婚……公司里的人都认为他是因为忘不了你。”吴丽娜说这话的时候,是看着苏筱筱的眼睛说的。

当苏筱筱的眼泪就要流下来的时候，她对吴丽娜说："对不起，我要去一下洗手间。"转身离去了。

苏筱筱无法想象她走后发生了什么……

从洗手间出来的苏筱筱，眼皮上画了紫色和灰色混合的眼影……

苏筱筱无法告诉任何人，当年她是怀着怎样的心情离开北京的。

她和杜大海从KTV包房出来，他连"离婚"这个词都不敢提及，她最后的一线希望破灭了，回到家里，想整理带走的衣物，打开衣橱门，她无法取舍，每一件衣服都有他的印记，如今物是人非……

关上了衣橱门，环顾四周，到处是他的影子，她决定不带走任何东西，给这段感情画上一个句号。

晚上在飞机场，她多么希望能看见他，哪怕他只是来送她。一直等到最后时刻，她也没能看到他的身影，她是在最后的时限才过的安检。

秋去世两年以后，秦小溪写了一部长篇小说《春秋怨》，小说描写了一个女人经历了前世与今生两段刻骨铭心的爱情故事。小说的情节感人至深，其语言既有言情小说的缠绵悱恻，又有散文的优美旋律，更有诗歌的浪漫神韵。书中的某些细节是她的亲身经历和感受，写得如泣如诉，让人读来痛彻心扉。

在这本书的扉页上写着：

世界上最痛苦的是：
爱上一个不该爱的人；
更痛苦的是：
那个不该爱的人也如你爱他一样地爱着你。

书的最后一页写着：

我不在乎所有的人把我看成是疯子，我只要你一个人明白我是因为爱你而疯狂的。我的生命是因为爱你而存在的，我的灵魂也是因为爱你而存在的，所以无论在人间，还是在天上，我永远都是爱你的。上帝急着要带我走了，可是走之前我不会忘记最后再向你大声呼喊："我爱你！我爱你！我爱你！"

书的最后一句话写着：谨以此书献给爱我的人和我爱的人。

小说一经出版，旋即售罄。这是秦小溪绝对没有想到的事情。她写《春秋怨》源于两次奇异的梦境。写《春秋怨》的初衷，只是倾诉内心压抑不住的情感和愧疚，也是一种寄托，希望可以通过文字的宣泄解开束缚已久的精神枷锁。秋离世已经两年多了，秦小溪曾经连续两次梦见秋哀伤地看着她。秋什么也不说，只是满眼泪光地看着她。梦中的秋很清晰很真实，她甚至能看清秋因过于忧伤而显得迷离的眼神。第一次梦见秋时，早晨醒来，秦小溪感觉夜间的梦很没有道理，都说日有所思才会夜有所梦，可是她无论昨天还是近期都没有想和秋有关的任何事情，怎么会突然梦到秋呢？自从秋离开他们，同事们在最初的一段时间里常感慨人生无常，秦小溪也因没有在秋最后的时刻去医院看望他而心存愧疚。李文静总是刻意回避关于秋的话题，慢慢地就没有人再提起秋，秦小溪也渐渐淡忘了。第二次梦见秋，竟然把秦小溪给吓醒了。在梦里她闭着眼睛熟睡，秋就站在她的床边，默默地忧伤地注视着她。他静静地站在床边，怕打扰了她的睡眠，可是又好像有什么必须要说、不能不说的话，只好等她自然醒来。尽管她闭着眼睛，却能看清他的泪眼，还能感觉到他均匀的呼吸声。秦小溪从梦中惊醒过来，吓得心怦怦跳，平静了好一会还不相信刚才是梦，她甚至在睁开眼睛的瞬间感觉到床边真的有人。她急忙坐了起来，拍了一下床头柜上的触摸台灯，床周围立刻布满了橘色的暖光。她环顾四周，什么也没有，床头柜上的闹钟两点刚过，重新躺下却怎么也无法入睡。她又起床检查了卫生间和门窗，门锁着，窗帘后面的窗子是从上部往里打开的状态，这样的开窗模式只能通风，人是无法通过的。北京的夏天，闷热时秦小溪有时会这样开窗子。而此刻她在努力地回想睡前究竟开没开窗，明明知道这个问题根本没有意义，可她还是反复地想，如果窗子是关着的，那么谁打开了？天哪！不敢想。秦小溪一夜无眠，也不敢关灯。就那么躺在床上辗转反侧，任思绪像幻灯片一样在脑海里闪过。

第二天上班，秦小溪因为失眠整个上午都神情恍惚。在楼下餐厅用午餐时，她端着餐盘，走到李文静的对面坐下，想说昨晚的梦却不知该怎样开口。因为秋的日记，秦小溪和李文静的关系变得很微妙，不仅不嫉妒，反而彼此怜惜。女人的感情就是这么奇怪，一个男人如果同时和两个女人有情感纠葛，这两个女人必定会争风吃醋互相嫉妒恨不得置对方于死地。而当某一天这个男人死了，她们却会因共同的悲伤变成最好的朋友团结一致互相帮助。李文静也是这样。秋暗恋秦小溪，如果秋活着，即使秦小溪毫不知情，李文静也会恨秦小溪。秋不在了，李文静反而会把秦小溪当作对秋怀念的一部分，把对秋的念念不忘寄托到秦小溪的身上。李文静看着一脸疲倦的秦小溪问："你怎么了？"

"也没什么？那个……"秦小溪看着李文静，欲言又止。

"你想说什么？"

"你……我想问你一件事，你答应我别生气。"秦小溪看着李文静的脸，有些难为情，"我好怕。"

李文静先是不解，接着神色黯然地看着秦小溪："和他有关，对吗？"自从转交了秋的日记之后，李文静再说秋时从不提及名字，都是用“他”取而代之。秦小溪也刻意回避，仿佛说秋的名字对李文静是刺激。

秦小溪看着李文静伤感又期待的眼神，原来是想问李文静是不是经常梦见秋，此刻却认为不该问，只是尽可能轻描淡写地说了昨晚的梦，并隐瞒了不久前做的第一个梦。

可是李文静听了还是仰起头闭上了眼睛，她有些怨恨地说：“不公平！真的好不公平！他连个梦都不肯给我。”说完仍保持着那个姿势，不肯睁开眼睛。

秦小溪能感觉到李文静是在努力抑制着不让泪水流出来，她想安慰李文静却弄巧成拙：“我真的、真的从来没有想过他，我发誓。我也不知道为什么会做这样的梦。我就是想问这是怎么了？”

李文静一字一句地回答：“今天是他去世两周年整。”说完睁开泪眼看着秦小溪的眼睛。秦小溪怔住了。

李文静嘴角一扬，看似苦笑，表情里更多的成分却是自嘲。

秦小溪开始利用业余时间写长篇小说《春秋怨》，与此同时，她的设计方案一再被皇冠房地产开发公司采纳。皇冠公司是一个比帝王房地产公司规模还要大的公司。皇冠公司里专门负责工程施工的张副总私下里找秦小溪谈过，希望秦小溪可以去他们公司专职负责室内装潢设计，待遇当然比现在的设计公司高。秦小溪婉拒了。她认为应该在专业设计公司工作，面对更多更复杂的设计类型，才能不断提高自己的设计水平。况且现在的工作氛围很好，和同事的关系也很好，仅仅因为薪水稍微多点就跳槽，未免太狭隘了。

《春秋怨》第一版出版不久，皇冠的张副总再次约秦小溪谈，他说董事长殷飞看了秦小溪的长篇小说，很珍惜她这样的复合型人才。如果秦小溪去皇冠工作，可签订长期合同，除了按约定支付年薪，公司愿意赠送一套87平方米的套房。房子是公司自建的，质量很好，就在公司附近。他希望秦小溪能慎重考虑一下，去皇冠工作，设计项目单纯、压力小，对业余喜欢写作的她应该是最佳的选择了。秦小溪犹豫了，答应张副总她考虑一下再回复他。

不久，出版社和秦小溪联系，商量《春秋怨》再版事宜。原本秦小溪只想通过文字倾诉心声，想不到《春秋怨》居然成为畅销书，这大大地激发了她写作的兴趣。她开始重新考虑皇冠公司的邀请。而就在当天，她再次接到张副总的电话，张副总呵呵地笑着问考虑得怎么样了，还意味深长地说是殷总让他问一下。

秦小溪不再推辞，答应尽快完成正在做的设计方案，就去皇冠公司上班。

半年后，《春秋怨》第二版面世。

半个月后，北京下了第一场雪。那天是周五，秦小溪草草地用过晚餐，想利用一个晚上的时间把原来封在纸箱里的书统统摆到书橱里。秦小溪选择了《春秋怨》第二版出版的那天搬进新房子，也算是对这本书的一个纪念。可以说她的好运就是从写《春秋怨》开始的。拿到这套87平方米的新房子的钥匙后，她第一次为真正意义上的自己的家设计装修方案，心里感慨万分。房型是两室一厅一厨双卫，布局很合理。一进门是南向的客厅，宽阔的落地玻璃窗让客厅因洒满了阳光而更显明亮与宽敞，并排的是南向带卫生间的主卧室。北向与客厅正对的是次卧室，向里走依次是厨房和卫生间。秦小溪看了新同事几套一样户型的装修设计，大多是把主卧的卫生间改成穿衣间。主卧室面积有限，没有可用来安装几组大壁橱的空间，又不舍得占用客厅的面积，只好牺牲一个卫生间充当穿衣间，这的确不失为一个好的装修方案。可秦小溪没有采纳这个装修方案，她经过一番深思熟虑的设计，完工后让同户型的同事们大赞，并后悔自己的装修太草率。

秦小溪保留了主卧的卫生间，在原有的基础上靠内墙只加了一个小型浴缸，劳累时泡个澡，浴缸是不可或缺的。主卧的北墙也就是卫生间的南墙外装了半高的薄型壁橱，壁橱延伸到床头，和外侧的梳妆台衔接为一体，床头的另一侧是一个床头柜，床头柜的外侧和窗帘之间仅有十厘米的空隙，布艺的床头软软的，呈半弧状，躺在床上看书一定是惬意的。半弧状的床头将床的长度延伸了三十多厘米，把原本尺寸就小的壁橱衬得更小巧了许多。整个卧室原木色的木装修一应俱全，看起来却协调又舒适。更有创意的是她把次卧当客厅用，打掉了次卧的南墙，用一组壁橱代替了墙，壁橱只比墙的厚度增加了些，对次卧面积的影响甚微，却多了很大的储物空间。装修后的小客厅，除了一组紫罗兰色的布艺沙发，茶几和壁橱都是自然的原木色，沙发对面的墙上挂了一幅莫奈的《睡莲》，是莫奈成组的《睡莲》里面她最喜欢的一幅。深浅不一的绿色荷叶，水面上绿色的苔，蓝色的水波纹里随意闪烁着几抹紫色。粉色、淡紫色、紫红色的睡莲看似星罗棋布，却是刻意的点缀。画面上每一种颜色单独看都十分柔和，整幅画面上的睡莲、绿苔和水面的远和近、明与暗的色彩对比却是强烈的。秦小溪除了喜欢这幅让她可以心静如止水的《睡莲》，还特别喜欢莫奈的《雪景》。那幅画的画面虽然是冰天雪地，可是阳光那么温暖地洒在地上，让她在暖意融融的景象里想象春天就要来了。《雪景》画面光和影的处理技法极其娴熟，让她清晰地感触到温暖和希望。墙下面靠墙的也是块长条的自然原木，应该摆放电视机的位置没有电视，只是摆放了几件她精心设计的艺术品，看似随意，却是颇具美感的。原来的客厅则成为奢华的书房，落地玻璃窗前，安置了一个艺术根雕茶道，三把别致的风格迥异的紫砂壶，分别担当冲泡各类茶叶的责任。两把样式相似的根雕小木椅，分放在茶道两侧。坐在窗前喝茶，仿佛坐在森林中的树墩上，沐浴着阳光，背景是墨绿色的绒质窗帘，浅绿色薄如蝉翼的窗纱上面隐约有叶子随风而动，窗外的风景尽收眼底，一切都是置身大自然的感觉。面向落地窗，右面是一把真皮的大靠背转椅，坐在转椅上后背靠墙，前面就是一张原木桌，对面倚墙而立着四个并排的双门书橱,占了一整面墙。此刻书橱是空的,五个装满书的大纸箱堆在地上。秦小溪很爱整洁,搬家后几天一切物品早都归位,唯有这些书还没有整理,是因为她不想随意地把书码在书橱里,为了方便以后的查询阅读,想一步到位严格按合理的分类来存放这些书。

现在秦小溪一一打开了纸箱,那些书静静地好像在等着她,也像是在等待命运。看着它们,秦小溪思绪万千。每一本书都有自己的故事,都是一段经历。她此刻整理它们,一如整理自己的思绪。她依次按文学、艺术、专业设计等分类,分别把它们纳入书橱。当拿起一本《天使在人间》时,她情不自禁地翻阅起来。这是赫本的儿子肖恩·赫本·费雷写的,书中收录了赫本从婴儿时期到暮年的300多幅照片,是所有描写奥黛丽·赫本传记中最权威的一本。在好莱坞的世界里,没有哪个明星能比奥黛丽·赫本更闪亮。她是优雅的代名词,她是美丽与圣洁的标尺,她坚信爱能治愈任何伤口,而且会让生命变得更美好……

手机突然响了。秦小溪看到手机屏上显示的名字,震惊得不敢相信自己是在现实里。她瞬间石化了,直到手机里传来春的声音。他的声音听起来仍然是那么的熟悉,好像近四年的分别,只是一个短暂的噩梦,好像他们从未曾分开过。他的声音颤抖着:“我看了你写的小说。”

秦小溪的声音有些哽咽:“这几年,你……还好吗?”

春无法控制自己的感情,声音也有些失控:“我错了,我真的错了,我不知道真爱是任何力量都无法阻挡的。”

秦小溪抽泣着。

春继续说着:“这几年,我从未真正地离开你,我一直躲在你看不到的角落里,默默地看着你……看着你……”

“为什么你要这样折磨自己?为什么?”

“我不能给你想要的一切,我以为时间可以冲淡一切,我以为只要我离开，你就可以找到幸福。”

“我恨你！恨你！”

“我没有想到在折磨自己的同时也折磨了你。以后不会了，相信我。你在哪里？我要见你。”

“不……不……”秦小溪几乎要哭出来。

春诧异地问：“为什么？”

秦小溪很酸楚地说：“我已经不是原来的我了。”

春坚定地说：“你永远是烙在我心底的那个样子。”

秦小溪悲戚地说：“如果那个晚上，你能站在原地等我，我不会放弃不该放弃的，也不会失去不该失去的……现在，我无法面对你。”

“即使你是别人的妻子，或者是别人孩子的母亲，也不会再动摇我爱你的决心了，因为我相信爱是永恒的。我还要告诉你，只要你在我身边，我就是世界上最幸福、最富有的人。”

秦小溪沉默着。

春的声音更加激动了：“你在哪里？告诉我好吗？我想见你，我要见你，我必须见你！”

秦小溪再也无法克制自己的情感：“我在家里。哦，我把地址发给你。”

春立刻说：“其实我……等着我，我这就去。”春原来想说他知道她的地址，可是这样说又得解释他是怎么知道的，此刻他不想浪费一秒钟的时间，只想立刻见到小溪。

久违的熟悉的“其实”像一缕暖风拂过秦小溪柔软的心，“其实”在耳畔回响，仿佛就是昨天。秦小溪发完信息后仍然怔怔地看着手机屏，半天才意识到，春一会儿就来了，得马上洗涮、换衣服。站在卫生间的梳妆镜前，她迅速地抹掉了脸上的泪痕。

春来了，几乎是在关门的同时紧紧地拥抱住秦小溪……不知道过了多久，春才松开双臂，他双手紧紧地拢着秦小溪的双肩，深沉地凝视着她的脸，他们的目光交织在一起，再一次紧紧地拥抱，然后是热烈的、深长的吻……

当晚，春牵着秦小溪的手，来到春开的快餐店。一个在店门内一侧忙碌的服务员先看到了春，笑着打招呼："老板好。"秦小溪在进门的那一刻才抽回了一直被春紧握的手。快餐店的规模不算小，宽敞的大厅里有四列七八排的简易桌椅，两列分别靠墙，中间的两列并在一起，两条通道不时地有服务员走动，虽然已经是晚上九点多了，还是陆陆续续地有客人进出。一条通道通往后厨，另一条通道向里还有五个小房间。秦小溪跟随在春的后面径直走向最里面的一个房间。长方形的房间内用一块大木板把房间分为两部分，外边是靠外墙角的布艺拐角沙发，沙发前面的茶几比例偏大，坐在沙发的任何位置都能感觉到茶几很近。秦小溪一进门脱了大衣，还没有在沙发上坐稳，就被木板上的一幅油画深深地吸引了，她情不自禁地走到油画前细细地欣赏。画面是一片雪景，右下方有两棵覆盖积雪的树，树的左侧是一个女人的背影，她正踩着积雪向远方走去，画面里的远方在左上方，有一个尖顶的小房子，也覆盖了一层雪。太阳在右上角的画面以外，虽然看不到，但可以通过两棵树的影子、女人的影子以及远方小房子下面的影子，判断阳光的方向，并能感受到光线强烈。光和影的色彩描绘是莫奈绘画的最大特点，如果不看远处的小房子，可以说这幅画模仿莫奈的绘画技巧达到了炉火纯青的地步。而小房子的绘画手法却又极像凡·高《星空》里的技法，一个个旋转的橙色圆球构成了小房子，再仔细看，她才发现那些橙色的圆球都是橙子。秦小溪很震惊，这幅画无论是构图还是色彩都是完美的。这是怎样的天才画家呀，不仅有如此巧妙的构思，还能把凡·高的画与莫奈的画糅合到一起，而且还不违和。秦小溪看画看得入了迷，春走到她的身边，轻轻地问："喜欢吗？"

"喜欢，非常喜欢！谁画的？"秦小溪回答着春的问题，却没有看春，她又凑近油画的右下角想找出画家的名字，看到"四月"两个很小的字。秦小溪的眼睛慢慢地转向春的脸。春羞涩地笑着，脸微微地红了。

秦小溪再次走近油画。这次她在看画中女人的背影，灰色的薄羊绒大衣长至膝下，紫色和橙色、绿色复合花色的丝质长裙裙摆直到脚踝，黑色的高跟鞋在雪里若隐若现。

春的快餐店刚开业不久的一天，一个落魄的画家拿着一幅油画进来，要用画换一顿饭吃。春那时不懂油画，看到画家可怜，为了鼓励他，就说他画得好，同意换。交谈中，画家说他从外地来北京一段时间了，带的钱都花光了，之前进了好几家酒店，都没有换成。画家的经历让春想起了刚来北京时的自己。为了免费供他吃饭，春找借口说要跟他学习，用饭费当学费。他们成了非常好的朋友。为了感谢春的知遇之恩，画家把他的绘画技巧毫不保留地传授给了春。现在，那位画家的画已经很有市场了。

秦小溪回头看了一眼搭在沙发上的灰色薄羊绒大衣，也想起了壁橱里的那条丝质长裙。再看春时，正好与春的眼神相遇，两人会心地笑了。

沉默良久，春轻声问秦小溪："你在想什么？"

"我在想下一部长篇小说的名字。"

"想好了没有？"

秦小溪的眼睛里柔情似水："想好了，就叫《童话》。"